NOUVELLE BIBLIOTHÈQUE CHOISIE
à 1 franc le volume

DEUX AMIS

en 1792

PAR

ALFRED ASSOLLANT

PARIS

E. DENTU, LIBRAIRE-ÉDITEUR

PALAIS-ROYAL, 15-17-19, GALERIE D'ORLÉANS

⚬⚬⚬

DEUX AMIS EN 1792

DU MÊME AUTEUR.

L'Aventurier. 2 vol........................ 6 fr.

Un Millionnaire, 1 vol.................... 3 fr.

Rachel, 1 vol............................. 3 fr.

Le Seigneur de Lanterne, 1 vol .... 3 fr.

Le Puy de Montchal, 1 vol.............. 3 fr.

Léa, 1 vol .... 3 fr.

Le Docteur Judassohn, 1 vol............ 3 fr.

La Croix des prêches, 2 vol............. 6 fr.

Le plus hardi des gueux, 1 vol.......... 3 fr.

Nini..................................... 3 fr.

Une ville de garnison, 1 vol............ 1 fr.

Un Mariage au couvent, 1 vol.......... 1 fr.

Orléans, imp. G. Jacob, cloître Saint-Étienne, 4.

DEUX AMIS

EN 1792

PAR

ALFRED ASSOLANT

PARIS

E. DENTU, ÉDITEUR

LIBRAIRE DE LA SOCIÉTÉ DES GENS DE LETTRES

PALAIS-ROYAL, 15-17-19, GALERIE D'ORLÉANS

—

1879

DEUX AMIS EN 1792

Un soir du mois de juin 1792, deux jeunes gens de bonne mine se heurtèrent par hasard au coin de la rue de Valois et de la rue Saint-Honoré. L'un portait le costume des sans-culottes; l'autre était en habit de cour. Ils se reconnurent et s'embrassèrent.

— Où vas-tu, Roland? dit le sans-culotte à son ami.

— A Coblentz.

— A Coblentz, malheureux! Et la patrie?

— La patrie, mon cher ami, est une pure fiction. Vivre dans sa patrie, c'est boire, manger, dormir, parler, danser et chanter en paix. Toute patrie qui ne me garantira pas tous ces biens n'est qu'une tanière d'ours bonne tout au plus pour des Jacobins, qui vivent comme toi, de métaphysique et des criailleries des clubs. Paris

n'est plus Paris. Cinq ou six mille songe-creux,
qui attestent, l'un la Grèce, l'autre Rome, ou
l'Angleterre, ou la Hollande, ou les États-Unis,
ne nous laissent aucun repos. Ils montent sur les
bornes pour me haranguer ; ils m'attendent dans
leurs clubs ; ils me poursuivent de leurs journaux,
de leurs cris, de leurs émeutes, de leurs piques,
de leur enthousiasme et de leur colère. Où les
fuir ? La rue est à eux, et les cafés, et les
théâtres, et le Palais-Royal, et les boulevards.
Mon suisse même a une opinion politique, et je
l'entends prêcher dans sa loge. Il méprise les
deux Chambres et la monarchie anglaise ; il a
horreur du *veto ;* il approuve la constitution civile
du clergé ; il dédaigne Mirabeau ; il fait peu de
cas de La Fayette ; il vante la sensibilité de
Robespierre ; il adore Marat ; il fait ses délices
du journal de Prudhomme et récite en pleurant
les plus beaux passages du vertueux Loustalot.
De plus, il boit mon vin avec quelques-uns de
ses collègues de la section des Piques, et se rend
populaire à mes dépens. J'ai voulu le mettre à la
porte. Le drôle s'est barricadé dans sa loge et
m'a dénoncé comme aristocrate au comité de la
section des Piques. J'attends demain la visite du
comité, et je ne sais trop ce qui en arrivera.
Voilà, mon cher ami, ce que c'est que la patrie,
telle que l'entendent les patriotes.

— Et que vas-tu faire à Coblentz?

— Ce que tout le monde y fait. Je pars pour
revenir dans un mois avec cent mille Prussiens et
mettre mon suisse à la porte. D'Hérigny, qui est
secrétaire des commandements du prince de
Condé, m'écrit que toute la noblesse de France
va passer le Rhin, et qu'il est honteux qu'un
homme de ma race manque à l'appel de l'honneur. Il a, parbleu! raison. Mes pères, les comtes
de Dives, qui se sont fait tuer un peu partout au
service des rois de France, depuis la fondation de
la monarchie, seraient fort étonnés que leur
descendant re tât au coin du feu quand on se bat.

— Voilà, dit le sans-culotte, une raison sans
réplique. Ce d'Hérigny, sans doute, est un
homme sage et prudent?

— Pas trop. C'est un étourdi de la pire espèce,
qui a fait cent sottises, qui a perdu sa fortune au
jeu, qui épousa l'an passé la fille d'un ancien
maltôtier, et la quitta six mois après, tout à fait
ruinée.

— Et ce sage est d'avis que tu dois, sous peine
de déshonneur, revenir dans les bagages des
Prussiens! Mon cher Roland, vois les amis
d'outre-Rhin, Condé, d'Artois, Polignac, et cette
foule de d'Hérigny qui les suivent; que disaient-
ils en partant? « L'Europe vengera nos injures
et délivrera Louis XVI. » L'Europe est restée au

coin de son feu et les a laissés se morfondre dans les antichambres de Vienne, de Berlin et de Pétersbourg. Veux-tu grossir le nombre de ces pauvres diables, et souffler dans tes doigts parmi les laquais de l'électeur de Trèves ou de Mayence? Si la section des Piques t'ennuie, va rejoindre, à Dives, ton oncle, le vieux comte; épouse ta cousine, et fais souche de bons patriotes.

— Que dirait Artémise?

— Quelle Artémise? la reine de Carie?

— Non. Une autre, une brune charmante, aux yeux d'émeraude, qui fait des pirouettes à l'Opéra, qui aima Coigny et Lauzun, et qui m'aime à mon tour depuis deux ans.

— Donne-lui son congé.

— Impossible. Elle m'adore.

— A quel prix?

— Cent mille livres tournois, nourriture et logement compris.

— C'est cher. Cette marchandise est fort dépréciée à Paris, depuis le départ du cardinal de Rohan et du comte d'Artois.

— Tu ne connais pas Artémise! Elle est gaie comme un pinson, sans préjugés comme un encyclopédiste, et solide à table comme un Suisse. Ajoute qu'elle ne parle jamais politique, qu'elle n'a pas lu la *Nouvelle Héloïse*, et qu'elle est ignorante comme les carpes de Fontainebleau.

C'est une perle. Viens souper avec nous. Je te présenterai.

— Merci. J'ai affaire.

— Au club? Eh! la patrie se passera bien ce soir de ton patriotisme. Artémise ne m'attend pas. La surprise lui fera plaisir.

— Tu le veux? Partons.

II

Artémise étant la plus jolie fille de Paris, était nécessairement la mieux logée. Elle habitait dans la rue Culture-Sainte-Catherine un hôtel où maintenant quelques centaines d'écoliers, parmi lesquels deux ou trois gouverneront l'Europe, récitent en gémissant la grammaire grecque de Burnouf et les iuvectives de Galgacus. Le premier locataire de cette maison fut Mme de Sévigné; Mme de La Fafayette y rêva les nobles amours de la princesse de Clèves, et La Rochefoucault ses aigres maximes. Artémise le reçut en présent d'un fermier général, et ce fut le prix de sa vertu.

Au fermier général succéda Lauzun ; à Lauzun, Coigny; à Coigny, Roland de Dives. De si nobles amitiés, en élevant le cœur de la jeune danseuse, ne lui firent pas oublier les devoirs de la nature. Ses parents trouvèrent près d'elle tous les égards dus à leur position et au soin qu'ils avaient pris de son enfance. Le père, ancien cordonnier, était l'intendant de sa fille, et la mère dirigeait la cuisine et l'office.

Artémise n'était pas seulement la première danseuse de l'Opéra, où se font, comme on sait, les plus belles pirouettes de l'univers; elle avait encore l'humeur très-égale et un esprit extraordinaire pour une fille de son métier. Aussi le bonheur du ci-devant marquis de Dives était fort envié à Paris.

De son côté, Roland n'était pas mélancolique. Il avait vingt-trois ans, un nom ancien et noble, un cœur intrépide, le teint frais, les traits réguliers et fiers, la jambe belle et bien faite, et cent mille livres de rente.

Au reste, sujet fidèle, dévoué au roi par habitude, mais ennuyé de la politique, pressé par ses amis de Coblentz de quitter la France, et effrayé d'un exil qui pouvait être éternel, il aimait, faute de mieux, la belle Artémise, qui partageait assez équitablement sa tendresse entre le marquis et un jeune choriste de l'Opéra.

Ce soir-là était réservé au choriste, et les deux amants allaient se mettre à table, quand Roland parut avec son ami. Ils montèrent si promptement l'escalier, que le père d'Artémise eut à peine le temps de sonner d'une façon particulière qui était un avertissement.

Artémise pâlit, et le choriste tremblant se cacha derrière une tapisserie. La mère, vétéran aguerri au feu de vingt batailles, se précipita sur l'escalier pour recevoir l'ennemi et gagner le temps de la réflexion :

— Ah! monsieur le marquis, dit-elle à Roland, ménagez, je vous en prie, cette chère enfant. Elle est si nerveuse et si délicate! Pauvre Artémise! c'est tout le cœur de sa mère.

Roland fit la grimace.

— Parbleu! dit-il, j'ai toujours cru que vous aviez l'estomac plus sensible que le cœur. Voyez comme on se trompe!

— Monsieur le marquis aime à rire, répliqua la vieille sans se déconcerter.

— Et de quoi se plaint cette chère et nerveuse Artémise? Est-il trop tard pour souper, ou ma place est-elle prise?

— Ah! monsieur, quelle injustice! soupçonner ma fille! Artémise souffre de vous attendre depuis une heure. Le souper refroidit.

— Elle avait deviné que je viendrais! O infaillible sorcellerie de l'amour!

— Eh! monsieur, ne vous attend-elle pas tous les soirs?

Roland regarda le sans-culotte en souriant.

— Huit mille trois cent trente-trois livres six sous et huit deniers par mois, dit-il, voilà le prix d'un amour dévoué, solide, bon teint, inusable : l'amour de Pénélope pour le vieil Ulysse. Il faut avouer, cher ami, que la Révolution a fait baisser le prix de toutes les vertus. Allons souper.

Pendant cette conversation, Artémise avait repris son sang-froid. Elle s'avança d'un air gracieux vers ses hôtes et leur donna sa main à baiser avec la majesté d'une reine.

— Ma chère enfant, dit Roland, je te présente le citoyen Henri Reynier, mon ami d'enfance, qui a pris la Bastille avec trois ou quatre autres patriotes de sa force, et sauvé la liberté douze ou quinze fois. Il étudie à ses moments perdus l'ostéologie, la syndesmologie, la sarcologie, la myologie, la nécrologie, l'angiologie, l'adénologie, la splanchnologie et la dermatologie.

— Oui, madame, je suis chirurgien et élève de Desault, dit Reynier.

— De Londres à Calcutta, continua Roland, il fait trembler les tyrans. Quelque jour il rétablira la Pologne et délivrera la Grèce; il retournera l'Europe comme un vieil habit, et mettra le Grand Turc dans la poêle à frire.

La présentation ainsi faite, le souper fut assez

gai, grâce aux vins de France et d'Espagne. Artémise seule ne pouvait entièrement cacher son
trouble. Roland était homme à jeter le pauvre
choriste par la fenêtre, poliment, sans se fâcher,
et seulement pour obéir aux convenances. De
plus, si riche qu'on soit, cent mille livres par an
font une grosse somme, qui vaut bien cent mille
choristes nécessiteux. Que faire? Malgré elle, la
pauvre Artémise tournait les yeux vers cette tapisserie précieuse, seul bouclier de ses amours.

De son côté, le choriste était mal à l'aise. Il
avait faim ; il était fatigué de se tenir debout, car
la tapisserie était fort proche du mur ; il craignait
la colère de Roland ; il craignait de causer la
ruine d'Artémise, et par-dessus tout il craignait
de ne pas souper et de ne pas se coucher. Quiconque a été surpris mal à propos, fût-ce avec
une vertu de quinzième ordre, se représentera
aisément les angoisses de cet amant infortuné.

Par bonheur, Roland lui tournait le dos et
soupait bravement.

— Savez-vous, dit-il à sa maîtresse, que j'ai
eu peine à vous amener ce sauvage, ce jacobin
renfrogné, digne de souper avec le brouet noir de
Lycurgue? Mon savant faisait le difficile et le vertueux ; il regrettait son club et les belles sentences de M. de Robespierre. L'amour n'est pas
fait pour ces âmes héroïques.

— Quand j'aimerai, dit Reynier, je veux aimer éternellement.

—— Parbleu! dit Roland, la belle difficulté! Qui est-ce qui n'aime pas éternellement? L'amour est comme le couteau de Jeannot, dont on a changé cinq fois le manche et six fois la lame : c'est toujours le même couteau... A propos, t'ai-je conté comment j'enlevai Artémise à Coigny? C'est un exploit qui m'a fait le plus grand honneur dans le monde... Ne rougissez pas, Artémise; il n'y a pas de honte à céder à un gentilhomme de ma naissance et de mon mérite. C'était au mois de janvier de l'année dernière. Est-ce en janvier, Artémise, ou en février que je commençai à vous aimer?

— Qu'importe, dit elle, janvier ou février? Vous m'avez aimée de toute éternité.

—— En ce temps-là donc, j'avais Perdita. Tu connais Perdita?

— C'est une femme ou un cheval de course, apparemment.

— L'un et l'autre. C'est une Anglaise, cette petite Robinson qui a fait tant de bruit en Angleterre par ses amours avec le prince de Galles. Les vieilles dévotes et les braillards des trois royaumes aboyèrent si longtemps qu'ils la forcèrent de quitter Drury-Lane et son amant. Pour l'amant, la perte n'était pas grande, car ce gros

Hanovrien, que ses laquais appellent le premier gentilhomme de l'Europe, en est assurément le plus ladre. Perdita, dont la pension était fort mal payée, fut ravie de reprendre sa liberté et de ne plus ramasser cet ivrogne sous la table. Elle vint à Paris, me vit, m'aima et fit mon bonheur le même jour : c'est une fille d'esprit qui connaît le prix du temps. Par malheur, Perdita, qui a de beaux cheveux, de jolis yeux, un nez admirable et une gaîté charmante, ne sait pas un mot de français. Pour moi, j'épelle l'anglais comme un écolier, et n'irai jamais au-delà de l'éternelle *I love you*. Cela jetait du froid dans nos conversations. Un soir, à l'Opéra, je vis Artémise dans la loge de M. de Coigny. Elle était ce jour-là, comme toujours, d'une beauté adorable. J'entrai dans la loge pendant un entr'acte; Coigny était absent. Artémise reçut mes offres de service avec une politesse parfaite et me pria de les reporter à Perdita. Je sortis, piqué au jeu, et j'allai retrouver la petite Robinson, qui, du fond d'une loge voisine, me regardait avec inquiétude. Elle me fit en son patois quelques questions très-aigres auxquelles je répondis assez mal. Elle leva la main pour me donner un soufflet, car cette pauvre Perdita était fort mal élevée, et son Hanovrien l'avait habituée à boxer comme un cocher. Je l'arrêtai à temps, la ramenai chez elle et lui fis mes adieux. Elle pleura beaucoup et s'évanouit avec grâce. Aussi jouait-elle le rôle d'Orphélie à Drury Lane avec un art admirable. Je la quittai sans inquiétude, et deux jours après l'affligée Perdita partit pour l'Angleterre avec Charles Fox, un Cicéron de ce pays-là. J'entends dire qu'elle fait aujourd'hui des romans et qu'elle est fort heureuse.

— Le lendemain, interrompit Artémise, je reçois de M. le comte de Dives un billet très-court, dont voici le sens et, à peu de chose près, le texte :

« Mademoiselle,

« Coigny vous ennuie, je le sais. Permettez-vous que je vous en délivre? Ce sera l'affaire de dix minutes et d'un coup d'épée. Ne craignez rien : il n'en mourra pas. Après le combat, je mets à vos pieds ma fortune et mon amour.

« *Signé* ROLAND, marquis DE DIVES. »

Je riais encore de ce singulier billet, lorsque M. de Coigny vint chez moi fort en colère.

— Que veut dire cet étourdi, Artémise? demanda-t-il en jetant une lettre sur ma table.

La lettre était de la même main, et j'ose dire de la même cervelle. La voici :

« Mon cher duc,

« Artémise m'aime à la folie et n'ose vous le dire. Tout l'univers le sait, et vous êtes le dernier à vous en apercevoir, suivant l'usage de tous les maris. Croyez-moi, retirez-vous de bonne grâce, et ne m'exposez pas, en tyrannisant cette pauvre fille, à la douleur de croiser le fer avec un gentilhomme pour qui j'ai d'ailleurs tant d'estime. J'attends votre réponse au bois de Boulogne, à quatre heures de l'après-midi. Un de mes amis m'accompagne. »

Je protestai de mon innocence. M. de Coigny ne voulut rien écouter et me quitta, décidé à punir la folie de Roland. Par malheur, il reçut dans l'épaule un coup d'épée qui le retint trois semaines au lit. J'en fus désolée; mais qu'y pouvais-je faire? Roland vint me voir; il était beau comme vous voyez; brave, son duel le prouvait assez; un peu fou, ce qui ne déplaît pas aux femmes. Je cédai. Qu'auriez-vous fait à ma place ?

— Il est vrai, dit Reynier, que voilà des raisons sans réplique. Quel dommage que ce bonheur doive durer si peu !

— Pouquoi donc ? dit Artémise inquiète.

— Imaginez-vous, madame, que Roland veut aller à Coblentz.

— A Coblentz !

— Il a dit-il, des affaires de la plus grande importance. Il est de mode de passer le Rhin ; M. de Condé a besoin de ses services, et l'on ne sauvera pas la monarchie à moins.

— C'est une plaisanterie, n'est-ce pas, Roland ? dit-elle.

Artémise était fort mécontente. Elle voulait bien quitter Roland, mais non pas en être quittée. Cela faisait du tort à ses affaires. De plus, la Révolution éloignait de Paris les gens riches et les étrangers, c'est-à-dire tous ceux qui font la fortune des filles de cette espèce.

Les chefs du gouvernement nouveau, pénétrés des maximes de Sparte et de Rome, attaqués d'ailleurs sans relâche et par tout le monde, n'avaient ni le goût ni le loisir des amours faciles. Au sortir de l'Assemblée, ils allaient au journal, et du journal au club. Leur amour, car ils ont aimé avec une passion que notre âge affairé ne connaît plus, était âpre, violent, dévoué. Il a coûté la vie à plusieurs, et les femmes qu'ils ont aimées les suivirent jusqu'à l'échafaud.

Artémise et Roland n'étaient déjà plus de ce monde. Leurs pareils étaient à Coblentz. Un siècle séparait le Paris de 1792 du Paris de 1788, et la démocratie triomphante de la monarchie absolue, *tempérée par des chansons*. La nation la plus légère et la plus spirituelle de l'univers était devenue tout à coup la plus grave et la plus passionnée. De la même plume qui avait griffonné *Faublas,* Louvet écrivait des pamphlets ardents contre les rois, et Saint-Just, qui publiait à vingt ans une imitation de la *Pucelle,* de Voltaire, régentait, quatre ans plus tard, avec la gravité d'un sénateur romain, la Convention et la France.

On doit comprendre les craintes d'Artémise. Roland était son unique espoir, car, quelque entêtée qu'elle fût du choriste, elle ne se faisait pas illusion : le pauvre garçon ne pouvait lui offrir qu'une chaumière et son cœur, viande bien creuse pour une femme qui avait été trois ans à la mode dans la société galante de Paris. Ce fut donc avec une sourde colère qu'elle répéta sa question.

Roland hésitait à répondre. Il ne craignait ni les balles ni les épées ; mais il avait l'expérience des colères féminines, et il connaissait sa faiblesse. Il n'osait braver en face la fureur et les larmes d'Artémise, et il osait encore moins démentir son ami. Il s'appuya sur le dossier de sa chaise, et levant son verre il répondit en feignant de bâiller :

— Reynier ne sait ce qu'il dit. Qu'irais-je faire à Coblentz ?

Le bâillement était de trop. Artémise comprit

que son amant lui cachait quelque chose. Elle
insista et fit un détour.

— Ce voyage, dit-elle, mon cher marquis,
n'aurait rien d'extraordinaire. Un homme de
votre naissance a mille raisons d'aller à Coblentz.
C'est une jolie ville, et le vin des coteaux de la
Moselle est un excellent vin. Enfin, à vos moments
perdus, vous pouvez faire votre cour aux princes
et vous ménager, quand ils auront écrasé du pied
la révolte, un appui dans le nouveau gouvernement. Sincèrement, Roland, vous ferez fort
bien de passer quelques jours à Coblentz.

— Vous me le conseillez? dit Roland.

— Oui, je crois que vous ne pouvez mieux
faire.

— Eh bien! je suis ravi, chère amie, que vos
désirs s'accordent si bien avec les miens. Ma
résolution était prise dès ce matin, et la seule
crainte de vous déplaire m'empêchait d'avouer
que je viens vous faire mes adieux. Je partirai
demain.

Artémise rougit et changea tout à coup de ton.

— Voilà donc mes soupçons confirmés, dit-
elle. Quoi! si M. Reynier n'avait eu la franchise
de m'avertir, vous seriez parti sans tambour ni
trompette. Et vous m'aimez!

— Mais, ma chère Artémise... balbutia Roland.

— Vous me quittez! et pour qui? Est-ce pour

le comte d'Artois, qui vous connaît à peine, et
qui, de retour à Paris, vous tournera le dos; ou
pour M. d'Hérigny, qui craint beaucoup moins la
révolution que ses créanciers; ou pour le prince
de Condé, qui vous recevra comme un sanglier
dans sa bauge, et qui vous enverra aux avant-
postes, d'où vous serez rapporté couvert de
gloire et diminué d'une jambe, sinon de toute la
tête ?

— Parbleu ! dit Roland à son ami, tu avais
bien besoin de faire lever ce lièvre ! Maudit
bavard, ne pouvais-tu mettre à ta langue un
cadenas ?

— Monsieur le comte, reprit Artémise, tout
est fini entre nous. Vous m'avez indignement
trahie; je ne vous dois plus rien. Reprenez les
présents que vous m'avez faits. Je reprends ma
liberté. »

Artémise comptait sur l'effet de ce coup d'État
pour décider la victoire, et son calcul eût été
juste, si un incident inattendu n'avait renversé
toutes ses espérances.

Jusque-là, Reynier, resté neutre, avait gardé le
silence. Quoiqu'il fût aussi jeune que Roland, il
était, par profession et par caractère, beaucoup
plus sérieux. C'était un pur stoïcien, insensible à
la douleur et à la crainte, dévoué à la patrie et
à la science, mais indulgent pour les faiblesses

des hommes. Sa vertu n'avait rien de farouche
et ne portait ombrage à personne. Sur son visage
doux et calme se peignaient la force, l'intelligence
et une sérénité parfaite. Il n'était ni sentencieux,
ni sévère dans ses discours; il n'exhortait personne
à la vertu; il se gardait de sermonner ses amis;
il ne prêchait que l'exemple; il n'offrait ses conseils à personne, et, grâce à cette sage conduite,
il était aimé de quelques-uns et respecté de tous.

Depuis un moment il regardait la tapisserie
derrière laquelle se cachait l'infortuné choriste.
La tapisserie avait remué plusieurs fois, et Reynier
aperçut tout à coup un œil humain qui regardait
cette scène avec anxiété. Il devina sur le champ
le choriste. Cependant il n'en fit rien paraître et
continua d'écouter d'un air impassible les excuses
où se morfondait le pauvre Roland.

Artémise, qui ne soupçonnait pas la découverte
du Jacobin, se répandait en larmes et en invec-
tives. Sa colère coulait comme un fleuve, suivant
le langage d'Isaïe, et ses larmes tombaient comme
les cataractes du ciel. Roland, dans l'attitude d'un
suppliant, demandait sa grâce et reniait Coblentz
et ses amis. Il jurait de ne plus la quitter, et
Artémise, toute baignée de pleurs, semblait déjà
prête à pardonner.

— Vous ne m'avez jamais aimée! dit-elle.

Reynier se leva, écarta la tapisserie, et, prenant

le choriste par la main, le força de s'avancer au milieu de la salle.

Artémise pâlit et feignit de se trouver mal. C'était le meilleur moyen d'éviter la colère de son amant. Le choriste tremblait de toutes ses forces, et donnait au diable sa maîtresse et son perfide souper. Reynier, toujours impassible et silencieux, semblait un spectateur désintéressé. Roland, muet de colère, saisit une bouteille pour la jeter à la tête du choriste, et probablement il eût mis fin d'un seul coup à ses bonnes fortunes si Reynier, d'un geste rapide, n'avait retenu son bras. Le choriste plia les épaules comme un homme qui s'attend aux coups de bâton.

— D'où sort ce maroufle? dit Roland.

— Hélas! monsieur, répliqua l'autre, je ne suis point maroufle, mais choriste à l'Opéra.

— Que viens-tu faire ici?

— Monsieur, je viens souper.

Cette réponse naïve fit éclater de rire les deux amis et rendit à Roland son sang-froid.

— Parbleu! dit-il, vous vous moquez de moi, ma chère, avec un aplomb que j'admire. Je faisais tout à l'heure à vos genoux une singulière figure.

— Cher marquis, dit Artémise, vous avez trop d'esprit pour ne pas compatir aux faiblesses humaines. Je vous aime, et il m'en revient quelque argent, je l'avoue; mais ma tendresse vaut votre argent, et soyez sûr que je ne vous ai pas fait tort d'un sou.

— Bien raisonné, dit Roland; maintenant, faisons la paix, et buvons pour digérer ces belles maximes.

— Que veux-tu faire de ce garçon? dit Reynier. Sois bon prince : envoie-le à l'office.

— J'y consens. Va donc, imbécile! et ne chasse plus sur mes terres. Il s'en est fallu bien peu que le fils de ta mère eût les oreilles coupées.

Le choriste ne se le fit pas répéter.

— Eh bien! dit Artémise, touchez là, cher marquis. Vous venez d'agir comme un homme d'esprit et comme un homme de cœur. En vérité, je vous aime.

— Ma chère, dit Roland, il est un peu tard. Je pars demain pour Coblentz. Néanmoins, je suis très-flatté de ce compliment, et je te souhaite toutes sortes de prospérités. En échange, je te dois un conseil : ton choriste est un pleutre qui ne te fera jamais honneur. Mets-le à la porte, et tu t'en trouveras bien.

— Roland, dit-elle en lui sautant au cou, nous ne sommes pas brouillés, au moins?

— Assurément non, ma chère. Combien de temps as-tu aimé Coigny?

— Sept mois.

— Et Lauzun?

— Huit mois.

— Pour moi, je devins ton ami le 5 février 1791. Cela fait donc environ quinze mois, c'est-à-dire que vous m'avez aimé moi seul autant que mes deux prédécesseurs ensemble. Franchement, une si longue fidélité devait vous ennuyer, Artémise.

— Non, pas trop, je vous jure.

Le souper se prolongea fort avant dans la nuit. Enfin les deux amis prirent congé d'Artémise.

— Mon cher marquis, dit-elle, vous êtes le plus aimable garçon du monde. Si vous rentrez en France, soit avec les Prussiens, soit autrement, pensez à moi. Je ne vous oublierai jamais. Au revoir.

— Adieu, dit Roland. Défie-toi des choristes. La veuve de tant de gentilshommes illustres ne doit pas se compromettre avec un pied plat.

Il était trois heures du matin, et déjà l'aube blanchissait les toits, quand Roland de Dives et son ami sortirent de la maison d'Artémise. Ils se regardèrent en riant comme deux augures.

— Allons nous coucher, dit Roland. Il est trop tard pour que tu retournes au quartier Latin. Je t'offre un lit chez moi. Nous passerons ensemble mon dernier jour. *Cras ingens iterabimus æquor.*

— Pourquoi partir? dit Reynier. La France est si belle !

— Je m'ennuie.

— Retourne en province.

— La province est pleine d'oncles et de cousines. On me prêchera, on voudra me marier. Je me révolterai ; on me sermonnera. Je hais la morale et les moralistes ; j'enverrai la famille à tous les diables, et je scandaliserai les grands parents. Non, tout pesé, il vaut mieux que je parte.

— Laisse-toi marier.

— Mon ami, j'ai vingt-trois ans ; j'aime à rire, à me battre, à boire, à jeter l'argent par les fenêtres ; j'aime à aimer surtout. Est-ce avec ce caractère qu'il faut se mettre en ménage? Le mariage est bon pour les goutteux et les catarrheux. Que veux-tu que je fasse d'une pensionnaire qui ne sait rien, hors la vie des Pères de l'Église et l'orthographe, qui rêve sans doute un héros, et qui me saura mauvais gré de n'être qu'un bon enfant, facile à vivre, sans empressement et sans jalousie?

— Tu aimes mieux Artémise et son choriste ?

— Artémise, mon cher, est une bonne fille qui ne fait pas grand cas de l'idéal, et qui n'a jamais rêvé qu'un bon souper et des cachemires de l'Inde. Pour peu qu'on soit riche, il est aisé de combler tous ses vœux. Mais que peut-on dire à une petite provinciale qui veut qu'on l'adore et qu'on lui récite matin et soir les litanies de Saint-Preux ? On s'en amuse le premier jour ; le lendemain, on bâille ; le troisième jour, on prend la poste. Il ne tient qu'à moi d'en faire l'expérience. Mon oncle, le vieux comte de Dives, m'a offert cent fois la main de sa fille unique.

— Et tu l'as refusée ? Est-elle bossue ?

— Elle est droite comme un peuplier.

— Ou borgne ?

— Elle a les plus beaux yeux du monde.

— Ou méchante?

— C'est un ange.

— Mon ami, on n'offre pas une fille riche, charmante et sans défaut à un étourdi tel que toi. Il faut qu'elle ait quelque vice secret.

— Pas le moindre. Elle a dix-huit ans, de l'esprit, une beauté parfaite, une grande fortune que les lois révolutionnaires n'ont pas diminuée.

— Et ton oncle te l'offre? Voilà un père bien imprudent.

— Parbleu, dit Roland, je ne m'en fais pas accroire. C'est à mon nom que je dois cette faveur, et non pas à mon mérite. Mon oncle, qui s'est fait Jacobin pour suivre la mode et hurler avec les Jacobins, sait bien, au fond, ce qu'il doit penser de l'égalité, de la fraternité et des autres plaisanteries révolutionnaires. Il veut que ses pe-

tits-enfants portent le nom glorieux de Dives.
Voilà pourquoi il me ménage. Que j'épouse sa
fille et que je perpétue son nom et sa race, le
bonhomme n'en demande pas davantage.

— Et de quel œil ta cousine voit-elle ce
projet?

— Louise? D'un œil très-favorable, je sup-
pose. A dire vrai, je ne m'en suis pas informé.
La petite fille est romanesque, hautaine ; elle lit
beaucoup, et les héros de son imagination ne
sont pas des hommes de chair comme toi et moi,
mais des statues imitées de l'antique, des Brutus,
des Épaminondas, des Démosthènes et toute la
kyrielle des héros de Plutarque.

— Cela t'effraie?

— Je voudrais bien te voir, pendant un mois
d'hiver, en tête-à-tête dans un vieux château, au
milieu des montagnes, avec une petite fille qui a
lu *Émile*, et qui croit entendre le *Théétète* de Platon. C'est à se cogner la tête le long des murs.
L'an dernier, j'en fis l'essai vingt-quatre heures,
et revins à Paris plus mort que vif.

— Eh bien! n'en parlons plus. Roland, j'ai
voulu cette nuit te détacher d'Artémise. Cet
amour n'était pas digne de toi. Un homme se
doit à la patrie. Tu as de l'esprit, de l'honneur et
du courage ; tu es un vrai gentilhomme, mais tu
es un mauvais citoyen. Quoi! la France est en

danger, et tu pars! L'armée prussienne est à
Coblentz, et tu vas à Coblentz! Tu désertes! Si
Brunswick est vainqueur, tu rentreras dans
Paris, et tu seras fier de la victoire des Prussiens!
Tu seras compté parmi les traîtres que ramène
l'étranger.

— Les traîtres! dit Roland avec hauteur.

— Ce mot t'indigne? Il est juste. Quel nom
donner à ceux qui portent l'épée, et qui n'osent
venger eux-mêmes leur injure? Je te dirai bien
plus : ami, la guerre civile est impie ; cependant
il faut la subir quelquefois. Prends les armes ;
assemble tes amis ; remplissez les rues de Paris ;
attaquez bravement les patriotes, en plein jour, à
la face du soleil, et que Dieu soit juge entre
nous! Vous périrez, je le sais, car la justice
éternelle combattra contre vous ; mais vous ne
périrez pas sans honneur, et vos enfants diront
que vous n'étiez pas indignes de vos pères.

— Eh bien! dit Roland, ton conseil est d'un
homme, et dussé-je épouser ma cousine, je vais
à Dives. Ami, je te remercie. Et maintenant,
allons nous coucher.

III

Il était six heures du matin, et les deux amis dormaient d'un profond sommeil, lorsque le valet de chambre de Roland entra brusquement chez son maître.

— Qu'y a-t-il? dit celui-ci en se frottant les yeux.

— Monsieur le marquis, on vient vous arrêter; sauvez-vous!

— Au nom de la loi, ouvrez! cria du dehors une voix retentissante.

En même temps, cinq crosses de fusil frappèrent la porte de l'antichambre.

— C'est ce coquin de Fritz, dit Roland; je reconnais sa voix.

— Faut-il ouvrir? Ils vont enfoncer la porte.

— Laisse-les faire. Parlemente un instant; je vais m'habiller et prendre mes armes.

— Y pensez-vous, monsieur le marquis? résister à la loi!

— C'est mon affaire. Obéis.

Au même instant Reynier entra.

— Quel est ce bruit? dit-il.

— Une misère, répondit Roland. C'est la section des Piques qui vient me rendre visite sous la présidence du citoyen Fritz.

Tout en parlant, il chargeait ses pistolets.

— Que veux-tu faire?

— Leur brûler la cervelle, parbleu! Je ne veux pas être pris comme un lièvre au gîte. Mon pauvre Jacobin, voilà l'effet de ta belle Révolution. Nous sommes libres, pourvu que nous sachions défendre notre liberté à coups de sabre. Sors d'ici avant que la fête commence, et ne te laisse pas, toi qui est des élus d'Israël, confondre avec un Amalécite : les balles ne connaissent personne.

— Mon cher ami, dit Reynier, c'est une méprise, j'en suis sûr. Laisse-moi parler à ces gens-là.

— Va, parle. Jean, donne-moi cette large épée qui est pendue au mur. C'est celle que François de Dives, mon grand-père, portait dans les guerres du Palatinat, et elle a fendu plus de crânes allemands qu'il n'y a de mois dans l'année. J'ai quelque pressentiment qu'avant cinq minutes elle se fera un chemin dans l'occiput de Fritz.... Bien. Ton discours est-il prêt? Jean, ouvre la porte à ces patriotes.

Cinq hommes de mauvaise mine, la baïonnette au bout du fusil, entrèrent dans l'appartement. En tête marchait Fritz, ceint de l'écharpe municipale.

C'était un gros Alsacien d'une figure plate et vulgaire. Il s'avança en hésitant un peu, et parut étonné de la présence de Reynier, qu'il ne connaissait pas.

— Que voulez-vous? dit Roland. Fritz, pourquoi n'êtes-vous pas à votre poste?

— Mon poste, dit pesamment le Suisse, est où la patrie m'envoie.

Il tira de sa poche un papier fort sale, le déplia et dit :

— Citoyen Dives, au nom de la loi, je viens faire des perquisitions dans votre domicile. Vous êtes accusé de conspirer avec Pitt et Cobourg contre les institutions que s'est données la France régénérée. Citoyen, donnez-moi vos clés.

— Et toi, Fritz, répondit le jeune homme, au nom de la loi, de l'egalité et de la fraternité, descends l'escalier quatre à quatre, si tu veux éviter de mourir sous le bâton.

Fritz recula vers son arrière-garde.

— Citoyen, dit-il à ses acolytes, vous êtes témoins de l'outrage que cet aristocrate vient de faire à la cocarde nationale et à la nation, dont je suis le représentant. Empoignez-moi cet homme!

Les fusiliers s'avancèrent. Roland arma ses pistolets.

— Le premier qui bouge est mort, s'écria-t-il.

Les assaillants hésitèrent. Reynier en profita
pour se jeter entre eux et son ami.

— Citoyen, il y a un malentendu. Mon am
respecte la loi et ses représentants ; mais il veut
savoir de quel droit on force la porte de sa
maison.

— Du droit qu'a la section des Piques de
vérifier le patriotisme de tous ses membres, dit
Fritz, qui reprenait courage. Voici le mandat qui
autorise une perquisition domiciliaire. Il est signé
du président et du secrétaire de la section.

— Bien, dit Reynier, qui prit le mandat. Qui
est le président ?

— Moi, Fritz.

— Très-bien. Qui est le secrétaire ?

— Moi, Barnabé-Cassius Lebrun, dit un des
fusiliers.

— Fort bien. Qui a fait le rapport sur lequel
la section des Piques a ordonné cette visite
domiciliaire ?

Il se fit un profond silence. Les fusiliers regardaient Fritz avec embarras. Celui-ci paya d'audace.

— C'est moi, dit-il.

— A merveille, reprit Reynier. Ainsi, le
citoyen Fritz a dénoncé Dives comme aristocrate
au citoyen Fritz, qui a ordonné une enquête que
ledit citoyen Fritz daigne faire lui-même. Voilà

qui est expéditif. Peste ! les formalités judiciaires
ne vous embarrassent pas, citoyen. C'est affaire à
vous de dénoncer, de juger, de condamner et d'exécuter les coupables. De quelle date est le mandat ?

— De ce matin.

— J'admire votre zèle. Et sur quels indices
avez-vous soupçonné le civisme du citoyen Dives ?

— Je ne dois compte de mes actions qu'à la
patrie, dit Fritz, poussé à bout par le sang-froid
avec lequel Reynier faisait son interrogatoire.

— Dives, donnes-moi tes clés. Citoyen Fritz,
reprit Reynier avec autorité, tu ne sais guère
à qui tu refuses de répondre. Prends garde de
comparaître devant un juge plus sévère que moi.
Qui t'a dit que Dives conspire avec Pitt et
Cobourg ?

L'Alsacien, malgré son effronterie, ne put soutenir les regards de Reynier.

— Personne, dit-il avec embarras. C'est un
bruit qui court dans le quartier.

— Qui a répandu ce bruit ? Est-ce vous, Barnabé-Cassius Lebrun ?

— Non, dit le secrétaire de la section des
Piques. Fritz, patriote d'élite, nous a seul dénoncé le coupable.

— Eh bien ! dit l'Alsacien exaspéré, oui, c'est
moi qui ai surveillé, surpris et dénoncé le
coupable ; c'est moi qui ai décacheté les lettres

venues de Coblentz, qui ai feint de tout ignorer pour encourager sa trahison, et qui traduirai le traître à la barre de la nation.

— Citoyen Fritz, dit Reynier avec sang-froid, la patrie doit beaucoup aux gens de ton espèce. J'aurai soin de ta fortune.

— Je te remercie, citoyen, dit Fritz avec fierté ; le témoignage de ma conscience me suffit. Pouvons-nous continuer l'enquête ?

— Assurément. Roland, donne à ces braves patriotes la clé de ton secrétaire.

Roland jeta la clé à Fritz. Celui-ci se hâta d'ouvrir le secrétaire. Du premier coup d'œil, il reconnut une liasse de lettres qui portaient le timbre de Coblentz,

— Voilà, dit-il, la preuve de ta trahison.

Il prit une de ces lettres au hasard, l'ouvrit et commença la lecture à haute voix :

« Que devenez-vous, marquis, parmi tous ces croquants?... »

— Croquants ! dit Fritz à ses fusiliers. C'est des patriotes comme vous et moi qu'il parle.

Les cinq fusiliers poussèrent un grognement unanime. Fritz continua :

« On n'attend plus que vous pour mener la danse, et c'est la canaille révolutionnaire qui paiera les violons. Monseigneur le prince de Condé a juré de ne pas laisser pierre sur pierre

dans cet infâme Paris. On ne fera grâce qu'à
l'Opéra et aux vierges qui l'habitent. Nous aurons
fort à faire pour les enlever aux Prussiens.
Brunswick est un charmant gentilhomme, qui
frétille encore près des dames, bien qu'il ne
soit plus jeune. Il ne doute pas de rétablir la
monarchie et la noblesse avant trois mois. Que
Dieu l'entende ! Très-cher, votre place est mar-
quée dans notre camp. Ne vous faites pas trop
attendre ; cela est de mauvais goût. Nous avons
ici de petites Allemandes qui sont des anges de
douceur et de complaisance. Pour ma part, je les
voudrais moins faciles ; en toute chose, un peu
de difficulté aiguise l'appétit. Quand vous viendrez
ici, je vous en dirai des traits qui vous surpren-
dront. Votre serviteur est sur les dents et ne peut
suffire aux baronnes... »

La lettre, signée d'Hérigny, était tout entière
de ce style.

Pendant cette lecture, Reynier écrivait un billet
qu'il cacheta soigneusement.

— Citoyen Dives, dit Fritz, tu vas nous suivre
en prison.

— Jean, dit Reynier au valet de chambre,
porte cette lettre au citoyen Danton, ministre
de la justice.

Ce terrible nom fit frémir les cinq fusiliers et
l'effronté Fritz.

— Est-ce que vous connaissez le citoyen Danton ? demanda-t-il en tremblant.

Reynier sourit sans répondre. L'Alsacien, épouvanté, crut avoir affaire au secrétaire même du terrible Danton, qui était alors le personnage le plus redouté de France.

— J'espère, dit-il, que vous êtes content de nous, citoyen, et que vous rendrez compte au ministre de ce que vous avez vu.

— C'est déjà fait, dit Reynier. Ah ! coquins, de votre autorité privée, vous faites des visites domiciliaires, vous forcez un secrétaire, vous lisez les lettres d'un citoyen paisible, et vous l'emmenez en prison ! Danton sera instruit de votre zèle, je le jure, et vous fera accrocher à la lanterne.

L'effet de ces paroles fut foudroyant. Les cinq fusiliers jetèrent leurs armes pour courir plus vite et se précipitèrent dans l'escalier, croyant avoir à leurs trousses Danton et toute la police de Paris. Fritz était déjà parti et ne s'arrêta qu'à Strasbourg.

— Tu es un vrai magicien, dit Roland à son ami. Ces gredins n'ont pu tenir devant toi. Je te remercie, et je pars.

— Pour Dives ? C'est fort sage, car Fritz et ses pareils pourraient quelque jour se raviser et te jouer un mauvais tour.

— Non, pour Coblentz. Ma résolution est prise.

3

Ce n'est pas vivre que de dépendre des discours
de son portier. Je rentrerai dans mes foyers l'épée
à la main.

— Reste : celui qui frappe la patrie est parri-
cide.

— Je te dois beaucoup, dit Roland, car tu m'as
sauvé la liberté, plus précieuse que la vie. Je ne
l'oublierai pas; et quand nous aurons rétabli
l'autorité légitime...

— Je n'ai fait pour toi, dit le patriote, que ce
qu'un ami doit à un ami, et un homme à un
homme. Quant à l'autorité légitime, comme tu
l'appelles, ne souhaite pas de la voir rétablie,
car, ce jour-là, un million de Français seront
morts sur le champ de bataille, et moi, je ne
survivrai pas à la patrie. Adieu, ami ; dans un
mois je serai sur la frontière avec toute l'armée.
Fasse le ciel que nous ne soyons pas forcés de
nous égorger l'un l'autre !

Le soir même, Reynier partit pour Dives et
Roland pour Coblentz, après avoir chargé son ami
de faire ses adieux à son oncle, le vieux comte.

IV

Dives, que les géographes et Cassini lui-même ont négligé d'indiquer sur leurs cartes, est une petite ville de six mille âmes, située au centre de la France, sous le 46ᵉ degré de latitude boréale. La longitude est celle du méridien de Paris. Deux chaînes de collines resserrées que sépare un ruisseau, la Soreille, s'entr'ouvrent en laissant quelques rayons de soleil pénétrer dans une gorge étroite. Dans cette gorge, et le long du ruisseau, s'étend une rue bien bâtie où s'embranchent vingt ou trente ruelles. Cette rue, sombre comme un puits, c'est Dives.

Les montagnes arides qui la dominent sont faites d'un pur granit qui a résisté à toutes les révolutions intérieures du globe terrestre. Elles n'ont pas la hauteur des Pyrénées, ni la forme régulière de ce grand escalier des Alleghanys, qui descend par trois marches jusqu'à l'océan Atlantique. Elles sont toutes de hauteur médiocre. C'est l'image de la population. Les parfaits imbéciles y sont rares; les hommes de génie, tout à fait inconnus; la masse est composée d'esprits

ingénieux, subtils, défiants, sans passions vio-
lentes et sans enthousiasme, pour qui le suprême
bonheur est de se moquer les uns des autres.

Tel est Dives aujourd'hui, et tel il était le
2 juillet 1792. En ce temps-là, cependant, l'ap-
proche des Prussiens, le danger de la patrie,
l'orgueil de la liberté récemment conquise enflam-
maient tous les courages. L'autel de la patrie
était dressé sur la place publique de Dives, en
face de la maison de ville. Les femmes et les
vieillards apportaient leur argent sur cet autel;
les jeunes gens s'enrôlaient pour l'armée de Dumouriez, et les hommes plus âgés formaient
la garde nationale, réserve de la France. On
s'embrassait, on chantait, on mangeait, on buvait
en public; on parlait de conquérir l'Europe pour
la délivrer des tyrans; on criait à ne plus s'entendre. Ce peuple entier semblait fou, et jamais
peut-être il ne fut plus sage, ni plus grand, ni
plus heureux.

C'est au milieu de ce tumulte apparent
qu'Henri Reynier entra dans Dives. A peine des-
cendu de voiture, il fut reconnu, saisi et emporté
en triomphe par cent bras robustes. En un instant,
l'autel de la patrie fut abandonné, et la foule se
précipita vers le nouveau venu en criant :

— Vive le citoyen Reynier! vive le vainqueur
de la Bastille!

Reynier n'en fut pas embarrassé.

— Vive la liberté! criait-il à son tour d'une voix forte.

— Citoyen, dit un des assistants, dis-nous les nouvelles de Paris.

En ce temps-là, on était loin de recevoir tous les jours les journaux de la capitale; on se jetait sur les voyageurs, on les interrogeait, on commentait leurs réponses. Reynier, qui jouissait d'ailleurs d'un grand crédit à Dives, était donc une proie précieuse. Il monta sur les marches de l'autel de la patrie.

— Mes chers amis, dit-il, les Prussiens et les émigrés sont à Coblentz; mais nos braves volontaires occupent les défilés de l'Argonne et vont frotter Brunswick comme il faut.

— Bravo! cria la foule.

— Et le roi? demanda quelqu'un.

— Le roi est aux Tuileries et fait ses quatre repas. C'est pitié de voir comme le pauvre homme engraisse!

— Et madame Veto?

— L'Autrichienne? Elle enrage de vieillir; elle veut sourire et fait la grimace: elle compte sur Lafayette, qui compte sur son armée, qui le plantera là quelque jour. On va l'envoyer au couvent ou à son frère d'Autriche.

— Et Robespierre?

— Il est plus vertueux que jamais. Dernièrement, au club des Jacobins, il a dit qu'il était pur comme Aristide et Caton, qu'il avait pour ennemis tous les scélérats de l'univers, et que ces gredins le feraient périr assurément. L'assemblée fondait en larmes. Sept ou huit des plus belles citoyennes qui assistaient à la séance se sont évanouies.

— Et Marat?

— Il est d'une sensibilité ravissante. Il ne veut plus, pour faire le bonheur du peuple, couper que quatre-vingt mille têtes. Impossible de sauver la patrie à moins. Il faut épurer la société.

— Et....

— Mes chers amis, interrompit Reynier, vous me prenez au débotté. Laissez-moi le temps de dîner, et soyez sûrs que vous n'y perdrez rien. Je serai ce soir au club des Jacobins.

A ces mots, il descendit de sa tribune improvisée et entra dans une maison voisine qui appartenait à son frère, Charles Reynier, procureur-syndic, ou, pour parler le langage d'aujourd'hui, procureur impérial à Dives. Les curieux n'osèrent le poursuivre jusque-là.

Charles Reynier était un gros garçon bien portant, honnête homme, bon vivant, bon camarade, d'humeur gaie, d'esprit facile, aimé de

tout le monde et bienveillant pour tous, malgré
ses terribles fonctions. La Révolution l'ayant fait
syndic, il aimait la Révolution; si la monarchie
l'avait fait conseiller au parlement, il eût adoré
la monarchie. Par esprit et par tempérament, il
était modéré en tout, ne haïssant personne et
n'aimant avec passion que lui-même et son frère.

Malgré sa jeunesse, Henri était le véritable
chef de la famille; son esprit était pénétrant, et
son âme était grande. En des temps plus doux,
c'eût été un philosophe aimable, malgré ses
opinions stoïciennes. La Révolution en avait fait
un héros.

Il entra, embrassa son frère et répondit en une
minute à vingt questions différentes. Enfin le
calme se rétablit; on dîna de bon appétit, et
quand, au dessert, on s'appuya les coudes sur
la table, ce qui est, au dire d'Homère et de
Napoléon, le geste propre aux grands esprits,
la conversation devint sérieuse.

— Tes études de chirurgie sont-elles terminées?
demanda le procureur-syndic.

Reynier tira de sa poche un diplôme en bonne
forme.

— Desault voulait me garder avec lui, dit-il,
et me promettait sa succession à l'Hôtel-Dieu.
J'ai refusé.

— Pourquoi? demanda le syndic.

— J'ai d'autres desseins, dit Reynier. L'Hôtel-
Dieu ne manquera jamais de bons chirurgiens,
et déjà Desault, sur mon refus, vient de prendre
un de mes amis, Bichat, un jeune homme qui
fera parler de lui quelque jour. Moi, je n'ai pas
de fortune à faire; je suis libre, seul et riche.
J'ai droit à d'autres idées que celles d'un père
de famille qui veut assurer l'avenir de ses enfants.

— Tu viens à propos, dit le procureur-syndic,
pour enseigner aux patriotes de Dives le mépris
des biens de la terre; jamais on n'a vu de rage
pareille à celle qui possède ces pauvres gens.
Les biens nationaux fondent entre les mains des
commissaires-priseurs. On fait queue aux enchè-
res; on se pousse, on se culbute, on s'écrase.
Samedi dernier, on vendit pour un sac de blé un
champ qui rapporte tous les ans dix fois davantage. Les paysans l'ont su, et le lendemain sont
entrés à Dives par milliers, indignés contre l'heureux acquéreur de ce champ. On eut grand'peine
à leur faire entendre raison et à les renvoyer chez
eux.

— Quel est cet acquéreur?

— C'est l'administrateur du district, un ci-
devant capucin, fort intrigant, qui fait le patriote
et qui persécute ses anciens confrères avec un
zèle de néophyte. Tu dois le connaître : c'est
Barré.

— Quel Barré?

— C'est l'ancien prieur du couvent de Beurnonville, autrefois ami trop intime de Mme de Beaucéan. Aujourd'hui, la dame est en exil, et le galant prieur est devenu un Jacobin farouche. Personne n'a mieux profité que lui de la vente des biens du clergé. Il achète à peu près seul les biens de son ancien couvent. Qui oserait surenchérir en face d'un concurrent si redoutable, ami de Robespierre et correspondant de Marat? En deux ans, il est devenu le plus riche propriétaire du département. On dit qu'il va se marier avec une petite aristocrate que est une perle de beauté, Mlle Louise de Dives.

— C'est impossible! Le comte n'y consentira jamais.

— Pourquoi non? Barré n'a pas plus de quarante ans; il a l'abord facile, insinuant, doucereux; il parle bien; il est administrateur du district et tout-puissant; il peut à son gré protéger ou menacer le comte, s'en faire aimer ou s'en faire craindre. Voilà bien des raisons de vaincre la résistance du père, sinon d'être aimé de la fille. Au reste, c'est Barré lui-même qui fait courir ce bruit.

— Et qu'en dit le vieux ci-devant?

— Le père? Il feint d'ignorer les desseins de Barré et lui fait bon visage. Il a grand'peur, je

crois, de quitter son château, ses terres et sa
forêt, qui ne le cède qu'à celles de Chantilly et
de Fontainebleau. A l'Assemblée constituante, il
siégeait à côté de Barnave et votait avec Mirabeau. Depuis, retiré dans son château, il parle
rarement politique, mène sa fille à la messe du
curé patriote, et donne asile aux prêtres insermentés; il évite également les Jacobins et les
Feuillants. Si ce n'est un ardent patriote, c'est
du moins un homme prudent. Barré, qui a
grande envie de sa fille, et encore plus de sa
terre, veut, sous main, le compromettre et le
tenir à sa discrétion; mais le vieux ci-devant,
impassible comme un roc, soutient tous ces
assauts sans en être étonné. Ou je me trompe
fort, ou cette lutte secrète touche à son terme,
car Barré va lancer contre lui le club des Jacobins, et le comte sera forcé de fuir, ou de plier
et de sacrifier sa fille.

— De quoi l'accuse Barré?

— De rien. Il est trop habile pour se mettre
lui-même en avant et se brouiller ouvertement
avec le comte. Il a pris un détour. Trois ou
quatre Jacobins subalternes, clercs de procureur,
basochiens sans emploi, ont pris en grippe l'ancien curé de Dives, et veulent qu'on en fasse un
exemple. Ce pauvre homme, déjà faible d'esprit,
est devenu à son tour presque enragé, et crie en

chaire contre les patriotes. Barré va lancer contre
lui sa meute. Le curé, qui n'est pas brave, et que
personne ne soutient, ira naturellement chercher
un asile chez le comte, qui est son ami. Barré
compte bien envenimer l'affaire, et, sous prétexte
de faire respecter la loi, effrayer M. de Dives et
lui arracher sa fortune et sa fille.

— Et tu le souffriras, toi, procureur-syndic ?

— Que veux-tu que j'y fasse ? Suis-je le chevalier des dames ? Que m'importe, après tout,
qu'une petite aristocrate épouse un capucin défroqué ou un aristocrate comme elle ? Suis-je son
parent, son tuteur ou son ami ? Vivons en paix,
mon cher, et laissons le prochain vivre à sa
guise.

— Ce Barré est un abominable gredin !

— Ai-je dit le contraire ? Mais il est administrateur du district : veux-tu que je me fasse des
affaires avec lui pour faire plaisir à un vieil aristocrate ? Qui m'en saura gré?

— Ta conscience.

— Mon cher, ma tête va fort bien à mes épaules. Je n'ai garde de la compromettre. Ne faisons
de mal à personne, si nous pouvons ; mais ne
nous faisons pas massacrer sans nécessité. Je
connais Barré. C'est un coquin implacable et hypocrite qui me coupera le cou si jamais je lui fais
obstacle. Eh bien ! j'aime à vivre. Nous sommes

trop peu sûrs de la vie à venir, pour risquer
étourdiment la vie présente. Quant à toi, va,
travaille, invente, combats, prends ce Barré à la
gorge, tu me feras grand plaisir ; je prierai Dieu
qu'il t'assiste ; mais pour t'aider, serviteur :
j'aime trop ce globe sublunaire.

— Voilà le défenseur des lois ! dit Reynier en
riant.

— Oui, je défends la loi, dit le syndic avec chaleur, mais la loi seule ; et quelle loi Barré vio-
lera-t-il en épousant Mlle de Dives ? Est-il défendu
aux capucins d'épouser des comtesses ? C'est aux
comtesses à se garer des capucins. Vais-je faire
le guet pour elles ? Toi-même, quelle mouche te
pique ? Tu ne connais pas cette fille, mais tu entends dire qu'elle est belle, et sur ce mot ton
imagination prend feu et court la campagne.
N'est-ce pas un beau trait, bien digne d'un stoïcien tel que toi ? N'es-tu pas honteux, disciple
de Caton et d'Épictète ? Quoi ! la patrie est en
danger, et tu t'occupes d'une petite fille ! Tu me
rappelles l'histoire de ce roi des *Mille et une
Nuits* qui devint amoureux d'une princesse sur
le bruit qu'elle était belle, qui voulut l'épouser,
et que l'inhumaine changea d'un coup de ba-
guette en pélican blanc. Médite sur la triste
destinée de ce pauvre homme, et crains que
cette petite aristocrate ne fasse de toi un pélican.

Par un hasard singulier, la plaisanterie du syndic n'était pas sans fondement. Je n'ose dire que Reynier fût vraiment amoureux de Mlle de Dives, qu'il n'avait jamais vue ; mais il était au moins possédé d'une violente curiosité de la voir ; et qu'est-ce que l'amour, sinon une immense curiosité ?

Le jeune homme se leva.

— Où vas-tu ? dit le procureur.

— Au château de Dives.

— Eh bien ! que te disais-je ? Tu vas te faire tuer pour cette petite comtesse, que tu ne daignerais pas seulement regarder si le ciel avait allongé son nez d'un demi-pouce.

Reynier expliqua les motifs de son voyage et la commission qu'il avait reçue de Roland de Dives, monta à cheval et partit.

Le château de Dives, forteresse du XIe siècle, est bâti sur un grand plateau qui s'élève à pic de plus de cinq cents pieds au-dessus de la ville. Le plateau, sorte de presqu'île autour de laquelle tourne la Soreille, communique avec les vallées voisines par une avenue étroite et plantée de châtaigniers. Cette avenue, longue d'une demi-lieue, descend par des détours qui adoucissent la pente jusqu'à la vallée de la Soreille, et mène à Dives. Le château n'est abordable que par là.

C'était en temps de guerre le refuge ordinaire des habitants de la ville.

En 1350, le fameux prince Noir l'assiégea trois mois sans le prendre, et, pour venger son échec, fit pendre en vue des murailles une vingtaine de bourgeois de Dives, faits prisonniers dans une sortie. C'était la mode alors, et ce grand homme n'en était pas moins un vrai chevalier, parfait modèle de grâce et de courtoisie. De leur côté, les Divois attrapèrent une trentaine de traînards anglais et les coupèrent par petits morceaux, ce qui réjouit singulièrement les femmes et les enfants des bourgeois défunts.

Henri IV, plus heureux que le prince Noir, entra dans la forteresse plutôt *par droit de conquête* que *par droit de naissance*, et ne pendit aucun Divois, de crainte de représailles, ce sage héros n'ayant jamais coupé le cou à personne sans y trouver un bénéfice.

Richelieu, qui se souvenait d'Henri IV et du prince Noir, fit raser les remparts et ne laissa debout que les tours et le corps de logis. Le château devint un monument inoffensif de l'ancienne puissance des marquis de Dives, et de l'architecture solide et pittoresque du moyen âge. Quatre tours admirablement conservées et meublées à la mode de Louis XIV faisaient le principal ornement du château. L'une d'elles, tour-

née vers la ville, était la demeure particulière du
comte Adhémar de Dives, oncle de notre ami
Roland. Sa fille habitait une autre tour qui regardait la sombre vallée de la Soreille, et une
forêt immense qui s'étend à perte de vue vers le
midi et les montagnes du Limousin. La forêt
appartenait au comte.

Adhémar, comte de Dives, ancien chevalier de
Malte, qui avait été corsaire comme Duguay-
Trouin, et qui fit merveille contre les Anglais pendant la guerre de Sept-Ans, était un vieux gentilhomme, grand, sec, agile, vigoureux, et d'une
intrépidité sans égale. Cadet de famille et pauvre,
malgré sa noblesse, il avait amassé deux millions
aux dépens des armateurs de la Cité de Londres.
Cette fortune lui permit d'acheter le château de
Dives, que son frère aîné, le marquis, père de
Roland, fut trop heureux de vendre pour payer
les dettes qu'il avait faites à la cour du roi
Louis XV. Adhémar quitta dès lors la marine, se
fit relever de ses vœux en cour de Rome, et
épousa la fille d'un gentilhomme du voisinage,
aussi pauvre que belle. Il vécut vingt ans avec elle,
dans un accord parfait. Malheureusement, ses deux
fils furent tués en combattant contre les Anglais
dans la guerre d'Amérique ; sa femme en mourut
de chagrin, et il resta seul avec une petite-fille
de quatre ans, qu'il eut soin d'élever lui-même.

L'ancien corsaire, vivant dans la solitude et
méprisant Versailles, devint l'esclave de cette enfant. Il courait avec elle dans les rochers; il la
prenait dans ses bras pour descendre dans les
précipices; il la faisait monter à cheval et galopait à côté d'elle, toujours souriant et empressé
comme un amant auprès de la femme qu'il aime.
Il épiait tous ses désirs pour les satisfaire; il
l'adorait. Une seule pensée troublait son bonheur :
« Hélas! disait-il, qui sera digne d'elle ? »

Au temps où commence cette histoire, Louise
de Dives était la plus charmante créature qu'on
pût voir. Élevée avec une liberté parfaite, mais
loin du monde et des conversations frivoles, elle
était l'innocence même. Savante d'ailleurs, et
sérieuse pour son âge et pour son sexe, elle connaissait les meilleurs auteurs de l'antiquité, et ne
reculait pas devant les philosophes. Les dialogues
de Platon lui étaient aussi familiers que les tragédies de Corneille, et son esprit s'ouvrait sans
effort aux sages et aux nobles pensées. Son caractère était celui d'une femme, car le vieil
Adhémar était trop sage pour forcer la nature et
donner à sa fille les inclinations d'un soldat ou
d'un pédant; mais son âme était noble et héroïque.

Le rêve de son père était de la marier à Roland. Le vieux gentilhomme, préparé d'avance

à la Révolution par la lecture de Rousseau et de
Voltaire, fut nommé député de la noblesse à
l'Assemblée constituante, et siégea d'abord à
gauche près des Lameth et des Barnave. Ami de la
liberté par principe, mais attaché au roi, il fut
chaud partisan de la monarchie constitutionnelle,
et s'inquiéta des progrès de la Révolution. Dès
les premiers massacres, il devina la guerre civile
et craignit pour l'avenir de Louise. Presque tous
les nobles de sa province étaient à Coblentz; Roland, malgré sa légèreté, était le parti le plus
convenable qu'il pût offrir à sa fille, car, bien
qu'il crût en théorie que tous les hommes sont
égaux, il faisait encore, dans la pratique, une
grande différence entre un comte de Dives et un
bourgeois.

Par malheur, Roland, effrayé peut-être de
trouver dans sa cousine un esprit supérieur au
sien, fit la sourde oreille à toutes les avances du
comte. La jeune fille, de son côté, ne parut pas
éblouie des rares qualités du marquis, et le vieux
gentilhomme fut forcé d'ajourner son projet.

Au reste, Adhémar ne croyait pas que le péril
fût pressant. Dès 1791, il était revenu dans son
château, et, sans affectation, assistait souvent aux
séances du club des Jacobins de Dives. Il parlait
rarement, ne contredisait personne, ne choquait
aucun amour-propre, appuyait toutes les motions

du parti le plus avancé sans en proposer aucune,
et montrait une prudence singulière pour un
homme de ce caractère. Sa grande fortune, dont
il avait toujours usé libéralement, lui donnait une
influence considérable. Ses métayers, ses domestiques et ses voisins l'auraient, au besoin, pro-
tégé contre un coup de main. Abondamment
pourvu, sans qu'il y parût, de vivres et d'armes
qu'il cachait au fond d'un souterrain connu de
lui seul, il prenait d'avance mille précautions
pour ne se faire aucun ennemi, et, s'il ne pouvait éviter une attaque, pour la repousser avec
avantage.

Le seul Barré, l'ex-capucin, lui causait de vives
inquiétudes. Sa tendresse paternelle le rendait
timide. Le vieux marin, qui avait bravé sans
sourciller la mitraille anglaise, frémissait d'être
forcé de fuir et de traîner sa fille en exil.

Barré l'avait compris. Sans qu'un seul mot leur
eût révélé leur haine, ces deux hommes se haïs-
saient mortellement. Adhémar, de plus, méprisait son ennemi. Ce mépris, que devinait le ci-
devant capucin, lui était insupportable. Il voulait
abaisser le comte, le dépouiller, le tenir à sa
merci et le forcer à demander grâce. De là ses
efforts pour le compromettre. Adhémar, avec
sang-froid, mais avec fermeté, parait tous les
coups de son ennemi, en attendant l'occasion de

frapper à son tour. Barré, déjà riche, convoitait
la fortune du vieux gentilhomme et sa fille ; mais
le comte aurait de ses deux mains étranglé le
capucin plutôt que de marier Louise à un moine
défroqué.

Tel était l'état de choses, et une crise semblait
imminente le jour où Reynier vint porter à Dives
la lettre et les adieux de son ami Roland.

Quand il entra dans la grande cour du château,
Adhémar était assis et jouait à l'écarté avec son
ami, le curé de Dives.

— Henri Reynier ! dit le comte en regardant la
carte du jeune homme. Curé, qui est ce Reynier ?

— C'est le fils de votre ancien procureur, un
sans-culotte qui se vante d'avoir pris la Bastille,
un coquin ou un fou, dit le curé.

— Vous êtes bien sévère pour ces jeunes gens,
curé, dit le comte. On voit que vous avez perdu...
Je marque le roi. J'ai gagné.

En même temps il ordonna qu'on fît entrer le
sans-culotte.

Reynier se présenta d'un air aisé et naturel qui
prévint tout d'abord le comte en sa faveur.

— Monsieur, dit-il, votre neveu, Roland de
Dives, qui est parti samedi dernier pour Coblentz,
m'a chargé de vous donner cette lettre.

— Parti ! dit Adhémar étonné. Encore une
nouvelle folie !

Il prit la lettre et lut :

« Mon cher comte,

« J'allais à Dives ; la Providence, ou Fritz, son envoyé, m'a poussé sur Coblentz. Vous direz peut-être : Qu'est-ce que Fritz, cet envoyé de la Providence ? Mon cher oncle, c'est un gueux, un chenapan, un drôle à qui je donnerai quelque jour cent coups de bâton. Mon ami Reynier, qui est un patriote de la plus belle eau, vous dira le reste.

« Recevez, je vous prie, et mettez aux pieds de ma belle cousine les regrets que j'ai de ne pouvoir vous faire mes adieux. C'est la faute de ce coquin de Fritz, que l'enfer confonde ! Au nom du ciel, cher oncle, méfiez-vous des Suisses. Vous les croyez stupides ; point du tout, ce sont d'atroces bandits et des sans-culottes de la pire espèce.

« Adieu, cher oncle ; j'espère bien vous revoir avant la fin de l'automne. Brunswick vient au petit pas, mais il vient.

« Votre affectionné neveu,

« ROLAND, marquis DE DIVES. »

— Voilà un rare étourdi, dit le vieux gentilhomme.

— M. le marquis est digne de sa race, dit le

curé ; il va prendre sa place dans l'armée de la foi, parmi les braves soutiens du trône et de l'autel.

— Curé, dit Adhémar, vous ne savez ce que vous dites. Roland est un niais qui part sans savoir pourquoi, et qui *ne sait quand reviendra*, comme le chevalier Malbrouck.

— Il reviendra, dit le curé, avec M⁣ᵍʳ le prince de Condé et M⁣ᵍʳ le comte d'Artois ; il mettra les Jacobins à la raison...

— Et rétablira la dîme, n'est-ce pas ? Ne vous abusez pas, mon pauvre ami. Les Jacobins, c'est toute la France. Voyez ces milliers d'hommes qui vont, en chantant, à la frontière ; dans un mois ils vont aborder à la baïonnette les plus vieux soldats de l'Europe, les lieutenants du grand Frédéric. Rien ne tiendra devant ces drôles sans souliers qui portent le drapeau de la liberté.

— Il ne vous manque plus, dit le curé, que de vous enrôler avec eux.

— N'en riez pas, curé ; si je pouvais quitter ma fille, ce serait déjà fait. Je prévois tel événement qui pourrait nous engouffrer dans une bagarre effroyable et faire désirer à tous les gens sages d'être aux armées.

— Aux armées ! Qui parle d'aller se battre et de me laisser là ? interrompit tout à coup M⁣ˡˡᵉ de

Dives qui venait d'entrer sans être aperçue,
C'est ce père dénaturé. Au nom du ciel, cher
père, n'avez-vous pas fendu assez de cervelles
anglaises, et n'est-il pas temps que vous preniez
du repos ?

Adhémar prit la main de sa fille et la baisa
tendrement.

— Laissons ces folies, dit-il. Mes cheveux gris
m'avertissent d'encourager les jeunes gens à bien
faire plutôt que de tirer moi-même ma vieille
épée. Faisons la paix, mon cher curé ; pardonnez-
moi d'avoir foi dans l'avenir, et je vous pardon-
nerai de crier contre les vices et les crimes du
temps présent. Ma chère Louise, je te présente
M. Henri Reynier, un jeune patriote qui a fait
ses preuves.

La jeune fille s'inclina en souriant. Reynier fut
ébloui de sa grâce et de sa beauté. Son imagination n'avait rien rêvé de plus délicieux. La gaîté,
la candeur, une bonté charmante brillaient dans
son regard. Le stoïcien n'en put soutenir le doux
éclat. Il sentit que son cœur n'appartenait plus
tout entier à la patrie.

— Sais-tu, continua le comte, de quelle mission l'a chargé ton sage cousin Roland ? Cet
étourdi vient de partir pour Coblentz.

— Depuis six mois, répondit-elle, Roland ne
parlait d'autre chose. Quand reviendra-t-il ?

— Dieu le sait, et les Prussiens aussi. Encore
un poisson dans la nasse. Lis sa lettre... Qu'est-
ce qu'il entend par ce Fritz, l'envoyé de la Providence?

Reynier raconta la scène dont il avait été témoin. La jeune fille l'écoutait avidement.

— C'est bien, monsieur, dit le comte en tendant la main au jeune homme; vous avez fait
votre devoir, ce qui est toujours rare en temps
de révolution. D'où connaissez-vous ce Danton,
dont le nom a fait fuir ces coquins?

— Je ne l'ai jamais vu, dit Reynier; c'est le
hasard et le danger qui m'ont inspiré de le
nommer.

— Parbleu! monsieur, dit Adhémar, vous
êtes quelque chose de plus qu'un bon citoyen;
vous êtes un homme d'esprit et de cœur. Per-
mettez-moi de vous offrir mon amitié. J'ai beaucoup connu votre père, qui était un habile procureur et qui venait souvent me voir et débrouiller
mes affaires. J'espère que vous voudrez bien
considérer ma maison comme la vôtre et tenir
compagnie à un vieillard. Au reste, rassurez-vous,
et ne craignez pas le récit de mes campagnes: je
ne les raconte qu'à ma fille.

Reynier était inondé de joie.

— Quel aimable et sage vieillard! pensait-il; il
voit que j'aime sa fille, et il m'ouvre sa porte le

premier ; il me donne l'entrée du sanctuaire. O
nature ! ô providence ! qu'ai-je fait pour mériter
ce bonheur ?

Ce premier transport ne l'empêcha pas de répondre avec une politesse et une déférence affec-
tueuses aux offres du comte.

— Restez avec nous jusqu'à ce soir, dit Adhémar. Vous nous conterez ce qui se passe à
Paris. Parler et écouter sont les seuls plaisirs de
mon âge.

La conversation devint alors générale. Reynier,
interrogé, raconta toutes les scènes de la Révolution dont il avait été témoin, louant ce qui
méritait d'être loué sans cacher l'horreur qu'il
avait des assassins de tous les partis. Le curé
l'écoutait avidement.

— Le roi Louis XVI est un martyr, dit-il enfin
au récit de la journée du 20 juin 1792.

— C'est un bonhomme et un pauvre homme,
répliqua Reynier. La nation le pousse à gauche ;
sa conscience et son inclination le retiennent à
droite. Il ne sait à qui obéir ; il se trompe et
nous trompe. S'il abdiquait, ce serait un grand
débarras pour lui et pour nous.

— Ah ! voilà bien mes républicains ! dit le
comte en riant. Abdiquer ! cela est bientôt dit ;
et vous, monsieur, si le hasard vous avait fait roi,
abdiqueriez-vous, s'il vous plaît ?

— A l'instant même, dit Reynier avec enthousiasme. Un roi est un monstre dans l'ordre social.

— Diable! dit Adhémar, voilà une sentence qu'il faudrait graver en lettres d'or.

— Et moi, dit le curé se levant tout à coup, comme inspiré, les tortures que souffre mon roi bien-aimé m'enseignent mon devoir. Quoi! le petit-fils de saint Louis et d'Henri IV a été coiffé du bonnet rouge et menacé dans son palais par des assassins, et moi, lâche chrétien, j'hésiterais à sacrifier ma vie!

— Curé, curé, dit Adhémar, ne vous emportez pas.

— Non, j'irai droit à ces hommes de sang; je leur jetterai leur crime à la face; je les couvrirai d'opprobre; ils boiront la honte comme l'eau des rivières et l'ignominie comme le vin des coteaux d'Emmaüs!

— Mon cher ami, prenez garde aux Jacobins de Dives; prenez garde à Barré.

Malheureusement, ce nom détesté ne fit qu'enflammer l'indignation du vieux curé.

— Barré! s'écria-t-il, qu'il vienne, ce prêtre apostat, ce suppôt de Satan, ce fils de Lucifer! qu'il vienne à moi au milieu de son peuple de brigands! Je le confondrai devant tous; je lui arracherai son masque; je le dépouillerai de son

hypocrisie, et je l'exposerai nu aux risées de ses
complices. J'ai hésité trop longtemps : j'ai gardé
un coupable silence; j'ai été par ma faiblesse une
pierre d'achoppement et de scandale pour
l'Église ; mais je ne veux plus trahir mon Dieu
et mon roi; je veux rétracter le serment que
j'eus la lâcheté de prêter à la constitution civile
du clergé.

— Au nom du ciel, mon cher ami, dit le
comte, n'en faites rien. Vous ne savez pas à quels
malheurs vous êtes exposé. Calmez-vous, mon
cher abbé, et laissez la Providence se charger des
affaires de ce monde. Ce serment que vous dé-
testez, d'autres l'ont prêté avant vous, qui vous
valaient bien, et qui sont vos chefs spirituels.
Laissez les évêques qui ont émigré, en sûreté
derrière le Rhin, lancer sur leurs anciennes
ouailles la foudre épiscopale. Songez que vous
êtes à Dives, et qu'il ne faut qu'un mandat de
l'administrateur du district pour vous faire
conduire en prison, d'où vous sortirez Dieu sait
quand. Barré sera charmé d'avoir prise sur vous.

— Le temps est passé, dit le curé, d'écouter
les conseils de la prudence humaine. Je ne suis
plus de ces tièdes que Dieu vomit, suivant l'apôtre
saint Paul; je veux vivre et mourir dans ma foi.
Que je sois pendu par les pieds au-dessus d'un
bûcher comme saint Pierre, ou percé de flèches

comme saint Sébastien, ou que j'aie la tête
tranchée comme saint Gervais et saint Protais ;
j'ai fait d'avance le sscrifice de ma vie. Mon corps
est à Barré, mais mon âme est à Dieu.

Là-dessus, prenant son chapeau et ses gants,
le curé, quelque effort qu'on fît pour le retenir,
descendit précipitamment à Dives, résolu à con-
fesser sa foi dès le lendemain.

— Monsieur, dit Adhémar à Reynier, vous
voyez le zèle aveugle de ce pauvre homme. Si
vous ne l'aidez, sa perte est certaine. Vous êtes
jeune ; vous avez de l'influence parmi les jeunes
gens de votre âge ; je vous crois un noble cœur :
tâchez d'empêcher qu'on ne nous enlève ce vieil
ami qui n'aura demain, s'il exécute son projet,
d'autre asile que la prison ou Coblentz.

Mlle de Dives n'ajouta pas un mot au discours
de son père ; mais ses yeux suppliants disaient la
même chose avec une éloquence irrésistible.
Reynier salua profondément, prit la main qu'elle
lui tendait, la baisa respectueusement et partit.

— Voilà un charmant garçon, dit le comte
quand il fut monté à cheval.

— Oui, mon père, dit Louise avec distraction.

Elle monta dans sa chambre, suivit quelque
temps des yeux le cavalier dans l'avenue et demeura pensive. Son jeune cœur venait de s'ouvrir
à un sentiment inconnu.

V

Le même soir, à huit heures, Henri Reynier,
accompagné de son frère le procureur-syndic,
entra dans le club des Jacobins de Dives.

On sait qu'à cette époque la société des Jacobins de Paris donnait la main aux sociétés des
départements qui s'étaient fondées à son exemple
dans toutes les villes ou bourgades importantes.

Ces sociétés, en l'absence de tout gouvernement, gouvernaient la France. On y trouvait un
peu de tout : des marchands, des rentiers, des
procureurs, des moines défroqués, des tailleurs,
des cordonniers, des médecins, et surtout des
avocats. La surface était révolutionnaire : le fond
était bourgeois et conservateur. Chaque membre
était fier de la société et fier de soi-même. On
parlait longtemps, lourdement, avec emphase;
on citait Rousseau et les anciens; on se vantait
d'imiter Brutus, qui sacrifia ses fils à la patrie;
on surveillait les ennemis de la liberté et de la
Révolution; on les dénonçait de temps en temps,
pour se tenir en haleine; en somme, on ne se
haïssait pas trop, et si l'ennemi n'eût pas été sur

la frontière, le spectacle, dans son ensemble, eût été plus amusant et plus instructif que terrible.

On a beaucoup calomnié ces pauvres gens, qui vécurent pendant cinq ou six ans dans un danger continuel de perdre leurs biens et leurs vies, et que les émigrés et les rois, en sûreté derrière la mer ou le Rhin, menaçaient de pendre sans forme de procès.

Insultés, menacés, traqués au dedans et au dehors par les gouvernements de l'Europe, par le clergé, par les émigrés, par la Vendée, percés de flèches comme le taureau dans l'arène, ne sachant à qui faire face, les plus débonnaires devinrent furieux. Poursuivis comme des chiens enragés, ils se retournèrent sur l'ennemi le plus proche, le saisirent à la gorge et l'étranglèrent. Ils frappèrent souvent au hasard, car dans cette nuit profonde de la Révolution, au milieu de la confusion des principes de la société nouvelle mêlés à ceux de l'ancienne, qui pouvait distinguer clairement l'ami de l'ennemi?

Leurs discours étaient comme leurs actes, pleins de confusion et de trouble. Les sentences n'y manquaient pas, venues de tous les pays du monde et de toutes les civilisations. Les idées folles étaient jetées au hasard parmi les plus sages, et souvent avaient le même succès. Le cerveau de la France révolutionnaire était dans un bouillonnement perpétuel. Une incomparable gravité était le caractère commun de toutes ces propositions que le premier venu lançait au hasard et soutenait avec passion. Tout citoyen ne doit-il pas travailler sans cesse pour la gloire et le bonheur de la patrie?

Les Jacobins de Dives ne faisaient pas moins que ceux de Paris pour la prospérité de la France. Tous les soirs, après souper, chacun d'eux, pendant trois heures, allait défendre de son mieux la liberté. Le programme de chaque réunion était arrêté d'avance, suivant l'usage de toutes les assemblées délibérantes. Un réglement sévère ramenait les orateurs à la question.

Ce soir-là, l'ordre du jour, imprimé en gros caractères rouges sur un fond noir, était ainsi conçu :

Des moyens de défendre la patrie.

Dix orateurs principaux s'étaient fait inscrire. Parmi eux on comptait deux cordonniers, cinq avocats, un droguiste qui vendait des onguents et se disait chimiste, un tailleur mystique qui faisait des vers et se croyait un grand homme. Le dernier était l'administrateur du district, Barré.

Celui-ci présidait le club. C'était un homme de haute taille, d'une figure régulière, froide et terrible. Ses yeux noirs étaient profondément enfon-

cés sous d'épais sourcils. Une volonté patiente,
inflexible, implacable, éclatait dans ses traits.
Rompu à la dissimulation par la discipline du
cloître, il savait couvrir ses passions du voile du
patriotisme le plus pur et le plus enthousiaste.
Logicien subtil, orateur pesant et ennuyeux, il
avait tout ce qui impose à une assemblée, populaire ou bourgeoise, car la foule ne respecte que
ce qu'elle ne comprend pas.

A droite et à gauche du président siégeaient
deux de ses plus intimes amis, graves bourgeois
qui étaient ravis de poser en public et d'avoir les
honneurs de la séance sans aucune fatigue, car ils
ne parlaient jamais. C'est dans cet appareil
imposant, et devant cinq cents spectateurs, que
Barré, président, prononça les paroles sacramen-
telles :

— Citoyens, la séance est ouverte. La parole
est au citoyen Criquet.

Le citoyen Criquet se leva d'un air modeste,
bien que satisfait, et monta à la tribune.

C'était un petit homme sombre, voûté, maigre,
chétif, dont les yeux seuls vivaient et semblaient
parler.

— Citoyens, dit-il d'une voix emphatique et
perçante, tous les philosophes, tant anciens que
modernes, tous les héros, tous les grands
hommes que l'humanité reconnaissante a mis dans

son panthéon, Lycurgue et Zoroastre, Socrate et
Jésus, ces sans culottes sublimes, s'accordent à
penser, à dire, à proclamer comme une vérité
incontestable et triomphante, comme un principe
de droit révolutionnaire et divin, qu'un peuple a
le droit de défendre, par les armes, sa patrie et
la liberté.

Cette idée neuve et piquante fut accueillie par
des applaudissements unanimes. Criquet continua,
déclarant que la bienfaisante nature, dans son
inépuisable sensibilité, avait donné à tous les
êtres des armes propres à les défendre contre
leurs ennemis; que l'éléphant avait sa trompe et
sa peau impénétrable aux balles; l'oiseau, son
bec et ses ailes; le serpent, son venin et les
entrailles de la terre; l'écureuil, le sommet des
arbres, et les poissons le fond de l'immense
Océan.

Donc la France devait avoir des armes et des
moyens de défense.

C'est ici que le citoyen Criquet entra dans
le cœur de la question.

— Citoyens, dit-il, il y a deux moyens de vaincre : la persuasion et la force. Doit-on les em-
ployer ensemble ou successivement? Je suis d'avis
qu'on les emploie tous deux en même temps.
Je veux qu'on abatte à coups de canon les tyrans
et les trônes, et qu'on reçoive à bras ouverts les

peuples, nos frères de souffrances. L'armée française s'avancera en Allemagne, le rameau d'olivier dans une main et l'épée dans l'autre. Elle
vaincra, et elle fera le bonheur des vaincus. Elle
marchera par toute la terre, suivie des bénédic-
tions des peuples.

Ce discours eut un succès prodigieux. L'opposition de l'épée et du rameau d'olivier, des tyrans
et des peuples, fut trouvée sublime, et le citoyen
Criquet se rassit, félicité et embrassé par la
moitié de l'assemblée. L'autre moitié, trop éloi-
gnée, ne put que pousser des clameurs retentissantes et flatteuses.

L'orateur, cependant, n'était pas un sot :
c'était un cordonnier qui avait appris dans son
enfance quelques bribes de latin et lu quelques
livres d'histoire. Cette science, fort limitée, ornée
de la rhétorique du temps, de phrases pêchées
çà et là dans les discours de la place publique,
et d'une assurance que rien ne pouvait déconcerter, passait pour sagesse profonde. Criquet avait
la réputation d'un politique et d'un métaphysi-
cien. Dans l'opinion des Jacobins de Dives, il
marchait de pair avec le fameux abbé Sieyès.

Après Criquet se leva l'autre cordonnier,
moins profond, moins politique, moins goûté du
public, moins abondant en vagues et retentissantes
niaiseries : aussi parla-t-il moins longtemps. Je

ne ferai pas l'analyse de son discours, non plus
que de celui des cinq avocats qui succédèrent l'un
après l'autre aux deux cordonniers. La foule im-
patiente attendait son orateur favori, le mystique
tailleur, grand orateur, plus grand poète, Joseph-
Marie Carnavon.

Un homme de figure mélancolique se dirigea
vers la tribune et reçut sans s'étonner trois salves
d'applaudissements. C'était le tailleur. Il s'appuya sur la tribune, la tête dans ses mains, et
demeura quelque temps immobile. Il se fit un
profond silence. Il leva brusquement la tête,
de ses deux mains rejeta en arrière ses cheveux
noirs, et parut secouer l'inspiration dont il était
animé.

— Citoyens, dit-il enfin d'une voix claire qui
résonna doucement dans la salle comme un solo
de flûte sous les lèvres de Tulou, tous nos ennemis ne sont pas à Coblentz. Le peuple français,
ce lion généreux et sublime, a brisé ses chaînes,
mais il a oublié ou dédaigné de punir ses oppres-
seurs. Les prêtres, les nobles et leurs amis sont
encore au milieu de nous. Le venin de leurs ca-
lomnies infecte l'air que respirent les hommes
libres. Levons-nous, citoyens, dans notre force et
dans notre liberté ! Frappons ces traîtres qui se
réjouissent de nos discordes, qui instruisent l'ennemi de nos projets, qui ouvrent les portes de la

France aux Prussiens, et qui nous poignarderont
par derrière pendant que nous ferons face à
Brunswick et aux satellites gagés des rois.

Ce dangereux discours exprimait le sentiment
presque unanime des patriotes de ce temps-là.
Ces braves gens, près de marcher aux Prussiens,
craignaient de laisser leurs femmes et leurs
enfants à l'ennemi du dedans. C'est cette frayeur,
exaspérée par les premiers succès de Brunswick,
qui fit le massacre horrible de septembre.

Carnavon était un illuminé de bonne foi,
exalté, facile à tromper, qui servait d'instrument
à un froid et terrible calculateur, Barré. Celui-ci
voulait provoquer le curé de Dives et le vieil
Adhémar, les engager à quelque démarche com-
promettante, les tenir à sa merci, et, suivant l'occasion, leur faire grâce en les dépouillant, ou les
pousser à la mort Le discours du tailleur était
un ballon d'essai dont personne, pas même Carnavon, ne pouvait prévoir le but et la portée. Au
fond, Barré, qui devait ses richesses à la Révolution, craignait un retour de fortune funeste
aux acquéreurs des biens nationaux, et voulait
épouser Louise de Dives, pour se faire un appui
du nom de son père contre les vengeances pro-
bables des royalistes.

Un hasard imprévu déjoua ses calculs et dé-
truisit l'effet des paroles du tailleur. Le droguiste,

qui n'avait pas encore parlé, se leva à son tour.
En vain Barré voulut étouffer sa voix du bruit de
sa sonnette. Le droguiste n'était pas homme à
lâcher prise. Il se cramponna à la tribune et ne
voulut céder sa place à personne. De son côté,
l'assemblée, qui aimait à rire comme toutes les
assemblées, cria qu'il fallait l'entendre. Henri Reynier, qui devina le dessein de Barré, se souvint
de la prière du comte de Dives et se réjouit de
faire pièce au capucin. D'un ton sévère, il demanda pourquoi le président de l'assemblée osait
interdire la parole à un bon citoyen dont la science
était connue et le patriotisme éprouvé.

— Est-ce là, dit-il, le fruit de notre glorieuse
Révolution, de fermer la bouche aux plus sages
de nos patriotes, à ces hommes dont la science
s'honore ? De quel droit le despotisme d'un seul
s'impose-t-il aux meilleurs citoyens, à une assemblée où se rencontrent tant d'hommes dis-
tingués par leurs lumières et leur courage ? Le
citoyen Barré est-il seul juge de ce qu'il convient
de dire ou de taire dans cette enceinte ?

Cette attaque imprévue déconcerta le capucin.
Il sentit que Reynier venait de changer la question, et, en excitant la jalousie de l'assemblée,
de la tourner tout entière contre lui. Trop habile pour s'obstiner, il recula de bonne grâce.

— Citoyens, dit-il, je suis fâché qu'on m'accuse

de substituer « le despotisme d'un seul » à la liberté qui doit régner parmi nous. Mes collègues du bureau et moi, nous avons cru la discussion générale terminée ; nous nous sommes trompés avec une grande partie de cette assemblée ; mais cette erreur est facile à réparer. La parole est au citoyen Bernard.

Le droguiste releva ses manches. C'était un gros homme, petit et rond, avec un long et large nez, des yeux saillants, des lèvres épaisses et souriantes, qui se croyait un savant, et qui ne manquait ni de finesse ni de gaîté.

« Citoyens, dit-il, la France est l'avant-garde de l'humanité ! (Applaudissements.)

« Elle marche à la conquête du progrès, appuyée sur la liberté.

« La justice est son guide, et la science est son épée ! (Bravo !)

« Qu'elle saisisse cette invincible épée qui réfléchit la lumière de la vérité, et les éclairs lumineux de ce glaive frapperont d'épouvante le cœur des tyrans ! (Nouveaux applaudissements.)

« Le savant qui inventa l'artillerie a brisé le premier les fers des peuples. Les tyrans fondirent les canons ; la liberté les retourna contre eux !

« Suivons ce glorieux exemple. Inventons des machines nouvelles. Mettons au service de la patrie et de l'humanité toutes les forces de la nature !

« Que l'air que les tyrans respirent leur soit ôté !

« Que le feu qui les réchauffe les dévore !

« J'apporte à cette assemblée le plan d'une immense machine pneumatique sous laquelle les patriotes enfermeront leurs ennemis. On fera le vide, et les Prussiens seront anéantis ! »

L'assemblée se leva tout entière dans un enthousiasme inouï. On agitait les chapeaux et les mouchoirs ; on s'embrassait, on criait, on pleurait. Quelle idée de génie ! Le droguiste était un homme du premier ordre. Criquet pâlit de rage.

L'orateur attendit quelques minutes, puis il agita la main pour commander le silence.

« Citoyens, dit-il, ma machine pneumatique n'est rien en comparaison de mes boulets asphyxiants. J'ai trouvé le secret d'un acide dont l'odeur seule fera fuir nos ennemis jusqu'au-delà du Rhin et du Danube. Je renverrai ces lâches satellites des tyrans jusqu'à la mer Caspienne et la Grande-Tartarie. Mes boulets asphyxiants passeront la mer et porteront la peste dans Londres. La perfide Albion en frémira d'horreur, et Pitt fuira dans les entrailles de la terre.

« Citoyens, voici le mot d'ordre des soldats de la liberté :

« Asphyxions ! asphyxions ! »

Une tempête de cris et d'applaudissements accueillit cette harangue. La France était sauvée, ou peu s'en faut, par la machine pneumatique et les boulets asphyxiants.

La question paraissait épuisée ; mais Barré ne lâchait pas si aisément sa proie. Il quitta le fauteuil du président, se croisa les bras et dit :

« Citoyens ! avant de mettre aux voix les propositions que vous venez d'entendre, je crois de mon devoir d'insister sur l'avis salutaire que l'un de nos patriotes les plus fermes et les plus prévoyants vient d'émettre devant vous.

« Oui, citoyens, avant d'attaquer l'ennemi du dehors, il faut prendre des précautions contre l'ennemi du dedans : il faut punir les traîtres ! il faut faire peur aux prêtres et aux nobles, ces deux fléaux du genre humain !

« Que les apôtres de la superstition tremblent dans leurs repaires ! qu'ils apprennent que le regard de l'homme libre est fixé sur eux, que la justice humaine les attend, et, pour tout dire d'un seul mot, que les Jacobins les surveillent !

« La société humaine, fondée dans son origine par le consentement universel de ses membres, a établi des lois pour punir ceux dont les actions sont contraires à la nature des êtres associés pour le bien réciproque ; elle exclut de son sein tous les partisans aveugles ou coupables de la superstition et de la tyrannie.

« La vertu est le partage des peuples libres et la condition nécessaire de leur existence. L'homme, livré à lui-même, suit le penchant irrésistible de la nature et arrive à la vertu sans effort; mais, dépravé par le fanatisme, abaissé, corrompu par l'esclavage, il a besoin qu'on le le redresse et qu'on l'épure. »

Après cet exorde, Barré dit qu'il avait la preuve certaine des complots des traîtres, et qu'il fallait faire un exemple.

— Nommez les traîtres! cria-t-on de toutes parts.

Il parut hésiter et s'en défendit d'abord, alléguant que l'un d'eux était son ennemi personnel.

— Je vais arracher le voile, dit le tailleur Carnavon, que la modération ou plutôt la faiblesse magnanime du citoyen Barré jette sur le criminel. C'est le curé de Dives. Je demande qu'il soit arrêté comme suspect.

A cette proposition, tous les assistants étonnés se regardèrent. Ce n'était pas encore chose commune que de mettre un homme en prison sur une dénonciation sans preuve. Dives était au centre d'un pays assez calme, qui avait reçu la Révolution de bonne grâce. On n'y sentait pas encore les passions furieuses de 1793. Le sang n'avait pas coulé, et la prison même paraissait d'un dangereux exemple.

Henri Reynier suivait cette scène avec une attention profonde. Il était indigné de l'hypocrisie de Barré. Il vit que le moment était favorable et demanda la parole. Le capucin n'osa pas la refuser.

— Que vas-tu faire? dit le procureur-syndic à son frère. Te perdre pour cette petite aristocrate? Oh! les femmes! les femmes!

— Tais-toi, dit Henri; je vais faire mon devoir. Citoyens, reprit-il de sa place, je désire poser quelques questions au citoyen président. Quelle preuve a-t-il de la trahison du curé de Dives?

Barré leva les yeux au ciel, comme pour le prendre à témoin de la violence qu'on lui faisait, et répondit d'un air hypocrite qu'il n'en avait aucune, et qu'il n'avait nommé personne.

— J'ai fait mon devoir, ajouta-t-il, en avertissant le peuple de se tenir sur ses gardes. Mon devoir est de réprimer les complots, et non de dénoncer ceux qui les ourdissent dans l'ombre. J'ai le cœur trop sensible pour attirer sur la tête des coupables le châtiment qu'ils méritent.

— J'admire la sensibilité du citoyen président, et j'y crois comme à son patriotisme, reprit Reynier; mais, au nom de la justice, au nom de la patrie en danger, au nom même de celui qu'on accuse peut-être au hasard, je le conjure de déclarer solennellement s'il y a trahison, s'il en a des preuves certaines, et quelles sont ces preuves.

— Je n'en ai pas, répondit Barré d'un ton doux et ferme qui semblait annoncer qu'il était plus instruit qu'il ne voulait le paraître.

— L'accusation du citoyen Carnavon est donc une calomnie? reprit Reynier.

Le tailleur voulut répondre, mais Barré lui fit signe de se taire.

— Le citoyen Carnavon, dit-il, est trop connu de nous tous pour qu'on puisse l'accuser de calomnie. Nous pardonnons volontiers cette erreur à un jeune homme emporté, qui a peut-être de secrets motifs de justifier avec tant d'ardeur celui qu'on vient de nommer. Nous pardonnons cette ardeur de jeunesse à l'inexpérience du citoyen Reynier, et nous l'engageons à garder dorénavant dans nos assemblées ce ton calme et modéré qui est le signe ordinaire de la raison et le sceau de la vérité.

Quoi qu'il pût dire, Reynier n'en tira pas autre chose. La majorité des Jacobins, par esprit de corps, soutint son chef, et par ses clameurs empêcha le jeune homme de pousser plus loin la discussion.

— O raison! ô liberté! ô vertu! s'écria dans

un transport lyrique le capucin, soyez nos
guides; dissipez les chimères trompeuses qui font
de ce monde un séjour de décevantes illusions;
extirpez jusque dans ses racines l'arbre empoi-
sonné de la superstition, dont l'ombre couvre
encore la plus grande partie de ce vaste univers;
commandez sans partage aux mortels; apaisez la
fureur qui les enivre; brisez dans les mains san-
glantes de la tyrannie le sceptre dont elle les
écrase, et, par le chemin facile et doux de la
Nature, conduisez-les au bonheur et à la vertu.

Là-dessus, prenant son chapeau, le capucin
sortit, suivi de tout le club. A quelques pas de
là, il rencontra Reynier qui l'attendait de pied
ferme.

— Monsieur, lui dit-il, vous m'avez attaqué ce
soir. Je m'en souviendrai. Sachez que je n'ai
jamais pardonné à personne ni menacé en vain.

Reynier le regarda en souriant.

— Monsieur, répliqua-t-il, je suis à vos ordres.
Hâtez-vous, si vous voulez frapper. La vie est
courte, et dans huit jours j'irai rejoindre l'armée
de Dumouriez.

Ils se séparèrent.

— A ta place, dit Charles Reynier à son frère,
je partirais demain.

— Rassure-toi. De la coupe aux lèvres il y a
loin. Le poignard du capucin est sur ma poitrine,

mais mon épée est sur sa gorge. S'il fait un mouvement, j'enfonce.

Je voudrais, comme les fils de Noé, jeter un voile sur la nudité de nos pères; mais l'histoire me le défend. Oui, dans l'enthousiasme irrésistible qui emportait les âmes en 1792, il y eut des paroles ridicules et emphatiques; mais les actes furent admirables. Les orateurs du club des Jacobins de Dives ont eu beaucoup d'émules en France, mais ils ont vaincu l'Europe. Ils déclamèrent souvent au hasard, mais ils sabrèrent vaillamment Brunswick, Wurmser, Cobourg et Clairfayt, et tant d'autres qui n'auront de place dans l'histoire que pour avoir fui devant eux. Leurs discours n'entreront pas dans le *Conciones;* mais leur mémoire sera éternellement chère à ceux qui aiment la France et la liberté.

VI

Deux jours après cette fameuse séance, Dives était profondément agité. Les Jacobins furent indignés contre ce jeune homme, qui avait osé questionner leur président et mettre en doute l'infaillibilité de Barré. « Quel est, disait-on, ce

patriote qui prend la défense des ennemis de la
patrie ? » On sut que Reynier avait vu Adhémar
et sa fille, qu'il était l'ami de l'émigré Roland.
Barré, par ses basochiens, fit insinuer que Reynier était l'agent secret du comte d'Artois ; qu'il
servait d'intermédiaire entre les émigrés du
dehors et les mécontents de l'intérieur ; qu'il était
chargé, comme Froment à Nîmes, d'organiser la
résistance aux décrets de l'Assemblée nationale.
Peu s'en fallut qu'il ne se fît arracher par la
commune un ordre d'arrêter Reynier et de lui
demander compte de sa trahison. La seule crainte
de se faire un ennemi mortel du procureur-syndic, d'échouer dans cette accusation, et, comme
il arrive en pareil cas, de fortifier l'ennemi qu'il
voulait perdre, retint son bras. Au reste, il es-
pérait que la guerre le délivrerait d'un rival redoutable.

Pendant ce temps, Reynier s'enrôla comme
volontaire et déposa cent mille francs sur l'autel
de la patrie. « C'est la moitié de mon bien, dit-il ;
si je meurs, la patrie est ma seule héritière ; si
je vis, l'autre moitié suffit à mes besoins. »

Cette action fut admirée de tous et imitée de
quelques-uns ; il faut le dire à la gloire de ce
peuple, qui fut toujours plus avare de son argent
que de sa vie. Reynier fut nommé d'un commun
accord capitaine de la première compagnie des

volontaires de Dives, et le nouveau capitaine se plongea dans la *Théorie de l'école de bataillon.*

Mais son âme était à mille lieues de cette étude. Pour lui, le centre de la terre était au château de Dives. Il rêvait à la prédiction de son frère et à la folie d'un amour que tout rendait impossible : la différence de fortune, l'opposition des opinions politiques, si redoutables en temps de révolution, enfin la guerre et son prochain départ. Que pouvait-il espérer? Rien que d'aimer seul, et cette idée, si singulière qu'elle paraisse aux âmes vulgaires, avait une certaine douceur. « Je l'aimerai, pensait-il, toute ma vie ; elle ne le saura jamais ; dans huit jours, je ne la verrai plus, et son souvenir me suivra partout. Je ferai pour elle ce que les anciens chevaliers faisaient pour leurs dames : je combattrai pour sa gloire sans qu'elle le sache, et je rapporterai à elle toutes mes actions. Qu'importe que j'aime seul? L'amour ne se suffit-il pas à lui-même? Aimer, c'est être l'égal des dieux immortels. Plus heureux que tant d'amants qui croient toucher au bonheur en possédant leurs maîtresses, je conserverai son image dans mon cœur, toujours pure, sans tache, incorruptible. »

C'est dans ces dispositions qu'il reçut du vieil Adhémar le billet suivant :

« Mon cher capitaine, si la *charge en douze temps* et le *pas oblique* vous laissent quelque loisir, je vous prie de ne pas oublier que vous m'avez promis de faire ma partie d'échecs. Je vous attends ce soir. Le curé est absent, et l'on ne parlera pas politique.

      « Votre tout dévoué,

          « Adhémar, ci-devant comte,
               présentement citoyen Dives. »

Notre ami ne se fit pas prier pour seller son cheval, et partit. Il rencontra sur la route un domestique du comte qui se rendait à la ville, et cet homme lui parut entouré d'une véritable auréole. N'avait-il pas vu la jeune comtesse le jour même?

Les châtaigniers qui bordaient l'avenue avaient une majesté, je dirais presque une grâce qu'il n'avait jamais remarquée. Le soleil était plus brillant, le ciel plus bleu, l'ombre plus épaisse. Les oiseaux chantaient sur la cime des arbres avec un charme inexprimable; toute la nature était en joie. Quand il fut arrivé sur la hauteur, à quelques pas de la porte d'entrée, il regarda la vallée de la Soreille qui se glissait comme un serpent à travers les montagnes du Limousin, et ces montagnes lui parurent le chef-d'œuvre de la création. Il crut voir les cimes neigeuses du

mont Ararat, et cette vallée fertile inondée des
rayons de soleil qui fécondent l'Euphrate et le
Tigre. Un étang qui se voyait à quelque distance
lui parut être le golfe Persique, et cette grande
mer des Indes qui entoure et caresse le vieil In-
doustan. Souvent, dans son enfance, lorsqu'il lisait les récits de la première croisade, il avait
rêvé de l'Orient et de ces beaux pays de verdure
et de fleurs qui furent le berceau de notre civilisation. Depuis ce temps, l'Orient se mêlait à
toutes ses rêveries. Il s'asseyait sous la tente des
Arabes dans le grand désert de Mésopotamie; il
contemplait le soir, après le soleil couché, le lever
des étoiles; il adorait la création et le créateur.

Il demeura quelque temps immobile, attendri
par ces souvenirs de l'enfance mêlés aux rêves
de la jeunesse. Adhémar lui-même, qui se promenait près de là, le reconnut et le tira de sa
rêverie.

— A quoi pensez-vous, capitaine? dit-il.

— Je pensais, dit Reynier, que cette montagne
est admirable et qu'il serait doux d'y planter sa
tente.

— Croirez-vous, dit Adhémar, qu'il ne tient
qu'à Roland d'en devenir propriétaire, et que cet
étourdi va se faire casser la tête au service des
princes, contre son inclination, son opinion, la
mienne et celle de tous les hommes sensés?

— Assurément, il a tort, répliqua Reynier, qui eut le cœur serré de la confidence du vieux gentilhomme.

— Vous pensez peut-être, continua le comte, qu'il est plein d'enthousiasme pour sa cause, et qu'il n'aspire qu'à relever le trône et l'autel? Lisez cette lettre que j'ai reçue de lui ce matin.

« Cher oncle,

« Je suis à Coblentz depuis trois jours. Franchement, cela ne vaut pas le Palais-Royal. D'abord, il y a trop d'Allemands. Ces pauvres gens, sous ombre qu'Arminius a mangé du gland dans le voisinage, sont d'une fierté sans égale. Ils conjuguent à toute heure le triste verbe: Je suis, tu es, il est Allemand. De plus, ils parlent un patois infect, bon tout au plus pour des maquignons. Croirez-vous qu'à peine un d'eux sur cent entend quelques mots de français?

« Cependant, la vie est assez gaie. L'extrême douceur des Allemandes compense bien l'humeur maussade de leurs maris. Mon ami d'Hérigny, qui me sert de pilote, a trouvé l'hospitalité chez un gros bourgeois du pays qui est cousu de ducats, de florins et de quadruples d'Espagne. Par bonheur, ce gros homme, à qui rien ne manque pour être heureux, s'est entêté de noblesse depuis qu'il a vu des talons rouges, et veut mourir

6

comte et chevalier du Saint-Esprit. Comment
faire quand on s'appelle Schwartz ou Pfeiffel (je
ne me rappelle plus lequel; tous ces noms
allemands se ressemblent)? Ce Schwartz donc,
ou ce Pfeiffel, est le mari d'une petite femme
charmante, vive, gaie, brune, jolie, qui parle
français ou peu s'en faut. Mme Schwartz a pris
d'Hérigny en amitié, l'a introduit dans sa maison,
et en a fait, suivant l'usage, le meilleur ami du
gros Pfeiffel. Je ne sais si le boutiquier sera
comte; mais à coup sûr, ses enfants à venir seront marquis, du chef de d'Hérigny, qui est un
marquis de la bonne roche, comme vous savez.
Hier, il me mena chez le gros Schwartz, et
parmi les vins de France et de Hongrie, car les
Allemands vivent très-bien et boivent d'une pro-
digieuse façon, nous dîmes en Français mille
folies plaisantes sur ce sujet. La petite riait aux
éclats sous le nez du bonhomme, qui n'entend
pas un mot de français et s'en fait gloire.

« Tout n'est pas rose, malheureusement...
Pour un homme d'esprit, peu scrupuleux comme
d'Hérigny, qui sait tirer parti de la vanité d'un
boutiquier, mille autres se mordent les doigts
d'avoir passé la frontière. Huit cents louis que
j'emportai de Paris ont fait de moi un personnage
d'importance. Les ducs, les princes viennent
dîner chez moi et n'attendent pas toujours d'être

invités. Monseigneur le comte d'Artois, avec sa grâce accoutumée et ses façons chevaleresques, a daigné m'emprunter cent louis qu'il me paiera Dieu sait quand. Depuis ce jour, je suis un favori, et il ne tiendra qu'à moi de pousser fort loin ma fortune. Tout dépend de M. de Brunswick.

« Le plus triste de notre affaire, c'est l'immense quantité de généraux, qui tous veulent commander, sans que personne veuille leur obéir. Cela fait des jalousies et des querelles continuelles. De plus, les derniers venus sont fort houspillés. On leur reproche de n'avoir quitté la France qu'au dernier moment. Jugez si je suis coupable, moi qui ne suis ici que depuis trois jours. Sans les cent louis que j'ai eu tout d'abord l'esprit de prêter à Son Altesse Royale, je passerais fort mal mon temps. Heureusement, je suis élève de Saint-Georges, et je ne crains personne.

« Ce que vous aurez peine à croire, cher oncle, c'est qu'au milieu de tout cela, les gens de Coblentz ne paraissent pas charmés de nous voir. J'entends dire qu'ils ont des clubs comme à Paris, dans lesquels il est question de liberté, d'égalité, de fraternité et de ce pompeux radotage qui nous a fait quitter la France. Tout cela est secret, bien entendu, car Brunswick, s'il le savait, ferait pendre tous ces clubistes. Je l'ai appris de d'Hérigny, qui le tient de la petite Pfeiffel, à qui son cousin ne cache rien. Ce cousin est un grand jeune homme blond, d'une extrême timidité, qui couve de ses yeux bleus les yeux noirs de la dame, et qui croit sa vertu imprenable. D'Hérigny lui garde le secret, par égard pour sa maîtresse.

« Qui l'eût dit, bon Dieu, que la contagion gagnerait jusqu'à ces têtes carrées du Rhin? C'est à désespérer de tout. Heureusement, les canons de Brunswick remettront les choses en place pour longtemps. Je le désire, car je m'ennuie fort ici, loin de vous et de ma belle cousine.

« Adieu, cher oncle. Dites au curé de Dives qu'il se hâte d'abjurer le ridicule serment qu'il a prêté. Dans un mois il serait trop tard, et le contenu de sa soutane sentirait singulièrement le fagot.

« Je suis avec respect, cher oncle, votre tout dévoué et affectionné,

« ROLAND, marquis DE DIVES. »

— Eh bien! capitaine, dit Adhémar, que dites-vous de ceci?

— Que Roland n'est pas près de revenir pour épouser votre fille, répondit Reynier, qui n'avait remarqué que cela dans la lettre de son ami.

Tout en parlant, le comte et Reynier se promenaient dans l'avenue.

Ils rencontrèrent Mlle de Dives.

— Je vous cherchais, dit-elle à son père. Que
dit Roland ?

— Qu'on parle allemand en Allemagne, et
qu'il en est très-étonné.

— C'est tout? Eh bien ! il a plus de confiance en
moi qu'en votre barbe grise. Voyez ce qu'il m'écrit.

Reynier voulut s'éloigner.

— Oh! vous pouvez rester, monsieur, continua-
t-elle; Roland n'a de secret pour personne.

Adhémar lut à haute voix la lettre suivante :

« Plaignez-moi, ma belle cousine. Je mange
deux fois par jour de la choucroûte, et je fais ma
cour aux Allemandes... oh! en tout bien, tout
honneur, cela s'entend. Chez elles, tout est grand,
le pied, la main, la bouche et l'appétit. Otez
à nos grenadiers leurs moustaches et leurs fusils;
donnez-leur les robes à queue et les paniers que
portaient nos mères; faites de leurs cheveux une
tour à triple étage saupoudrée de farine; posez
leurs têtes de trois quarts; épaississez et rejetez
le menton en arrière; joignez-y l'air majestueux
de ces superbes animaux par qui fut autrefois
sauvé le Capitole, et vous aurez l'élite des beautés
du saint-empire romain. Jugez si je dois haïr les
Jacobins qui m'ont forcé de quitter le pays où
vous êtes.

« Sans compliment, chère cousine, l'Allemagne

n'a rien qui soit digne de nouer les cordons de
vos brodequins. Je le dis par pure sincérité, et
je m'offre à tirer l'épée contre quiconque sou-
tiendra le contraire. Ce n'est pas m'engager
beaucoup : qui pourrait vous voir et ne pas vous
adorer ? Ah ! qu'il me tarde de repasser la frontière et de mettre à la raison les sans-culottes !
Je vous ferai hommage de mes victoires. Le myrte
est frère du laurier. »

La lettre entière était de ce style, plutôt
galante que passionnée.

Le comte secoua la tête.

— Les temps sont venus, dit-il. La noblesse
s'en va. Les jeunes gens d'aujourd'hui savent
encore mourir; ils ne savent plus vivre et disputer la victoire. A quoi songe celui-ci? A la
coiffure des femmes, à leur robe, à leur
manière de parler et de porter la tête. Voilà
les derniers-nés de cette forte race qui
soutint les guerres du XVI° siècle et de
Louis XIV. Ils cèdent aujourd'hui la place à des
procureurs, à des boutiquiers, à des avocats,
dont les grands-pères étaient courbés sous le
fouet de nos aïeux. Pour moi, je n'ai plus rien à
espérer : ma race est éteinte.

— Mon père ! dit Mlle de Dives en lui montrant
Reynier avec un regard de reproche.

— Pardonnez-moi ces inutiles regrets, mon cher capitaine, reprit le comte, et faisons, si vous le voulez, notre partie de trictrac.

Reynier le suivit sans répondre, quoiqu'il fût secrètement froissé des paroles du vieux gentilhomme ; mais Louise avait de si beaux yeux ! Pouvait-on garder rancune à son père ?

Le trictrac fut fort animé et fort gai. On s'abstint de parler politique. Le comte, qui avait beaucoup voyagé, raconta quelques-unes de ses aventures de marin. Il peignit les Andes du Pérou et la rivière des Amazones, qu'il avait descendue dans une simple barque avec une demi-douzaine de hardis matelots. Il avait vu ces sommets neigeux qui versent des fleuves à deux océans, et qui n'ont de rivaux au monde que dans les chaînes de l'Himalaya. Les longues croisières dans l'océan Atlantique et dans la mer des Indes l'avaient rendu savant, car que faire à bord d'un vaisseau, si l'on n'a point de livres ?

Reynier se retira enchanté de l'accueil du vieux gentilhomme et surtout de la beauté de sa fille. Il était fort tard, et la soirée avait passé comme un éclair. Il monta à cheval et descendit lentement l'avenue. A quelque distance, une réflexion soudaine le ramena sur ses pas. Il attacha son cheval à un arbre et remonta sans faire de bruit jusqu'au château. Il voulait revoir, non pas même Louise, mais les fenêtres de la tour où elle couchait. Heureux celui qui n'a jamais rôdé le soir sous les fenêtres de sa maîtresse ! Celui-là est plus qu'un homme.

La nuit était admirable. La lune, qui se levait à l'orient, éclairait de sa pâle lumière les tours du vieux château et le sommet des montagnes voisines. La vallée seule restait dans l'ombre et n'en paraissait que plus belle. Reynier leva les yeux vers le ciel et demeura quelque temps immobile. Son âme était pleine d'un bonheur inouï et sans mélange. Je ne sais quelles pensées l'occupèrent. Tout à coup il s'écria :

« Puis-je ne pas l'aimer ? ô patrie, pardonne-moi ! »

Un instant après, la chambre de la jeune fille, jusque-là obscure, s'éclaira. Elle ouvrit une fenêtre, s'appuya sur le bord et regarda quelque temps les étoiles. Elle paraissait pensive, mais souriante.

« Est-ce à Roland, est-ce à moi qu'elle songe ? » se demanda le jeune homme.

Ce doute refroidit singulièrement son amitié pour Roland.

« Il a bien fait d'aller à Coblentz, dit-il. Conçoit-on l'imprudence du vieil Adhémar, qui offre sa fille à un pareil débauché ? »

La jalousie rendait Reynier sévère pour son
ami. Il le sentit et rougit de lui-même.

« Quoi! pensait-il, le premier fruit de cet
amour serait de me faire oublier la patrie et
l'amitié! Mieux vaut n'aimer jamais. »

Après quelque réflexion, ce dernier parti lui
parut un peu dur et difficile à suivre.

« Qu'importe, après tout, que je l'aime? Sa
sérénité presque céleste en sera-t-elle troublée?
Dieu tout-puissant, sois mon juge et mon soutien
en cette épreuve qui va décider de ma vie. La
première parole qu'elle prononcera sera mon
arrêt. Quelque chose qu'elle dise, je m'y soumets
d'avance. »

Là-dessus, comme si elle eût deviné la présence
et le serment de son amant, Mlle de Dives s'assit
devant son piano, instrument fort rare en ce
temps-là, et que la reine Marie-Antoinette avait
mis à la mode, et elle chanta d'une voix douce,
mais enthousiaste et sonore, le chant des patriotes, que Rouget de l'Isle venait d'improviser
à Strasbourg et qui courait déjà la France, répété
par les volontaires qui marchaient à la frontière.
C'était la *Marseillaise*.

A la dernière strophe :

> Amour sacré de la patrie,
> Conduis, soutiens nos bras vengeurs...

le jeune homme sentit son cœur se fondre. Il s'écria dans un transport dont il ne fut pas maître : « Je l'aime ! je l'aime ! » rejoignit en courant son cheval et partit au galop.

A ce cri, Mlle de Dives reconnut la voix de son amant, et bientôt après le bruit des fers de son cheval dans l'avenue. Elle devina l'amour du jeune homme et se sentit profondément troublée. Déjà, sans le savoir, elle aimait.

Pourquoi non ? En temps de révolution, la fille d'un comte peut bien épouser le fils d'un procureur. La pensée de Mlle de Dives n'allait pas encore si loin, mais elle pressentait confusément de grands malheurs ; elle craignait pour son père, et Reynier lui semblait le seul ami sur qui elle pût compter.

D'un ami de cet âge à un amant, à un mari, la distance n'est pas grande.

VII

Je ne sais si vous connaissez l'église de Dives. C'est une grange massive et décrépite, bâtie sur les plans de quelque maçon du temps des Carlovingiens. Telle qu'elle est, depuis douze siècles on la respecte assez pour n'y pas toucher, et quelques poutres qui l'étaient à l'extérieur sont les seuls changements que la piété des fidèles de Dives ait osé y faire.

Le 8 juillet 1792, à l'heure de la messe, la foule se pressait dans cette église, et, contre l'usage, les hommes étaient aussi nombreux que les femmes. On s'attendait à quelque grand spectacle. Le curé, pressé de signaler son zèle, avait annoncé d'avance qu'il était près d'abjurer le serment impie qu'il avait prêté à la constitution civile du clergé. Amis et ennemis, tous répondaient à l'appel.

Cet abjuration était fort dangereuse. Plusieurs prêtres qui avaient cru pouvoir braver la loi et l'opinion publique avaient été enfermés dans la prison de l'Abbaye, à Paris. C'est là qu'ils furent massacrés le 2 septembre ; d'autres avaient fui à l'étranger ; quelques-uns, plus hardis, avaient prêché publiquement contre la loi et contre l'Assemblée législative. Dans les campagnes, les prêtres qui avaient refusé le serment persécutaient, chassaient et poursuivaient à coups de pierre ceux qui l'avaient prêté. Maint presbytère fut, sous ce prétexte, pris d'assaut et repris après des combats acharnés. Le danger était presque égal des deux parts ; mais les curés patriotes, appuyés de la loi, des municipalités et de la force, n'avaient pas le beau rôle dans cette chasse aux prêtres insermentés. Ceux-ci, souvent persécuteurs, passaient généralement pour martyrs. On faisait sur eux des légendes comme sur les pères de la Thébaïde; et qu'y a-t-il de plus puissant sur l'imagination du peuple qu'une légende? Les femmes les cachaient, les nourrissaient et les regardaient comme envoyés de Dieu. Tel patriote fougueux qui les haïssait leur donnait, sans le savoir, asile dans sa propre maison.

Barré, averti par la rumeur publique des desseins du curé, fit ses préparatifs pour en profiter. D'un air grave et recueilli, il s'assit en face de la chaire pour mieux prendre sa part du sermon véhément qu'il attendait. En même temps, les deux tambours de la garde nationale de Dives, prévenus par ses ordres, n'attendaient qu'un signal pour battre le rappel et réunir les citoyens sous les armes.

Le curé, sans défiance, sortit de son presbytère dans des dispositions belliqueuses. Pour raffermir son courage, car il n'était pas, par tempérament, de l'étoffe dont on fait les martyrs, il lut l'épître de saint Ignace d'Antioche à ses frères d'Asie et se sentit un autre homme. Il brandissait son bréviaire comme une lance et se promenait en parlant à haute voix.

Tout à coup, comme en sortant il se retournait pour fermer la porte, une main saisit le pan de sa soutane et le retint. Cette main était celle de la vieille Fanchon, sa servante.

— Monsieur le curé, où courez-vous ? dit-elle.

— Je vais à l'église dire la messe et confondre les infidèles.

— Ah ! voilà ce que je craignais. Monsieur, au nom de Dieu, ne confondez personne, ni les fidèles ni les infidèles, ou vous êtes perdu.

— Perdu ! femme de peu de foi, dit le curé. Dieu me prêtera son glaive tout-puissant pour frapper le Moabite et l'Ammonite, le Madianite et l'Amalécite.

— Monsieur le curé, prenez garde. Votre cure est excellente, et bien des gens voudraient être à votre place. N'éveillez pas le chat qui dort. Laissez ces gueux de patriotes faire les lois comme il leur plaît, et qu'il vous suffise, à vous, de ne pas vous trouver sur leur chemin. Songez que Mgr l'évêque, qui n'a pas eu cette prudence, s'en est mal trouvé, et qu'il a quitté son évêché pour manger du pain sec en Allemagne. Voulez-vous changer la loi à vous seul ? Elle n'est pas déjà si mauvaise, cette loi, et je m'en accommoderais assez. Souvenez-vous qu'il y a trois ans, vous aviez à grand'peine deux mille quatre cents

francs de rente durement gagnés, et qu'aujourd'hui la nation, ou les patriotes, ou n'importe qui, vous paie six mille francs nets d'impôts,
de taille et de gabelle. Que monseigneur se plai-
gne, lui qui avait cent mille francs et qu'on a
rogné de quatre-vingt mille ; mais vous, monsieur, c'est folie.

Ce discours, où le pot-au-feu avait plus de
part que l'enthousiasme, ébranla le curé ; mais
l'exemple de saint Ignace lui revint en mémoire,
et il s'arracha héroïquement des mains de sa
servante pour aller à l'église.

Après la messe, il monta en chaire, annonça
son dessein, d'abord avec modération, car il se
souvenait des conseils de sa servante, puis avec
une chaleur croissante. Il déclara que ceux qui
avaient refusé le serment étaient les seuls dis-
ciples du Christ, et qu'ils seraient assis à sa droite
dans le royaume des cieux ; quant aux *assermentés*,
ils brûleraient avec les démons dans les flammes
de l'enfer. Il excommunia tous les fauteurs et
complices de la Révolution, et répandit dans le
cœur des femmes de telles alarmes, qu'on n'en-
tendait dans l'église que des pleurs, des gémis-
sements et des supplications d'épargner les
coupables et de retenir la foudre céleste toute
prête à tomber sur eux.

Le curé rentra chez lui et se mettait à table,

fort content de son sermon et de l'effet qu'il avait produit, lorsqu'il entendit battre le rappel. Fanchon entra dans la salle à manger, les bras levés au ciel et poussant des cris affreux.

— Ah! monsieur le curé, dit-elle, qu'avez-vous fait? Tout est perdu. La garde nationale vient vous chercher et vous mettre en prison. Sauvez-vous! sauvez-vous!

A ces mots, le curé, dont l'ardeur s'était un peu dissipée pendant son discours, trembla de tous ses membres. Sans prendre le temps de déplier sa serviette, il s'enfuit par une porte de derrière et courut chercher un asile au château de Dives.

C'est là que Barré l'attendait. Au fond, le vieux renard se souciait fort peu du curé, mais il voulait forcer le comte à se compromettre en défendant son ami. C'est pour cela qu'il fit battre le rappel et réunit la garde nationale, au lieu d'envoyer chercher le curé par deux gendarmes, ce qui eût été plus court et plus sûr. Sous prétexte qu'il craignait quelque complot des aristocrates il prit des précautions, militaires, comme s'il s'était agi d'attaquer Brunswick.

Les préparatifs terminés, il donna le signal de l'attaque. La vieille Fanchon attendait bravement les assaillants sur le seuil du presbytère, et, du plus loin qu'elle les vit:

— N'avez-vous pas de honte, leur cria-t-elle, de venir arrêter un pauvre curé? Trois cents hommes contre un vieillard et sa servante! Voilà une belle expédition, et qui vous fera honneur! Avez-vous mis au moins la baïonnette au bout du fusil, en cas de résistance? Combien y a-t-il de cartouches dans vos gibernes? A votre place, j'irais chercher de l'artillerie à Bourges ou à Toulouse. Que sait-on? il y a peut-être une garnison dans la maison. Entrez, messieurs, entrez: vous trouverez d'abord le cheval de M. le curé, c'est la cavalerie; moi, je suis l'infanterie. Que voulez-vous à ce pauvre curé? Vous savez bien, comme moi, que ce n'est pas une forte tête, et qu'il est plus bête que méchant.

— Allons, ma vieille Fanchon, dit un capitaine de garde nationale, laisse-nous entrer et visiter la maison. Nous ne voulons pas faire de mal au curé ni à toi; mais il faut faire des perquisitions.

Tout en parlant, il essayait d'entrer; mais elle résista violemment, et dans la lutte déchira le collet de l'habit du capitaine.

— Bon! dit-elle, moitié pleurant, moitié criant, il ne vous manquait plus que de battre une pauvre femme. Allez-vous-en, méchantes gens.

La position devenait critique. Le malheureux garde national, épicier de son métier, mais bon patriote, n'osant ni l'éloigner de force, ni reculer, demeurait indécis. Les femmes, qui suivaient en foule les gardes nationaux, prenaient avec chaleur, suivant l'usage, la défense du sexe timide. C'était un tumulte affreux de cris, de rires, de larmes; mais, au milieu du tumulte, on distinguait toujours la voix aiguë et grinçante de la vieille Fanchon.

Tout à coup, un des gamins qui suivaient la garde nationale, attirés par le bruit des tambours, pénétra dans le jardin du curé, et de là dans la maison.

— L'oiseau est déniché, cria-t-il de la fenêtre. Le curé s'est réfugié au château de Dives.

Cette nouvelle changea fort à propos la face des affaires. Fanchon se mit à rire aux éclats et à défier la garde nationale.

— Entrez, dit-elle, entrez, braves citoyens; fouillez dans les lits, cherchez sous les tables. Entrez: rien dans les mains, rien dans les poches.

Barré tressaillit de joie. L'oiseau s'était jeté dans le piége préparé de longue main.

— Allons au château, dit-il.

— Au château! cria la foule; et tout le monde, sans distinction d'âge ni de sexe, prit le chemin du château.

A cent pas du château, la garde nationale se

7

trouva en face du comte de Dives et de quatre
ou cinq domestiques, armés de fusils de chasse
et de faux. Cette vue refroidit l'ardeur des pères
de famille; mais quelques-uns des plus jeunes
gardes nationaux s'avancèrent, tout prêts à forcer
le passage.

— Messieurs, dit Adhémar, que me voulez-
vous?

— Nous voulons le curé, dit un boucher, et
je me charge de lui faire son compte. Allons,
donne-le-nous sans te faire prier, ou je te fais
sauter la cervelle.

A ces mots, l'ancien corsaire, sans dire un
mot, saisit le boucher par la ceinture, l'enleva de
terre et le jeta violemment contre le tronc d'un
châtaignier. Le boucher tomba évanoui.

L'énergie et la promptitude de cette action
firent reculer de trois pas les plus intrépides. Le
peuple est toujours pour le plus fort. Cependant
cette impression dura peu. Déjà quelques fusils
s'abaissaient, et le vieil Adhémar aurait payé
cher sa résistance, si un jeune homme, que personne n'avait remarqué jusque-là, n'était sorti
des rangs. C'était Reynier, qui avait compris le
danger du comte et qui venait le sauver.

— Citoyens, dit-il aux gardes nationaux,
M. Dives a raison de défendre son hôte, et c'est une
lâcheté de vouloir le lui arracher par la force.

— Pourquoi fait-il des sermons qui tournent
la tête à nos femmes? dit un garde national.
Pourquoi nous a-t-il excommuniés publiquement
ce matin ?

— Et pourquoi, dit Reynier, ne prêchez-vous
pas vos femmes aussi bien que lui? Pourquoi
l'écoutez-vous quand il vous excommunie? C'est
son droit de prêcher ; c'est son droit d'excom-
munier ; c'est le vôtre de ne pas faire attention à
ce qu'il dit. Usez-en. Quoi ! parce que le curé
prêche à tort et à travers, vous allez tuer un
homme qui ne vous a point offensés, entrer dans
sa maison, la brûler peut-être, et maltraiter une
jeune fille digne de respect! Est-ce de la liberté,
cela ?

— A bas les prêtres ! à bas les nobles ! à bas
les faux patriotes! crièrent plusieurs voix.

— Les faux patriotes, dit le jeune homme,
sont ceux qui s'arment sans autorisation, qui
attaquent des gens paisibles, qui veulent faire
des arrestations sans aucune forme de procès.

— Quant à cela, dit Barré, qui jugea le moment favorable pour percer la foule et se montrer, vous êtes dans l'erreur. Voici l'ordre de la
municipalité qui prescrit qu'on appréhende au
corps et qu'on amène à la prison du district le
sieur Charles-Bonaventure Brabant, curé de
Dives.

A ce coup inattendu, Reynier mesura toute
la profondeur du piége où le vieil Adhémar était
tombé. Il sentit que toute résistance était impossible.

— C'est bien, dit-il en examinant l'ordre écrit
que portait Barré. Citoyens, faites votre devoir.

En même temps, d'un regard il avertit Adhémar de céder ; mais celui-ci ne bougea non plus
que le dieu Terme.

— Citoyen, dit Barré, pour la seconde fois,
voulez-vous obéir à la loi ?

— Je ne veux pas livrer mon hôte, répondit
Adhémar.

Il y eut un instant de silence. Tout le monde
était inquiet. Reynier tremblait pour Mlle de
Dives. Il ne restait aucun moyen de salut. Le
comte violait publiquement la loi. Barré fit une
troisième sommation. Quoiqu'il eût désiré et
préparé cette crise, il ne pouvait s'empêcher
d'en craindre les suites ; mais toute réflexion
était inutile. Les deux partis se trouvaient enfermés dans une impasse, et par honneur en-
gagés à ne pas reculer.

A ce moment, le curé, qui s'était tenu caché,
parut et se livra lui-même. Reynier et tous les
assistants respirèrent plus librement.

— Curé, vous me déshonorez, dit Adhémar.

— Devais-je vous faire massacrer, dit le pauvre homme, et, pour sauver une vie si fragile, me donner un remords éternel? Adieu, monsieur le comte; je vous remercie. Dieu, qui protége l'innocence, saura prendre soin de son serviteur. Et toi, Néron, Héliogabale ou Dioclétien, dit-il à Barré, fais-moi charger de chaînes, et abreuve-toi du sang des martyrs.

— Je suis le serviteur de la loi, dit Barré avec un sang-froid merveilleux.

Il fit mettre son prisonnier entre deux gardes nationaux et partit pour Dives, fort mécontent de l'issue de son entreprise.

Reynier, resté le dernier, reçut en silence les remercîments du vieil Adhémar et de sa fille. Un regard de Mlle de Dives l'avait payé de sa peine.

— Monsieur, lui dit le comte en lui tendant la main, je suis, quoi qu'il arrive et dans quelque camp que le hasard nous jette, éternellement votre ami et votre obligé.

Reynier lui serra la main sans répondre. Il sentait que tout n'était pas fini, et que le ressentiment de Barré menacerait bientôt une tête plus précieuse que celle du curé. Il descendit en rêvant aux moyens de sauver le curé et de déjouer les projets de Barré contre Adhémar et sa fille.

Le comte le regarda s'engager dans l'avenue.

— Quel malheur, dit-il à Louise, qu'un garçon qui a tant d'esprit et de courage soit né d'un
père procureur !

VIII

Trois jours après, car on est expéditif en temps
de révolution, le curé de Dives, sur la demande
de la municipalité et de l'administrateur du district, fut traduit devant le tribunal et accusé par
le procureur-syndic d'exciter les citoyens à la
haine du gouvernement et de la civilisation.

— Épargne-le, dit Reynier à son frère. Le
pauvre homme est tombé en enfance et sait à
peine distinguer sa main droite de sa main
gauche.

— Qui m'épargnera, si je lui fais grâce ? dit le
procureur-syndic. Veux-tu que Barré lâche sur
moi toute la meute des Jacobins du département et me réduise à donner ma démission ?

— Tu tiens donc beaucoup à ta place ? répliqua notre héros.

— Mon ami, les fonctions de procureur-syndic sont une arme qui perce et qui coupe les
Jacobins les plus durs. Je tiens la poignée de

l'arme, et je la serre de toutes mes forces, de
peur qu'on s'en empare et qu'on n'en tourne contre
moi la pointe. Certes, je me soucie peu de demander la tête des gens ; mais je m'oppose et je
m'opposerai toujours à ce qu'on demande la
mienne. Je sers la patrie de mon mieux. J'achète
des biens nationaux le moins cher que je peux,
pour en acheter davantage et contribuer encore davantage au salut de la patrie. Quant à
risquer ma tête pour épargner quelques mois de
prison à ce vieux tonsuré, permets-moi de n'en
rien faire. Je suis bien constitué, et je veux vivre
longtemps. Voilà ma politique. Va, si tu veux,
te faire estropier au service de la France. Je me
contente de grossir le trésor public et de mettre
ses assignats en circulation.

— Demande au moins le minimum de la peine.

— Oh! avec grand plaisir. En échange, veux-
tu recevoir de moi un conseil ?

— Donne.

— Tu vas bien souvent au château. On l'a remarqué ; on en cause. Dans quelques jours tu
seras suspect. Crois-moi, laisse là cette petite
aristocrate qui te consignera soigneusement à sa
porte si Brunswick entre à Paris. Cette folie t'a
déjà fait commettre deux ou trois sottises dont
la moindre pourrait perdre un homme ordinaire.
Ne va pas plus loin.

— As-tu jamais aimé?

— Souvent. Mes amours ont duré toute une semaine, comme dit la chanson; mais j'aime après dîner, quand mes affaires sont terminées. J'aime alors, et je digère en même temps.

— Tais-toi, profane ! Tu n'entends rien à l'amour.

Le procès du curé ne fut pas long. Le procureur-syndic demanda pour lui un an de prison, et fit entendre qu'il se contenterait de six mois. L'avocat implora la pitié du tribunal en présentant son client comme tombé en enfance, et le curé lui-même, effrayé des suites de sa hardiesse, garda un silence prudent. Il fut condamné à trois mois de prison et destitué. Son premier vicaire prit sa place, et les choses rentrèrent dans l'ordre accoutumé.

Le soir même, le comte de Dives reçut une visite inattendue. On annonça Barré.

Adhémar fit la grimace.

— Qu'il entre! dit-il après quelque hésitation.

— Monsieur le comte, dit le capucin, j'ai plus de deux millions de biens nationaux.....

— J'en suis fort aise, monsieur, interrompit Adhémar.

— Je suis administrateur du district et en passe de pousser ma fortune beaucoup plus loin. Je suis jeune encore; j'aime à la folie

Mlle de Dives, et je viens vous demander sa
main.

— Monsieur, dit Adhémar tremblant de colère,
arrêtez-vous là, je vous prie. Le respect que je
me dois à moi-même m'empêche seul de vous
faire jeter par la fenêtre.

— Monsieur le comte, répliqua Barré sans
s'effrayer de cette menace ni se mettre en colère,
je m'attendais, ou peu s'en faut, à cette réponse.
Je n'en suis pas découragé. Vous ignorez sans
nul doute votre position et la mienne : permettez-
moi de vous les faire connaître. Vous êtes riche,
et vous êtes noble : ce sont deux titres à la per-
sécution. Votre neveu est à Coblentz dans les
rangs des traîtres : ce n'est pas une recommandation pour son oncle. Au premier revers, on se
vengera sur vous et sur les vôtres. Eh bien ! je
vous offre ma protection.

— La protection d'un Barré !

— Pensez de moi ce qu'il vous plaira, monsieur
le comte. Je respecte vos préjugés, qui sont
d'autre temps et d'un autre hémisphère. Voyez
seulement quel est votre intérêt. L'exemple du
curé vous montre ce que je puis faire. En bien
et en mal, je suis tout-puissant, vous le savez. Je
veux être votre ami ; ne repoussez pas mon amitié : ce n'est pas prudent. Donnez-moi votre fille
en mariage ; vous garantissez ainsi sa fortune,

son honneur et sa vie contre tous les dangers
d'une révolution qui a déjà coûté la vie à bien
des gens, et qui ne s'arrêtera pas là, croyez-en
ma prévoyance. Ne me dites pas qu'un ancien
capucin n'est pas un mari digne de Mlle de Dives.
Un trône serait à peine digne d'elle ; mais les
trônes sont rares, et maintenant fort ébranlés.
Un capucin qui a renoncé à son ancien métier,
qui est riche, administrateur de district, patriote
zélé et grand ami de M. Robespierre, vaut mieux
pour vous qu'un émigré dont les biens vont être
confisqués, et qui reviendra dans vingt ans peut-
être, si les balles des patriotes le laissent revenir.

— Mon cher monsieur, dit Adhémar, avez-
vous tout dit ?

— Oui, monsieur le comte. Réfléchissez : je
vous donne huit jours pour répondre à ma proposition. Je sais qu'au premier aspect elle est
choquante ; considérez-la de plus près, et vous
verrez en moi le sauveur de votre fille et le vôtre.

— J'ai réfléchi, dit Adhémar, et voici ma réponse.

Il tira le cordon de la sonnette. Un domestique
parut.

— Pierre, dit le comte, ouvre la porte, et
montre le chemin au citoyen administrateur.
Monsieur, je ne vous invite pas à revenir.

— Monsieur le comte, dit Barré d'une voix

stridente, je me souviendrai de cet affront. Un
jour viendra où vous serez trop heureux de m'offrir votre fille pour sauver votre tête.

— Bien, mon ami, dit Adhémar. Ce jour-là,
je vous engage fort à me mettre à la porte.

Barré sortit plein de rage et résolu à se venger par tous les moyens. Il aimait Louise de
Dives ; il aimait encore plus sa fortune. Il sentait
le besoin de s'allier à une famille puissante en
cas de victoire des Prussiens. Toutes ces raisons
lui rendaient insupportable le refus du comte.

— J'aurai sa fille et sa tête, dit-il.

Malheureusement, le vieil Adhémar avait affaire
à forte partie. Les événements allaient seconder
la haine de Barré. Derrière le ci-devant capucin
se dressait, obscur encore au milieu des brouil-
lards de l'avenir, le terrible tribunal révolutionnaire.

IX

Cependant Reynier venait tous les jours au
château de Dives. Adhémar, qui n'aimait pas les
Jacobins, était forcé d'estimer ce jeune homme.
Il sentait en lui l'influence d'un esprit supérieur
et d'une grande âme.

— Ah ! si tous les patriotes vous ressemblaient !
disait-il.

— Il faut bien, répondait Reynier, qu'il y
ait quelque diversité parmi les hommes. Les
gens comme Barré sont excellents pour faire la
police de la Révolution. Ils sont curieux, défiants, sans scrupules, intéressés par leurs passions même au salut de la patrie. Leurs menaces
et leurs persécutions effraient les ennemis de la
liberté et les mettent hors d'état d'agir ; leurs
visites domiciliaires les forcent de se tenir sur
leurs gardes : la violence même et l'emphase de
leurs discours ne nuisent pas à la Révolution. Je
conviens que tout cela n'est pas beau, et que
nous sommes bien éloignés de cet âge de tranquillité, de sécurité et de vraie liberté que nous
avons espéré et que nous attendons encore;
mais si quelques détails du drame sont odieux et
ridicules, l'ensemble, croyez-moi, fera l'admiration de tous les pays et de tous les siècles. Cherchez dans l'histoire de l'humanité un autre
exemple d'une révolution si violente, si unanime,
et où si peu d'hommes aient péri.

Le comte n'en convenait pas ; mais sa fille écoutait avidement les moindres paroles du Jacobin.
Son esprit sérieux s'ouvrait avec enthousiasme à
ces nobles espérances. Elle commençait à sentir
l'harmonie de ces idées nouvelles avec les ensei-

gnements de l'Évangile et des grands hommes de
tous les siècles. Son cœur, où l'amour filial avait
seul jusque-là trouvé place, se donnait tout entier à ce jeune homme, qui était l'ami de son
père et presque son sauveur.

Le départ de Reynier et de sa compagnie était
fixé au 15 juillet. La veille, il alla faire ses adieux
à Mlle de Dives. Par hasard, elle se trouva seule,
son père étant allé à la ville. Elle reçut Reynier
dans le jardin, non sans quelque embarras. Qu'y
a-t-il de plus timide que l'amour vrai?

— Je partirai demain, dit-il enfin.

— Quoi! déjà! Reviendrez-vous bientôt?

— Jamais, si nous sommes vaincus. Notre
devise est : *vivre libre ou mourir.*

— Noble devise, dit-elle, qui fera couler bien
du sang et des larmes. Ah! pourquoi ai-je des
amis dans les deux camps opposés?

Reynier pensa à Roland et frémit.

« Il ne l'aime pas, se dit-il; mais elle l'aime. »

Cette terrible idée lui serra le cœur.

« Malheureux! j'ai oublié un instant la patrie
pour une femme, et les dieux m'en punissent. »

Il reprit avec une tranquillité affectée :

— Rassurez-vous, mademoiselle; si la guerre
fait tomber votre fiancé entre mes mains, j'aurai
soin de vous le renvoyer sain et sauf.

Elle devina sa pensée, et d'un air étonné :

— Qui donc est mon fiancé ? dit-elle.

— Votre cousin Roland, je crois?

— Mon cousin ? Sachez, monsieur, que, pour un mariage, il faut au moins deux consentements, et que dans celui-ci, l'un des deux manque et peut-être tous les deux. Roland est un excellent jeune homme, très-brave, très-bon cavalier, très-aimable, très-doux, un cousin admirable; mais ce serait un très-mauvais mari, et je ne veux pas en faire l'épreuve.

— Votre père.....

— Mon père est un père adorable qui fait tout ce que je veux, et qui se gardera bien de me présenter un mari dont je ne veux pas. Je sais bien qu'il a longtemps caressé l'idée de me marier à Roland et de perpétuer par là son nom et sa race; mais j'ai résolu, moi, de n'en rien faire, et, dans une affaire qui m'intéresse plus que tout le reste du monde, d'être toujours maîtresse de moi-même.

Reynier respira plus librement. Son cœur était délivré d'une grande inquiétude ; cependant il demeura quelque temps silencieux.

Ils se promenaient ensemble dans une des allées de jardin que borde de ce côté un précipice à pic, au bas duquel coule la Soreille. Ils s'arrêtèrent sur le bord de ce précipice pour regarder la vallée et les montagnes voisines, déjà dorées par les rayons du soleil couchant. Enfin Reynier rompit le silence :

— J'ai souhaité ce départ avec une ardeur infinie, dit-il, et cependant, au moment de partir, je ne puis me défendre d'une tristesse profonde.

— Vous regrettez, dit Louise, ce beau pays, cette vallée où vous avez couru tout enfant, ces montagnes où vous avez dû grimper si souvent.

— Non, j'aime ce pays; mais ce n'est pas de ce regret que vient ma tristesse.

— Vous quittez votre frère.

— J'aime aussi mon frère, mais je le laisse heureux; pourquoi serais-je triste? Ah! j'ai d'autres amis dont le souvenir vivra éternellement dans mon cœur.

— Mon père d'abord, n'est-ce pas? dit vivement la jeune fille. Les plus anciens amis ne sont pas toujours ceux qui nous aiment le mieux; et mon père, malgré la différence de vos âges et de vos opinions, vous aime déjà comme un fils.

— Comme un fils? reprit ardemment le jeune homme. Le croyez-vous?

Elle leva sur lui ses beaux yeux calmes et doux, et ce regard fit comprendre à Reynier qu'il était aimé. Alors sa langue se délia. Ce muet recouvra la parole. Il lui dit qu'il l'aimait, et il se vit écouté sans colère.

— En des temps plus calmes, ajouta-t-il, je
n'aurais jamais osé hasarder cet aveu ; tout nous
éloigne l'un de l'autre : votre nom, les préjugés
de votre père, les haines de parti, votre volonté
peut-être ; mais aujourd'hui il n'est plus temps
d'hésiter. Je vous aime plus que la vie, plus que
la patrie même que j'ai failli oublier pour vous.
Je ne sais si vous m'aimerez jamais ; peut-être
ne l'ai-je pas désiré. Je craindrais qu'un bonheur
si grand ne me fît oublier mon devoir ou ne
m'ôtât la force de le remplir. Que je sache du
moins que cet amour ne vous offense pas. Laissez-moi penser, dans cette guerre terrible qui
commence et dont nul de nous, peut-être, ne
verra la fin, que je ne suis pas un étranger pour
vous, que votre pensée veille sur moi et, si
vous ne pouvez m'aimer, que vous ne me dé-
fendez pas de vous offrir ma vie.

— Je ne vous le défends pas, dit-elle en
lui tendant la main ; je vous commande au contraire de m'aimer éternellement. Faites votre devoir : allez combattre pour la patrie et pour
la liberté, et vous me retrouverez assise au
même foyer, et prête à vous recevoir. Ne craignez rien, quoi qu'il arrive, des secrets desseins de mon père. Il aime sa noblesse, mais
il aime encore mieux sa fille, et je jure de n'a-
voir pas d'autre mari que vous ou de ne me

marier jamais. Mon père ne tiendra pas contre ce serment. Si vous m'aimez, faites de grandes actions pour l'amour de moi. Je jugerai de votre amour par votre héroïsme.

C'est avec cette simplicité que se firent leurs adieux. En ces temps héroïques où les plus nobles passions, comme les plus viles, étaient surexcitées par le danger et par la vue toujours présente de la mort, l'amour ne s'abaissait pas à la coquetterie des salons. On ne dépensait pas en vains préliminaires une vie qui pouvait être si courte. On suivait, sans y penser, les maximes de Rousseau ; on revenait à la nature ; on mettait en pratique les leçons d'Émile. Les cœurs les plus vulgaires se sentaient enlevés à eux-mêmes et portés par le flot jusque sur les hauteurs de l'amour le plus pur et le plus dévoué. Louvet fuyait dans les cavernes avec sa Lodoïska ; Roland se tuait de désespoir en apprenant la mort de sa femme ; la belle et touchante Lucile, la femme de Camille Desmoulins, tentait de soulever le peuple pour délivrer son mari, et mourait avec lui. Danton faisait exhumer sa femme morte depuis plusieurs jours et baisait avec transport ses restes inanimés. Nos deux amants n'étaient pas indignes de suivre ces illustres exemples.

— Je vous aime, dit Reynier, et je vous quitte peut-être pour toujours. Je veux vous mériter, et

8

je pars. Quand la patrie n'aura plus besoin de ses enfants, je reviendrai vous demander à votre père.

— Revenez, dit-elle en lui tendant la main. Je jure de vous aimer éternellement.

— Et si votre père s'y oppose?

— J'attendrai qu'il cède, mais je n'aimerai et n'épouserai que vous.

Reynier lui baisa la main et partit.

Au milieu de l'avenue, il rencontra le comte de Dives, qui voulut le ramener au château. Reynier s'y refusa, alléguant quelque affaire pressée. Dès le lendemain, il était en route avec sa compagnie. Le même jour, Mlle de Dives dit à son père l'engagement qu'elle avait pris. Adhémar en fut consterné.

— Hélas! pensa-t-il, ceci est bien pire que Barré! Avec trois ou quatre coups de pistolet dans la tête, j'aurai raison de ce capucin; mais que dire de celui-ci? Il aime, il est aimé; il suit la nature, comme disent les beaux parleurs de ce temps-ci. Que le diable emporte la nature, les philosophes et la révolution qui nous a valu toutes ces sottises!

— Ma chère enfant, dit-il à sa fille, cet engagement, contraire à ma volonté, n'a aucune force. Je ne veux pas que mes petits-enfants soient du club des Jacobins. Je ne consentirai jamais à ce mariage.

— Eh bien! mon père, dit-elle avec calme, j'attendrai votre consentement, car je jure d'épouser Reynier ou de ne me marier jamais.

Adhémar se tut. Il comptait sur le temps, l'absence, les hasards de la guerre et le retour de Roland.

X

Laissons Henri Reynier rejoindre avec sa compagnie l'armée de Dumouriez dans l'Argonne. Nous le retrouverons bientôt. Il est temps de reprendre le récit des aventures du marquis de Dives.

Un soir, après avoir écrit à son oncle et à sa cousine les lettres que nous connaissons déjà, Roland se promenait près de Coblentz, sur les bords de la Moselle, avec son ami d'Hérigny.

— Tu es triste, dit celui-ci. Je parie que tu regrettes Artémise?

— Moi! point du tout; j'en ai fait présent à un choriste de mes amis.

— Tu as des amis parmi les choristes? Est-ce que vous avez gardé les danseuses ensemble?

— A peu près. Franchement, très-cher, Coblentz est insupportable : le vin est mauvais; les

Allemands sont ennuyeux, et quant aux femmes,
sauf la petite Pfeiffel que tu tiens en charte
privée, et quelques autres, que les princes et les
grands seigneurs gardent pour leur usage personnel, il n'y a rien à faire ici. Celles qui ne
sont pas laides sont savantes ; celles qui ne sont
ni laides ni savantes sont idiotes.

— Ah! mon enfant, dit d'Hérigny en soupirant, on nous gâtait à Paris. Il faut avoir vu
l'Allemagne pour savoir combien la France est
belle. Cette petite Pfeiffel que tu m'envies, cent
fois par jour je la donne au diable. Quand elle
me serre dans ses bras et qu'elle crie avec
l'accent d'Hermione : *Che t'atore !* je suis tenté
de descendre l'escalier, de fermer la porte et de
ne revenir jamais chez le vieux Pfeiffel. Sais-tu
ce qui me retient?

— La crainte de chagriner Pfeiffel, peut-être.

— Tu l'as dit. Charlotte me menace de se jeter dans la Moselle le jour où je la quitterai. Je
connais Pfeiffel : le bonhomme ne s'en relève-
rait jamais.

— Et tu te laisses prendre à ces menaces?

— Pourquoi non? On doit tout craindre de
ces petites bourgeoises sans éducation. Oh! si
c'était une marquise, je serais fort tranquille.
C'est une lourde charge, crois-moi, de faire le
bonheur de Charlotte. D'abord, les Allemandes

ont un idéal extravagant. L'amant doit être un
jeune homme, beau, sensible, rêveur, poétique,
dont l'imagination s'enflamme à la vue des jeunes
filles qui font des confitures, ou des poules qui
becquettent le fumier à la porte des étables. De
plus, il doit admirer la nature et sa maîtresse, et
blasphémer, en fort bons termes d'ailleurs, contre la société qui ne l'a pas fait comte ou marquis. S'il se tue, on ne sait pourquoi, le roman
est complet ; voilà le héros qu'elles ont rêvé.
Juge comme tout cela est amusant. Tu crois que
je plaisante ? Lis, si tu peux, Werther, un petit
livre de deux cents pages, d'un certain Gœthe,
conseiller aulique je ne sais où, et qui fait au
delà du Rhin un tapage effroyable. Tu y verras
cette histoire tout au long. O triste, triste condition de l'amant ! Il y a des jours où j'envie le
sort et l'insouciance du vieux Pfeiffel. De lui, du
moins, on n'exige rien : c'est un mari. Qu'il
n'entre jamais chez madame sans se faire annoncer, et qu'il paie les fournisseurs ; Charlotte est
contente et n'en demande pas davantage.

— Parbleu ! dit Roland, je veux faire quelque
chose pour toi. Cède-moi Mme Pfeiffel.

— Je le voudrais, mon ami ; mais c'est impossible. Toute romanesque et ennuyeuse qu'elle est,
Charlotte m'adore ; j'en dois compte à son mari,
qui m'a confié son bonheur. Cherche ailleurs.

Au même moment, une voiture à quatre chevaux, dans laquelle était assise une dame d'une beauté admirable, passa au galop sur la route. Un cavalier galopait à côté de la voiture.

— Je n'ai que faire de chercher, dit Roland. Voici mon idéal qui passe. D'Hérigny, quelle est cette dame?

— C'est Mlle Sarah de Kransberg, fille unique du fournisseur général de l'armée prussienne, un juif de Mayence, quatorze fois millionnaire. Tu ne manques pas de goût: c'est la plus belle personne qu'on puisse trouver de Coblentz à Strasbourg.

— Et le cavalier?

— C'est le lord John Eaglethorpe, l'Anglais le plus orgueilleux et le mieux cravaté qui ait jamais braillé dans Westminster. On le dit fort riche et passionnément amoureux de la belle juive.

— Rentrons, dit Roland. Peux-tu me présenter à Sarah?

— Déjà?

— La vie est si courte!

— Eh bien, je veux faire mieux. Aussi bien l'Anglais me déplaît. On le dit envoyé de Pitt auprès du roi de Prusse, pour nous jouer quelque tour de sa façon. Cet enragé de Pitt n'a pas encore oublié la guerre d'Amérique, et je crois

qu'il nous veut autant de mal qu'aux Jacobins.
Viens avec moi chez Pfeiffel; Charlotte te pré-
sentera. C'est une ancienne amie de Sarah, et
quand elles n'ont pas d'amant à se disputer, elles
vivent en fort bonne intelligence. Est-ce que tu
as envie des millions du juif?

— Moi? non. Je veux m'amuser quelques
jours avant l'entrée en campagne. Voilà tout.
Sarah me convient parfaitement. Quant à épouser
une Allemande et une juive, il faut que tu saches,
mon cher, que ma maison est alliée d'un côté à
celle de Lorraine-Hapsbourg, et de l'autre aux
Plantagenets, et que pas un des successeurs de
Charlemagne ne se marie sans me le faire annoncer.

— Ils font leur devoir. La France étant le
plus grand et le plus illustre pays du monde, —
quand les Jacobins n'y sont pas maîtres, — la
noblesse française est nécessairement la plus
illustre de toutes les noblesses de l'univers connu.
C'est pourquoi va de l'avant, et compte sur moi
pour être introduit chez la belle Sarah. Je vais
en parler à Charlotte.

Les deux amis entrèrent chez M. Hans Pfeiffel.
C'était un bon Allemand, très-gros, très-riche et
très-désolé de devoir sa fortune à la bijouterie.
Le premier vœu de ce pauvre homme était d'être
noble; le second, de donner la main à des grands

seigneurs. Le hasard l'avait bien servi, et beaucoup d'émigrés, plus riches de noblesse que d'argent, avaient eu recours à sa bourse. Hans Pfeiffel, moitié par vanité, moitié par générosité, ne
refusa ses secours à aucun de ces malheureux
exilés. Sa maison leur était ouverte, et il eut
sujet de s'en repentir.

Mme Charlotte Pfeiffel, jolie femme brune,
espiègle, coquette, pleine de grâce et de gaîté,
s'était mariée par ambition et méprisait son
mari. Le pauvre Hans, artiste habile, marchand
honnête et respecté de ses confrères, n'était, par
malheur, ni le plus beau, ni le plus ingénieux,
ni le plus élégant des hommes. Il dansait
comme un éléphant, mangeait comme un ogre,
buvait, comme le vieux Caton, en silence, à coups
pressés et longtemps; en un mot, il ne payait
pas de mine. Un an après son mariage, Charlotte prit pour amant le marquis d'Hérigny, beau
danseur, beau parleur, impertinent avec grâce
et fat à un degré suprême, qu'elle eut la gloire
d'arracher à une baronne. D'Hérigny devint en
peu de jours le plus intime ami, et bientôt le
commensal de la maison. Charlotte, toujours en
garde contre la rivalité des baronnes, voulait le
tenir sous sa main.

Hans Pfeiffel, debout sur la porte de sa boutique, regardait les passants. Quand il vit les deux

émigrés, il s'avança vers eux, et donna une bonne et solide poignée de main à d'Hérigny.

— Monsieur le marquis, dit-il, Charlotte vous demande et veut se promener avec vous.

— Je suis au désespoir d'avoir fait attendre Mme Pfeiffel, dit galamment d'Hérigny, et je vais avoir l'honneur de lui donner la main.

Les deux amis montèrent au premier étage, où Charlotte, habillée de pied en cap, attendait d'Hérigny avec impatience.

Dès qu'elle le vit entrer :

— D'où venez-vous, monsieur le marquis ? dit-elle d'une voix irritée.

— Ma chère enfant, répondit-il, vous êtes belle comme l'Aurore.

— C'est bien : nous parlerons de cela plus tard. D'où venez-vous ?

— Chère enfant, reprit d'Hérigny, le principal privilége des unions illégales et le plus enviable, à mon avis, c'est qu'on ne s'interroge jamais. Entrez, sortez quand il vous plaira, vous êtes libre. Je demande pour moi la même faveur. J'ai promis de vous aimer, ma chère, et je vous tiens parole avec une constance qui m'étonne : je n'y étais pas habitué ; c'est sans doute une vertu de ce pays-ci ; mais ne m'en demandez pas davantage, et ne m'interrogez jamais. C'est de mauvais ton. Les petites bourgeoises ont seules de ces criailleries.

Charlotte éclata en sanglots.

— Vous ne m'avez jamais aimée, dit-elle.

— Bon! voilà la ritournelle. Chère enfant, défaites-vous de ces manières-là, je vous en prie. Elles gâtent le plus beau teint et les plus jolis yeux du monde. Roland, je t'en fais juge. N'est-il pas vrai que ces yeux sont admirables?

— Ce sont deux purs diamants, répondit Roland avec un sérieux parfait.

— Tu l'entends, Charlotte. Mon ami a parlé avec toute la sincérité de son cœur. Écoute-moi maintenant, et rends-nous un petit service. Tu connais Mᴵᴵᵉ Sarah de Kransperg?

— C'est une de mes meilleures amies.

— M. le marquis de Dives, à qui je ne puis rien refuser, désire l'inviter à souper ce soir avec lui.

Mᵐᵉ Pfeiffel se mit à rire.

— Eh bien! dit-elle, qui l'en empêche?

— Une misère, répondit d'Hérigny. La nature avait sagement établi que les jeunes gens souperaient en tête-à-tête avec les jeunes filles, et que les deux sexes y trouveraient leur compte; mais les gens de soixante ans, bilieux et catarrheux, qui ne peuvent plus souper et qui ne veulent pas qu'on soupe sans eux, ont résolu qu'il y serait apporté plus de cérémonie. En deux mots, ma bonne Charlotte, nous te prions d'inviter chez toi la belle Sarah, et de lui présenter mon ami pendant le souper.

— Savez-vous, dit Mᵐᵉ Pfeiffel, que le père de Sarah est quinze fois millionnaire?...

— Grand bien lui fasse, dit d'Hérigny; nous n'en voulons pas à ses millions.

— Qu'il est baron du Saint-Empire, par la volonté de l'empereur Léopold, son débiteur?

— Nous voulons encore moins de sa noblesse que de ses millions.

— Et que Sarah est une fille vertueuse?

— Bon! il faut bien toujours commencer par là! dit d'Hérigny.

— Savez-vous que je me reprocherais éternellement une action qui pourrait la compromettre?

— Parbleu! Et moi, suis-je homme à la mener dans le chemin de perdition? continua l'émigré en riant.

— Que dira M. le baron de Kransperg?

— Tout ce qui lui plaira. Le baron serait homme à la livrer au premier venu pour faire doubler le prix de ses fournitures. Ne vaut-il pas mieux qu'elle prenne un amant de son choix, un jeune homme doux, aimable, pieux, élevé dans de bons principes comme Roland ou moi, qui même pourra l'épouser un jour, car tu n'as pas fait serment de ne pas l'épouser, n'est-ce pas, marquis?

— Assurément, dit Roland.

— Messieurs, dit Charlotte, vous êtes deux fats. Sarah est imprenable. Depuis six mois, elle résiste à un lord qui veut l'épouser et l'emmener en Angleterre.

— Voilà une femme imprenable, dit en riant d'Hérigny. Elle a résisté à un lord! Peut-on résister à un lord! Vous n'y résisteriez donc pas, vous, Charlotte?

— Taisez-vous, impertinent.

— Quel est ce lord si pressant? dit Roland. C'est sans doute ce bel Anglais si long, si roide et si gourmé qui la suivait à la promenade.

— Lord John Eaglethorpe? Oui, c'est lui-même. Eh bien, Sarah n'en a pas voulu. Après six mois d'une cour assidue, il obtient qu'elle le souffre à ses côtés; voilà tout.

— Vous exceptée, madame, dit Roland, votre amie est la plus belle personne que j'aie jamais vue.

— Bien, monsieur; réservez, s'il vous plaît, ces compliments pour le souper.

— Nous pouvons donc compter sur vous? dit Roland.

— Oui, monsieur le marquis, et sur elle.

Roland sortit en baisant galamment la main de Mᵐᵉ Pfelffel, qui monta en voiture avec d'Hérigny pour aller à la promenade.

XI

Sarah de Krausperg était l'une des plus belles filles et des mieux nourries de toute l'Allemagne. Le magnifique sultan Mahmoud, fin connaisseur, comme on sait, et qui avait de quoi choisir, lui aurait donné le prix de la beauté. Bien qu'elle eût quelque chose des proportions d'une tour, elle ne manquait ni de grâce ni de délicatesse. Les millions de son père et sa propre beauté faisaient l'admiration de tous les cadets de noblesse des trois électorats du Rhin. Plus d'un descendant des burgraves offrit de se mésallier et de refaire sa fortune en l'épousant. Sarah refusa tout. Elle voulait être aimée pour elle-même, passion trop commune aux millionnaires.

Elle était seule et rêvait, lorsque Mme Pfeiffel entra sans se faire annoncer et, suivant l'usage, se jeta dans ses bras. Après les premiers compliments :

— Ma chère Sarah, dit Charlotte, le bruit court que tu te maries.

— Avec qui?

— Avec lord John Eaglethorpe.

— L'Anglais? Il m'ennuie.

— Et que le roi de Prusse s'y est opposé.

— Ah! Pourquoi donc? Suis-je Prussienne et soumise à ses caprices?

— C'est un mystère que je ne cherche pas à pénétrer. Je dis ce qu'on dit. On ajoute que Mme la comtesse de Lichtenau, maîtresse de Sa Majesté, a pris l'alarme, et qu'elle te fait des offres magnifiques pour que tu épouses le lord Eagle-thorpe, et que tu ailles en Angleterre.

— La comtesse est une sotte. Je me soucie du roi aussi peu que du lord. Il est vrai que le roi a daigné me faire danser et me trouver belle; mais je le trouve, lui, trop vieux de moitié. Si je prends un amant, je veux au moins qu'il n'ait pas la goutte.

— Bonne idée! A quoi serviront tes millions, si ce n'est à satisfaire tes caprices? Ainsi, tu ne veux pas te marier?

— A quoi bon? Que tu te sois mariée pour vivre, toi, c'est une spéculation que je comprends et que j'approuve; mais moi, qui suis millionnaire et baronne, quelle folie! Ma chère, je suis Athémenne depuis la plante des pieds jusqu'à la racine des cheveux. Je suis née, je veux vivre et mourir libre.

— On ne te recevra nulle part.

— Qu'importe? tout le monde viendra chez

moi. Va, j'aurai des poètes pour dîner à ma table et célébrer ma grande âme au dessert; j'aurai des philosophes pour ériger en théorie pompeuse toutes mes fantaisies. On dira que j'émancipe la femme; on parlera de mon génie, et si je consens à publier sous mon nom un livre nébuleux qu'aura fait pour moi quelque pauvre diable, on criera au prodige ! Vois Mme de Staël : elle a de l'esprit, j'en conviens, et même du talent; elle est bonne enfant, quoique laide, et ne veut de mal à personne; mais qui la regarderait, je te prie, sans les millions de son père? Et grâce à ces bienheureux millions, de qui n'est-elle pas admirée? Les gens d'esprit se pressent dans son hôtel, et les ambassadeurs, et les diplomates. L'an dernier, elle fit de son amant, M. de Narbonne, un premier ministre, et s'il n'est pas demeuré au ministère, c'est que le pauvre garçon n'est qu'un joli meuble de boudoir. Dis-moi, est-il une destinée plus belle que celle de cette femme? Que lui manque-t-il pour être heureuse? Presque rien : de quitter le nom de M. de Staël. Malheureusement, ce rien est l'impossible. Elle a fait, en se mariant, une sottise irréparable.

— Je t'admire. C'est un magnifique exemple que tu donnes à tout notre sexe.

— Ma chère, les hommes auront-ils seuls le

privilége de faire des révolutions? Je sens ma
force et veux prêcher la révolte à mon tour.

— Que vas-tu faire de lord Eaglethorpe?

— Rien. Je le laisse galoper à côté de moi.
Que faisait-il dans son pays? Il chassait, buvait
et parlait. Ici, il chasse, il boit et il parle. Que
ce soit d'amour ou d'élections, l'Angleterre n'y
perdra pas grand'chose.

— Ta froideur ne le rebute pas?

— Pourquoi le rebuterait-elle? Jusqu'ici personne n'est mieux traité que lui. J'attends
patiemment que mon rêve se réalise.

— Quel rêve?

— J'attends, ma chère, un beau gentilhomme,
noble comme les Bourbons, qui ait de l'esprit,
du courage et nul souci de ma dot. Un peu de
fatuité ne me déplairait pas.

— Ne cherche pas plus longtemps, Sarah. J'ai
ton affaire. Il m'est tombé du ciel, il y a trois
jours, un marquis que l'impératrice de Russie, la
grande Catherine, paierait cent millions de roubles. Il est blond; il a de beaux yeux, de jolies
moustaches, une taille élégante et des ma-
nières de grand seigneur. De plus, il t'a vue et
t'adore.

— Depuis quand?

— Depuis une heure. Il t'a vue passer avec ton
Anglais, et m'a juré qu'il ne saurait vivre sans

toi. Viens souper avec nous ce soir ; je te le présenterai.

— Laisse-moi réfléchir.

— A quoi bon ? S'il te déplaît, tu le laisseras
se morfondre avec le roi et le lord. Entre nous,
ce serait grand dommage, car il a la mine d'un
prince.

— Bien. J'y serai.

Là-dessus, les deux amies se séparèrent.

Le soir, M. Hans Pfeiffel présidait le souper
avec une affable dignité. Trois ou quatre émigrés,
parmi lesquels Roland et d'Hérigny, et une demi-
douzaine de marchands, ses confrères, étaient
les convives du bijoutier. Parmi les dames, on
remarquait d'abord Mme Pfeiffel et la belle Sarah,
à la droite de qui était placé Roland de Dives.

On parla longtemps commerce et politique, et
de tous côtés les convives échauffés prodiguèrent
les recettes pour rétablir la paix en Europe.
Roland seul ne prit aucune part à la conversation
générale. Il admirait la beauté de Mlle de Kransperg et le lui dit.

Sarah répondit avec grâce à ce compliment.
Comme un ingénieur habile qui creuse ses tranchées jusque sous les murs de la forteresse et
cherche le côté faible pour donner l'assaut,
Roland poussa la conversation fort avant dans
toutes les directions, et fut très-bien accueilli.

9

Il faut avouer que le vin du Rhin rendait l'attaque plus vive et la défense plus difficile.

Après souper, Roland se retira dans un coin avec Mlle de Kransperg, et le feu commença de part et d'autre.

— Si quelqu'un, dit le marquis, osait vous aimer et vous le dire, quel accueil lui feriez-vous?

Sarah se mit à rire.

— Je ne sais pas, dit-elle. Personne n'a osé.

— Quoi! pas même lord Eaglethorpe?

— Vous êtes bien curieux, monsieur le marquis, dit Sarah avec un sourire séduisant.

— C'est que je vous aime.

— Déjà! A peine savez-vous qui je suis.

— Je sais que vous êtes la plus belle et la plus aimable de toutes les baronnes, que vos yeux sont ravissants, que votre bouche est divine, et que vous avez l'esprit d'un ange ou d'un démon.

— Et moi, monsieur, je sais que vous arrivez de France, où ces sortes de compliments se font tous les jours et ne tirent pas à conséquence. Sérieusement, quelle confiance puis-je avoir dans un homme qui m'a vue depuis une heure à peine et qui proteste qu'il m'aime?

— Qu'importe le temps, si j'aime plus en une heure qu'un Anglais flegmatique en six mois?

Dois-je avancer dans vos bonnes grâces comme
on avance dans l'infanterie, à l'ancienneté, et ne
puis-je espérer un tour de faveur?

La belle Allemande garda un instant le silence. Elle trouvait Roland fort aimable; elle
était charmée de sa vivacité et ne s'offensait pas
de le voir pousser si rapidement ses avantages;
mais elle n'osait céder si promptement, et dès le
premier jour s'avouer vaincue. Elle craignait
qu'une victoire trop facile ne fît pas assez sentir
à Roland le prix de sa conquête. Enfin elle se
décida.

— M'aimerez-vous toujours? dit-elle.

— Diable! pensa le marquis, elle va me parler
ménage. Les jeunes filles n'ont en tête que le
prêtre et le notaire. Quelle sotte habitude!

— En doutez-vous, mademoiselle? dit-il tout
haut. Je vous aimerai demain, après-demain,
toute la vie.

— Vous me le jurez?

— Je le jure.

— Eh bien, revenez dans trois mois.

Roland fit la grimace.

— Ce sont trois mois perdus, dit-il. Je suis
sûr de moi et de ma constance. Je meurs si vous
me renvoyez à trois mois. Songez que la guerre
est proche, que nous allons faire campagne, que
l'ennemi se battra résolument, car il se bat la

corde au cou ; que je puis être tué ou, ce qui est pire, estropié, et que vous regretteriez éternellement votre cruauté. Sarah, dit-il d'un ton plus pressant en lui prenant la main, je vous en conjure, ayez pitié de moi. Si vous ne m'aimez pas, soyez compatissante, et laissez-moi croire que vous n'êtes pas insensible à mes prières et à mes larmes.

Mlle de Kransperg éclata de rire.

— Rassurez-vous, monsieur, dit-elle, et ne parlez plus de ma cruauté..... Reculez-vous un peu: on nous regarde, et quelques bonnes femmes commencent déjà à se scandaliser. Je vais rentrer chez moi. Donnez-moi, s'il vous plaît, la main jusqu'à ma voiture.

Elle alla prendre son châle. Mme Pfeiffel la suivit.

— Eh bien ! demanda-t-elle, comment trouves-tu le marquis ?

— Charmant.

— Il te regardait de bien près.

— Curieuse !

Dans le même temps, Roland faisait ses adieux à d'Hérigny.

— Tu joues ? dit le marquis de Dives.

— Oui, j'ai gagné cent louis à ce gros brasseur. Sa femme le regarde avec des yeux de flamme. Gare le retour au logis! Et la petite Sarah?

— D'honneur, elle est ravissante. Elle va très-
bien. Une beauté presque parfaite; un son de
voix charmant; la bouche un peu grande, mais
peuplée de dents admirables; un sourire enchan-
teur, et pas l'ombre d'un scrupule. Parbleu!
cela vaut mille fois mieux qu'Artémise.

— Elle t'a donné des espérances?

— Oh! mieux que cela, dit Roland.

— Peste! c'est une gaillarde. Je l'avais mal
jugée.

— Point du tout : c'est une femme originale,
qui a suivi, je crois, quelques cours de philosophie, car elle déraisonne avec une logique parfaite.

— Bonne chance!

Roland donna la main à Sarah et partit avec
elle.

— A quelle heure daignerez-vous me recevoir
demain? demanda-t-il.

Elle réfléchit un moment et dit :

— Je vous attendrai à trois heures. Nous sor-
tirons à cheval. Connaissez-vous les environs de
Coblentz?

— Très-peu, dit l'émigré.

— C'est bien. Je serai votre guide. A demain.

Il lui baisa la main et partit. Le lendemain, il
acheta, pour trois cents louis, le plus beau cheval
qu'il put trouver et vint chercher la jeune fille.

Sarah l'attendait, vêtue d'un magnifique costume de chasse emprunté à la mode des plus
beaux temps du feu roi Louis XV. Ils galopèrent
quelque temps sans rien dire. Ce silence devint
bientôt si gênant, que Sarah le rompit la première :

— Que la nature est belle! s'écria-t-elle.

— Que diriez-vous, dit Roland, si vous aviez
vu Versailles dans toute sa gloire, ses fontaines,
ses jets d'eau, ses bassins, ses statues, ses char-
milles où se promenait le grand roi? Voilà la
belle nature, guidée, assouplie, corrigée par le
génie de l'homme! Votre nature des bords du
Rhin n'est qu'une nature de province.

Il sentit qu'il se fourvoyait et que Mlle de
Kransperg attendait de lui toute autre chose qu'un
éloge du parc de Versailles. Il s'arrêta court. Elle
devina son embarras et le remit avec bonté dans
son chemin.

— Ah! dit-elle avec sensibilité, si vous m'ai-
miez, vous seriez aussi passionné que moi pour ce
vieux Rhin, qui m'a vu naître, et vous diriez avec
moi les belles paroles de Ruth à Noémi : « Ton
Dieu sera mon Dieu; ton fleuve sera mon fleuve,
et ta patrie ma patrie. »

Roland répliqua avec chaleur et protesta de son
amour. Il fut éloquent, passionné, persuasif et
presque persuadé lui-même. Mlle de Kransperg le

regardait avec des yeux humides de tendresse.
Roland vit bien qu'il était aimé ou près de l'être,
et résolut de brusquer l'aventure. Dès qu'ils furent revenus à Coblentz et qu'ils eurent mis pied
à terre :

— Montez avec moi, dit Sarah.

— Est-ce que vous voulez me présenter à votre
père? demanda le marquis.

— Mon père est à Mayence, reprit-elle, pour
les affaires du roi de Prusse, et je suis seule au
logis.

— Il faut avouer, pensa Roland, que cette
petite fille est charmante. Ni père, ni mère, ni
frère, ni sœur, ni mari : elle n'a pas un défaut.

Malheureusement, il fut fort désappointé en
entrant dans le salon. Le lord John Eaglethorpe
attendait Sarah. Celle-ci, qui avait oublié l'Anglais, vit d'un coup d'œil le danger et s'avança
gracieusement vers lui.

— Quelle charmante surprise vous me faites,
milord ! dit-elle de sa voix la plus caressante.

— Je ne fais jamais de surprise, dit le lord
d'un ton rogue. Je suis venu vous chercher,
suivant mon habitude, pour aller à la promenade,
et vous étiez partie déjà.

Sarah rougit d'impatience; cependant elle se
contint, et se tournant vers Roland :

— Monsieur le marquis, dit-elle, je vous pré-

sente milord John Eaglethorpe. Milord, je vous
présente M. le marquis Roland de Dives.

Celui-ci s'inclina avec grâce et parut charmé
de faire la connaissance de l'Anglais. Au fond, il
riait de la figure que faisait le lord, et qui ne
ressemblait pas mal à celle d'un boule-dogue en
colère. Eaglethorpe ne sourit pas et répondit à
peine au salut de son rival.

— Milord, dit Sarah, je vous prie de m'excuser. Une affaire pressante m'a forcée de partir
sans vous attendre. Voici l'heure où vous avez
l'habitude de paraître au cercle de la cour. Je
n'ose vous retenir.

L'Anglais se leva sans dire un mot, marcha
vers la porte avec la roideur d'un automate, et,
près de l'ouvrir, se retourna.

— Monsieur le marquis, dit-il, j'aurai l'honneur de vous voir demain matin.

— Quand il vous plaira, milord, dit Roland
avec l'accent le plus aimable. Je serai ravi de
faire connaissance avec Votre Seigneurie.

Eaglethorpe sortit, et les deux amants se
trouvèrent seuls.

Je laisse le lecteur imaginer les serments d'a-
mour qui furent échangés. Roland n'était pas
novice dans ce doux commerce, et il avait tant
de fois juré d'aimer éternellement, qu'il récitait
sa tirade comme un écolier pieux récite le *Pater*.

— Elle m'aime, pensa-t-il, cela est évident, et cependant elle résiste encore. Qui l'arrête? Les convenances, apparemment. Peut-être est-il d'usage en ce pays-ci de faire languir son amant pendant quelques jours. C'est fort bon en temps de paix; mais à présent, le temps est précieux, elle devrait le savoir. Nous ne sommes pas éternels, ni invulnérables. Si quelque balle me fait borgne ou manchot, j'aurai bonne grâce à me présenter devant elle.

Comme il faisait ces réflexions, il donna du nez contre l'Anglais, qui l'attendait dans la rue, plein de rage et de jalousie.

— Monsieur le Français, dit Eaglethorpe, je veux me battre avec vous.

— Bah! pourquoi faire?

— Pour vous tuer. Je vous hais!

— Ma foi, dit Roland, je ne l'aurais pas deviné. Je ne vous hais pas, moi; au contraire, vous me paraissiez bon diable. D'où vous vient cette humeur noire?

— Vous aimez Mlle de Kransperg?

— De tout mon cœur. Et vous aussi, je pense?

— Oui, je l'aime, et je ne veux pas que qui que ce soit me la dispute, entendez-vous, monsieur le Français?

— *Qui que ce soit* n'est pas poli, milord. Je ne

suis pas un *qui que ce soit;* je suis le marquis Roland de Dives, privé de son marquisat, c'est vrai, mais aussi noble que tous les Eaglethorpe de la Grande-Bretagne, fussent-ils cent mille.

— Bien, monsieur. Alors, vous comprenez pourquoi je vous hais?

— Moi! pas du tout. Si vous aimez Mlle de Kransperg, vous devez aimer tout ce qu'elle aime. Or, elle m'aime; donc vous devez m'aimer. C'est un syllogisme, ou je ne m'y connais pas.

— Vous vous moquez de moi! dit Eaglethorpe.

— Parbleu! milord, je ne suis probablement pas le premier. Avec le caractère que je vous vois, vous avez dû vous faire vingt querelles. Apprenez de moi, milord, le pardon des injures, et, s'il faut absolument vous guérir de ce penchant aux querelles, qui est d'un cocher plus que d'un gentilhomme, j'aurai l'honneur d'aller vous chercher demain avec un ami. Nous ferons une promenade matinale sur les bords de la Moselle, et cela vous rafraîchira le sang. Au revoir, milord. Surtout ne soyez pas bourru. Cela vous nuira toujours près des dames.

Là-dessus, le marquis pirouetta sur le talon gauche avec une grâce sans pareille et alla faire sa cour à Mgr le prince de Condé.

XII

Le lendemain, dès huit heures du matin, Roland et d'Hérigny allèrent chercher le lord Eaglethorpe, auquel un officier supérieur de l'armée prussienne servait de témoin. Ils descendirent ensemble le long de la Moselle et firent halte dans un bois très-commode pour ces sortes de rencontres. Une clairière bien nivelée et entourée de grands chênes fut choisie pour champ de bataille.

Au moment de croiser les épées, le lord Eaglethorpe parut se raviser.

— Monsieur le marquis, dit-il, je voudrais vous parler en particulier.

— Très-volontiers, dit Roland, qui crut à un accommodement.

— Je voudrais, dit l'Anglais en hésitant un peu, cacher au public le sujet de notre combat.

— C'est très-facile, dit le Français; ne vous battez pas, et l'affaire ne fera pas de bruit.

— Ce n'est pas ainsi que je l'entends, reprit Eaglethorpe avec hauteur; je ne veux pas qu'on sache que je me suis battu pour une femme.

— Cela ferait du tort à votre réputation de vertu, et les quakers de votre pays s'ameuteraient contre vous. Très-bien, milord, je l'accorde; mais encore faut-il se battre pour quelque chose.

— Mais, dit le lord, ne suis-je pas Anglais et vous Français?

— En effet, dit Roland, cette raison est bonne pour un dogue qui rencontre un boule-dogue; mais, pour des êtres raisonnables, c'est bien peu de chose. Cherchez encore.... Vous ne trouvez rien?

— Rien.

— Eh bien! supposons que j'ai dit à mon ami d'Hérigny que votre grand-père était un marchand de laine de Liverpool.

— Comment le savez-vous? dit le lord, rougissant de colère.

— C'est donc vrai? Parbleu! la rencontre est charmante.

— Qui vous l'a dit? répéta Eaglethorpe.

— Personne. On m'a conté que les trois quarts de la chambre des lords avaient pour ancêtres des drapiers, des épiciers, des brasseurs ou des marchands de fromage de Hollande.

— Voilà le prétexte qu'il me faut, dit l'Anglais.

— Ma foi, dit Roland, vous aurez mieux qu'un prétexte. Mon cher d'Hérigny, et vous, monsieur, ajouta-t-il en s'adressant aux deux

témoins qui étaient restés à l'écart, milord
Eaglethorpe, qui est petit-fils d'un marchand de
laine, me fait l'honneur de se battre avec moi
parce que j'ai eu l'imprudence de lui parler de
la boutique de son grand-père. Je vous prie de
vous en souvenir dans l'occasion.

Cela dit, le combat commença. Un autre historien vous le décrirait et ferait succéder les
primes aux *parades,* et les *engagements* aux *dé-
gagements.* Je laisse ce soin aux maîtres d'armes
et me contenterai de dire que, les deux adver-
saires étant fort braves tous deux, le combat fut
assez longtemps indécis. Enfin, par un coup
heureux, Roland frappa l'Anglais dans la poitrine.
Celui-ci lâcha son épée et tomba en arrière.

Le combat finit là. Cependant Eaglethorpe
n'était pas mort.

Le marquis, un peu inquiet de sa victoire,
appela des paysans qui passaient près de là et fit
transporter le blessé sur un brancard.

— Quand je serai guéri, nous recommencerons,
dit l'Anglais.

— Milord, dit Roland avec politesse, je suis à
vos ordres en toute saison.

Et il alla retrouver Mlle de Kransperg.

Dirai-je leurs mutuels transports et comment
la belle Sarah, qui sentait le prix du temps, ne fit
plus aucune résistance et fut pendant quelques

jours la plus heureuse des femmes? Dirai-je que
Roland se lassa bientôt de ce bonheur trop facile, qu'il commença à bâiller le soir près d'elle,
qu'elle s'en aperçut et qu'elle fut offensée? qu'elle
le querella, qu'ils se réconcilièrent, qu'elle l'aima
plus que jamais, qu'il s'ennuya de cet amour et
qu'il envia le sort de d'Hérigny, dont la passion
était sans cesse entretenue par la présence du
bon Pfeiffel?

— Je m'ennuie, dit un jour Roland à son ami.

— Tu m'étonnes. Je te croyais heureux.

— Moi !

— Sarah te tient rigueur.

— Hélas! non.

— Cet hélas! est bien peu poli pour elle.

— Mon cher, elle est belle, c'est vrai, mais sa
beauté est toujours la même. Cette pauvre fille
n'a pas de goût; je ne sais qui l'a élevée, mais
elle se couvre au lieu de s'habiller. C'est toujours la même robe, les mêmes yeux, le même
sourire et la même façon bonasse de me passer
les bras autour du cou en me disant: « Je t'aime! »
Au bout d'un quart d'heure, je ne sais que lui dire.
Elle l'a senti: hier, pour me retenir, elle m'a lu
la *Messiade* de Klopstock. Connais-tu Klopstock?

— Qui est-ce qui connaît Klopstock? Je me
respecte trop pour lire l'allemand, même dans
une traduction.

— Ce Klopstock est un vieux brave homme de
ministre luthérien qui a fait le plus beau poème
du monde, à ce que dit Sarah. C'est merveille
de voir comme elle débite ses vers d'un air que
n'attraperont jamais Sainval ni Raucourt. Au
premier moment, cela m'amusait ; au bout de
deux pages, je me suis endormi. Elle a jeté le
livre, et j'ai passé toute la soirée à l'apaiser. Quel
ennui ! Il y a des jours où je t'envie Mme Pfeiffel.

— C'est à cela que tient ton bonheur ? Eh !
prends-la, cher ami, et ne me romps plus la tête.

Le soir même, Roland faisait sa cour à
Mme Pfeiffel, mais il rencontra une résistance
inattendue. Charlotte, qui trahissait sans remords
le pauvre Pfeiffel, resta fidèle à d'Hérigny, qui ne
s'en souciait guère. Sa vanité seule fut flattée de
ce petit triomphe remporté sur Sarah. Elle courut chez elle, et, d'un air de compassion affectée :

— Ah ! ma chère, dit-elle, quelle ingratitude !
quelle perfidie !

— De quoi veux-tu parler ? demanda Sarah
étonnée.

— De la noirceur la plus abominable. Ce
scélérat de marquis (à qui se fier, grand Dieu !) a
osé me dire qu'il m'aimait !

Elle rapporta tout le discours de Roland sans
en omettre une syllabe. Mlle de Kransperg l'é-
coutait, stupéfaite et désespérée.

— C'est à ce perfide, dit-elle, que j'ai sacrifié ce pauvre lord Eaglethorpe !

Dès qu'elle fut seule, elle pleura abondamment. Cette fois, elle aimait. Ce n'était plus cette fille orgueilleuse de sa beauté et avare de ses millions, qui voulait voir le monde à ses pieds et garder sa liberté. Elle aimait follement le marquis ; elle voulait l'épouser et se prémunir contre la honte et l'abandon. Malheureusement, il était bien tard pour se raviser, et Roland n'était pas facile à marier. Elle se flatta pourtant que l'appât d'une grande fortune, qui n'avait rien à craindre des lois révolutionnaires, séduirait le jeune homme. Elle se trompait. Roland, parmi beaucoup de vices, n'avait pas celui d'aimer l'argent, et la pensée d'épouser la fille d'un juif n'était pas propre à le séduire.

Dès qu'il parut, Sarah s'assit sur ses genoux, et, d'une voix caressante :

— Roland, m'aimez-vous ? dit-elle.

— Peux-tu en douter, chère belle ? Je t'aime à en perdre la raison. Mon amour est vaste comme le ciel, profond comme l'Océan et ardent comme la fournaise des damnés. Vois à quel point je t'aime : je te récite du Klopstock, ou peu s'en faut.

— Si tu m'aimes, épouse-moi.

— A la face de l'être suprême, tant que tu voudras.

— Non, au temple et devant le ministre.

— A quoi bon? dit Roland étonné. Chère Sarah, cela n'était pas dans nos conventions.

— Q'importe? Je le veux.

— Quelle folie! Est-ce qu'on se marie dans la nature? Le mariage est un effet de la corruption des peuples civilisés; c'est une précaution que les malhonnêtes gens prennent les uns contre les autres.

— Vous me refusez! dit Sarah, indignée.

— Voyons, chère belle, sois raisonnable. Le départ de l'armée est fixé au 30 juillet. Nous n'avons plus que deux jours à jouir de nous-mêmes. Veux-tu passer ces deux jours en querelles interminables? A quoi te servira de m'épouser? Si cet amas de perruquiers et de laquais révoltés qui marche contre nous trouve par hasard du courage dans son désespoir, si le roi de Prusse et Brunswick reviennent sans avoir rien fait, mes biens seront confisqués, à coup sûr.

— Je suis riche, dit Sarah.

— Je m'attendais à cette réponse, ma chère; mais ce n'est pas tout. Ma tête ne sera guère plus en sûreté que ma fortune, car je ne suis pas de ceux qui se battent à demi, et je ne veux pas revenir en exil. Vivant ou mort, je resterai en France. Veux-tu dans un mois prendre des habits de veuve? Le noir va mal à tes yeux bleus, si

10

beaux et si doux. Si tu veux épouser à tout prix, épouse Eaglethorpe. Justement, il est à moitié guéri et fera un mari très-convenable. Avec lui, tu ne cours aucun risque. Ta vie coulera comme un ruisseau tranquille dans la plaine. Tu seras pairesse d'Angleterre, tu iras à la cour, tu feras des révérences dans Buckingham Palace, tu galoperas dans Hyde-Park, tu auras des petits Eaglethorpes qui seront beaux comme leur mère et mal élevés comme leur père, et, ma foi, quelque jour, si tu es bien sage, j'irai à Londres te demander une tasse de thé et des sandwiches.

Ce discours, qui fut prononcé d'un ton aisé et d'une voix douce et tranquille, fit éclater en sanglots la pauvre Sarah. Elle vit toute la profondeur de l'abîme où elle s'était jetée. L'indifférence polie de Roland lui faisait souffrir le plus cruel supplice.

— Malheureuse que je suis! s'écria-t-elle. Et elle s'évanouit.

Roland fut fort étonné. C'était un charmant garçon, bien élevé, plein d'esprit et d'insouciance, qui ne se doutait guère du mal qu'il venait de faire. Le petit arrangement qu'il proposait à sa maîtresse lui parut le plus naturel du monde, et il se fût trouvé coupable de ne pas assurer autant qu'il était en lui l'avenir de la pauvre Sarah.

— Vraiment! dit-il, qui peut se flatter de rien

comprendre au cœur des femmes? J'ai eu dans
ma vie dix maîtresses qui, toutes ensemble, ne
m'ont pas donné autant de peine que celle-là!
Apparemment, les Allemandes sont plus sensibles
que les Parisiennes. Il faut que je note cela sur
mes tablettes. Au retour, cette observation me
donnera un air de profondeur philosophique. Les
voyages forment la jeunesse.

Tout en faisant ces sages réflexions, il frappait
dans les mains de Sarah et la faisait revenir à
elle-même. Il se crut obligé d'adoucir son refus
par des compliments et des paroles obligeantes.
Sarah ne l'écoutait pas.

— Ma chère, dit-il enfin, je ne te reconnais
plus. On t'a donné de mauvais conseils. Quelqu'un m'a desservi près de toi.

— Ingrat! dit-elle, est-ce moi qui ai changé,
ou toi? Ne m'as-tu pas, ici même, il y a quinze
jours, juré un amour éternel?

— Je te le jure encore, dit Roland, en étendant la main comme un des Horaces.

— Perfide! N'as-tu pas fait le même serment
à Mme Pfeiffel?

— Ouf! dit Roland déconcerté. Il se leva et
se promena quelques minutes dans la chambre
pour réfléchir. Sarah le regardait avec inquiétude. Enfin, il s'arrêta debout devant elle, et lui
dit :

— Ma chère Sarah, tu es une folle, et Mme Pfeiffel est une sotte. Il est vrai que je t'aime passionnément et que je te préfère à tout l'univers ;
mais il est vrai aussi que j'aime un peu toutes
les jolies femmes, et que je ne puis m'empêcher
de le leur dire. Ne le savais-tu pas quand tu m'as
choisi pour amant? J'ai juré de t'aimer toujours,
et je tiendrai mon serment, mais non pas de
n'aimer que toi : cela ne serait pas raisonnable.
Autant vaudrait alors que nous fussions mariés,
comme tu le demandes. Sincèrement, ce serait
déjà fait si j'avais le moindre goût pour cet état
respectable. J'ai en France un oncle et une cousine qui n'attendent que moi pour la cérémonie ;
mais je me récuse. Cela est bon pour des bourgeois fils de bourgeois, pères de bourgeois, bourgeois bourgeoisissimes.

Rapporterai-je le discours de Sarah? On le
devine assez. Tout ce que la passion la plus vive
peut inspirer, Sarah le trouva et le dit. A quoi
bon? Roland n'écoutait plus. Il songeait aux
moyens de préparer sa retraite.

— Adieu, dit-il, chère Sarah ; je t'aime plus
que tout, mais j'aime encore mieux ma liberté.

Sur ce mot, et sans attendre la réponse, il
s'enfuit.

— Je l'aime, cependant, dit Sarah restée
seule.

Deux jours après, Roland, nommé par le
prince de Condé lieutenant dans une compagnie
d'infanterie émigrée, partit avec l'armée prussienne.

XIII

Le 15 juillet au matin, les volontaires de Dives
se réunissaient sur la place de la maison de ville.
Un banquet patriotique, présidé par le maire et
la municipalité, les attendait. C'était l'agape fra-
ternelle des premiers chrétiens la veille des combats du cirque. Le repas était frugal, comme il
convenait au temps et à la misère publique. On
n'avait pas besoin de vin pour échauffer les âmes,
et, comme disait plus tard un de ces volontaires
devenu général et prince, « on n'enivrait pas le
soldat pour le mener à l'ennemi. » On parla peu.
Qu'aurait-on pu dire qui ne fût au-dessous de
la pensée et de l'émotion des assistants ? Au dessert, le maire se leva et porta un toast à la nation.
Un immense cri lui répondit. Tous les volontaires
se levèrent : « Vive la nation ! Vive la liberté ! »
Puis ils bouclèrent leurs sacs et partirent, suivis
du peuple, qui chantait avec eux la *Marseillaise.*

La joie et la fierté éclataient sur tous les visages. Aucun d'eux ne pensait ni à la vie, ni à
la mort, ni à l'avancement, ni même à la gloire.
Quant à la solde, qu'en auraient-ils fait ? Tous
s'étaient équipés sans rien demander à la patrie :
les riches à leurs frais, les pauvres aux frais des
riches, par souscription volontaire. La guerre
n'était pas un métier pour eux : c'était une nécessité qu'ils subissaient gaîment, avec enthousiasme ; mais, la guerre terminée, chacun voulait
revenir dans ses foyers, reprendre son métier à
demi-oublié. Le fusil, accroché à la muraille,
devait être le seul souvenir des combats de la
liberté.

A une lieue de Dives, on fit halte. Il était
temps de se séparer. Bien des larmes furent ver-
sées ; cependant tous avaient foi dans l'avenir.
Hélas ! bien peu d'entre eux devaient revenir dans
la patrie ; mais qui pouvait le prévoir ? Qui pouvait deviner Eylau, Moscou, Leipzig et l'Espagne,
si meurtrière, et les pontons anglais, mille fois
plus effroyables ? Les pères et les mères avaient
peine à s'arracher des bras de ces nouveaux soldats, si fermes déjà malgré leur jeunesse ; des
enfants de quatorze ans voulaient les suivre et
combattre avec eux pour la patrie. La France n'a
connu cet enthousiasme qu'une fois, et le genre
humain n'en a pas vu d'autre exemple.

Les trois cents volontaires, qui composaient provisoirement une seule compagnie sous le commandement de Reynier, se formèrent en rang au premier appel du tambour, et toute la troupe se mit en marche. Chefs et soldats ignoraient également la discipline et la théorie de l'école de bataillon. La *charge en douze temps* était le seul exercice qui fût connu de tous. L'autorité des officiers n'était fondée que sur la confiance des soldats. On obéissait, parce qu'on respectait.

Reynier marchait à côté du premier rang. Près de lui un jeune homme de seize ans à peine portait gaîment le fusil et la giberne, et marchait, comme le mulet de La Fontaine,

> . . . . . au pas relevé,
> Et faisant sonner sa sonnette.

Camarade, dit Reynier, à quoi pensez-vous ?

— Je pensais, dit l'enfant, que la frontière est loin, que nos camarades qui ont pris les devants rosseront les Prussiens avant notre arrivée, et qu'il ne nous restera rien à faire.

— Bon ! dit Reynier en riant, il y a toujours quelque chose à faire. Nous irons à Berlin ; nous ferons porter au roi de Prusse le bonnet de sans-culotte et la carmagnole, et s'il refuse, eh bien ! nous proclamerons la république.

bras ou une jambe, si un coup de sabre te crève
un œil ou te coupe le nez, que feras-tu? Il ne
faut pas compter sur l'indulgence des dames:
elles n'aiment pas les invalides.

Le jeune homme se gratta la tête.

— Bon ! dit-il, on ne fait pas d'omelette sans
casser des œufs. D'ailleurs, la patrie est là.

Le soir, on coucha dans un chef-lieu de can-
ton, situé à six lieues de Dives. Tous les habitants accoururent au-devant des volontaires et
se disputèrent le plaisir de les loger. Le maire
prit Reynier à part.

— Citoyen, dit-il, sais-tu la grande nouvelle?

— Non.

— Longwy est pris. Les Prussiens assiégent
Verdun. Dans quinze jours ils seront à Paris.

— Tant mieux ! dit Reynier avec force.

— Tant mieux ! répéta le maire étonné. Y
penses-tu ?

— Oui, tant mieux ! dit Reynier avec une joie
sublime. Qu'ils entrent dans Paris ! Ils n'en
sortiront pas. Regarde cette pièce d'or. Quelle
est la légende? *Dieu protége la France!* Le ciel
et la terre peuvent périr; mais la France et la
liberté ne périront pas.

Le lendemain, dès trois heures du matin, il fit
battre le tambour et rassembla sa troupe. Les
soldats, encore mal aguerris aux veilles et aux

fatigues de la route, arrivaient en se frottant les yeux. Reynier fit former le cercle, monta sur une chaise et dit :

« Camarades,

« Les Prussiens sont en France, Longwy est pris, Verdun est assiégé. »

La plupart des volontaires furent frappés de stupeur. Personne ne s'attendait à cette triste nouvelle.

— Ce n'est rien, reprit Reynier. Brunswick est un niais qui va s'enferrer sur nos baïonnettes. Dumouriez le tient au doigt et à l'œil ; je le sais de bonne part. L'affaire sera décidée avant trois semaines. Allons, amis, il faut doubler les étapes, si nous voulons être de la fête.

— Oui ! oui ! doublons les étapes ! cria l'assemblée.

— En route ! dit Reynier.

Ce jour-là et les suivants, les étapes furent de douze lieues. Rien n'arrêtait cette jeunesse intrépide. A ceux qui se laissaient tomber de fatigue sur le chemin, Reynier disait : « On se battra sans vous, » et ce mot seul ranimait les forces des plus fatigués.

Le 10 septembre, les volontaires de Dives rejoignirent l'armée de Kellermann, qui faisait face aux Prussiens, près du moulin de Valmy.

XIV

. Trois semaines après, le procureur syndic de Dives recevait de son frère la lettre suivante :

« Valmy, 20 septembre 1792.

« Mon cher ami,

« On s'est battu aujourd'hui, et nous sommes vainqueurs. Ces Prussiens si vantés n'ont pas osé venir à portée de nos baïonnettes. Tu liras dans le *Moniteur* les détails de cette petite histoire. Je te dirai seulement ce que j'ai vu.

« Ce matin, au point du jour, on a crié : Aux armes ! Les Prussiens étaient rangés en face de nous, de l'autre côté de la vallée, dans le plus bel ordre du monde. C'était merveille de voir leur infanterie, dont les casques, semblables à des chaudrons bien étamés, réfléchissaient les feux du soleil levant. Imagine un chou dont la racine s'élève vers le ciel, et tu auras à peu de chose près la coiffure des soldats du grand Frédéric. Au reste, solides et bien alignés comme un mur.

« Pour nous, postés sur la hauteur, en avant du moulin de Valmy, nous attendions l'ennemi. Si j'étais plus ancien dans le métier, je te ferais du lieu une description stratégique qui laisserait bien loin derrière moi Polybe et le chevalier Folard ; mais les journaux et les rapports officiels en parleront assez. Sache seulement que nous faisons face à Paris, tandis que M. de Brunswick lui tourne le dos, et que nous allons pousser ce pauvre duc jusque sur les hauteurs de Montmartre, où cent mille Parisiens l'attendent, baïonnette au bout du fusil. Ce matin, il s'en est douté, car c'est un vieux routier qui connaît plus d'un tour : au lieu de marcher sur Paris, il a marché sur nous, et nous l'avons repoussé à coups de canon : voilà toute la bataille.

« Nos volontaires de Dives ont fait merveille. Au premier bruit de l'artillerie, Kellermann, un brave soudard alsacien qu'on nous a donné pour général, a passé dans nos rangs. Il paraissait inquiet. Les vieux soldats se défient toujours des jeunes, et malheureusement le brave homme a vu Rosbach et Crevelt. Ce souvenir n'est pas fait pour le rassurer beaucoup. « Enfants, disait-il, « tenez-vous bien ; nous allons passer un mauvais quart d'heure, mais nous nous en tirerons, « et nous renverrons ces Prussiens manger de « la choucroûte en Prusse. » Il faisait semblant

de rire, mais nos volontaires riaient pour tout de
bon. Les boulets sifflaient sur nos têtes, sans nous
faire grand mal. Nos artilleurs répondaient de
leur mieux, sans se presser ni se troubler. Des
deux côtés, on paraissait tirer à la cible; seulement les deux cibles étaient deux armées.

« Le vieux Kellermann a reparu. Sa figure
s'épanouissait d'une joie belliqueuse. « Tout va
« bien! a-t-il crié. Enfants, la journée sera
« bonne. Serrez les rangs. » Tout à coup la
fumée s'est dissipée; les Prussiens ont cessé de
tirer, et nous les avons vus se former en co-
lonnes d'attaque. C'était le moment décisif. Tous
les cœurs battaient. L'Alsacien, les voyant monter vers nous, a levé son sabre vers le ciel en
criant: « Vive la nation! » Toute l'armée a ré-
pondu en agitant ses sabres et ses baïonnettes. Ce
cri a duré un quart d'heure. Dès qu'on le sentait
faiblir, on le reprenait avec une ardeur nouvelle.
J'ai regardé mes hommes: leurs visages rayon-
naient d'enthousiasme. La plupart voyaient le feu
pour la première fois, mais chacun d'eux se
croyait chargé du destin de la patrie. Avec de
pareils soldats, nous conquerrons le monde, et
nous l'affranchirons des tyrans.

« Cependant les Prussiens avançaient au petit
pas, avec la régularité d'un jour de parade. Nos
canons et ceux de Dumouriez, qui les prenaient

en tête et en flanc, emportaient des files entières
sans arrêter leur marche. On distinguait les officiers, qui, de leurs cannes, maintenaient l'ali-
gnement. Les pauvres diables ont tort de nous
chercher querelle; mais ce sont de braves gens,
il faut l'avouer.

« A quelque distance de nos lignes, et comme
on se préparait à les recevoir à la baïonnette,
ils ont fait halte, et on les a ramenés dans leur
camp. Trois fois on les a poussés sur nous; trois
fois le cri sacré de : Vive la nation! répété par
notre armée tout entière, les a arrêtés court.
Ont-ils vu le génie de la liberté planer sur nos
têtes avec un glaive flamboyant? Quelque remords
ou quelque doute a-t-il saisi Brunswick, qu'on
dit plus habile que les autres? Je ne sais. Le fait
est qu'ils sont rentrés dans leurs lignes.

« La guerre est finie de ce côté. Nous recevons
tous les jours des renforts. Dans huit jours, nous
aurons cent mille hommes. Sur toutes les hauteurs, au débouché de toutes les routes, les
paysans prennent les armes, égorgent les traînards prussiens, pillent les convois de vivres et
de bagages. Les pauvres Allemands n'ont plus
rien à manger. Leur cavalerie s'enfonce dans la
boue; leurs chevaux périssent de misère. Un
miracle peut seul les sauver.

« Pour nous, tout va bien. A peine avons-

nous perdu quelques centaines d'hommes, ce
qui est bien peu, en vérité, dans une bataille
qui a sauvé la patrie. Les blessés guériront presque tous, tant la joie est un puissant remède
aux maux du corps. Je serais parfaitement heureux si je pouvais, tout en sauvant la patrie,
vivre près de toi et d'une personne dont tu devines le nom.

« Je t'embrasse tendrement.

« Henri REYNIER. »

« J'oubliais un détail qui n'a pas grand intérêt, mais qui te fera plaisir, je crois. Un boulet
de canon a emporté la tête de notre chef de bataillon. Le soir, Kellermann m'a fait appeler devant tout son état-major, et sous prétexte qu'il
est fort content de ma compagnie, m'a voulu
donner la place du mort. J'ai refusé. L'avancement est bon pour les gens qui font de la guerre
leur métier : c'est leur picotin d'avoine; mais je
ne veux pas, moi, gâter le plaisir que j'ai de me
faire tuer pour la patrie. Tout l'état-major,
étonné de mon refus, m'a regardé pendant quelques instants sans me rien dire. « Messieurs, a
« dit Kellermann, voilà un brave soldat et un
« vrai citoyen. » Et il m'a embrassé avec chaleur.

« On nous a donné un autre chef.

« Que penses-tu de mon désintéressement? Je

l'ai cru nécessaire. C'est aux vrais patriotes à donner l'exemple. D'ailleurs, s'il faut l'avouer, je ne me sens pas fait pour devenir un grand capitaine. Je n'ai pas ce feu sacré qui fait les César et les Condé. J'aurais honte de faire fortune en tuant des hommes, moi qui ai pris tant de peine pour apprendre à les guérir. La vie est trop courte pour qu'on l'emploie sans nécessité à égorger son prochain. »

Le procureur syndic haussa les épaules en souriant.

— Comment se fait-il qu'un cerveau, si bien organisé, d'ailleurs, manque absolument de la bosse si nécessaire de l'*acquisivité?*

Le lendemain, Louise de Dives recevait de Reynier une lettre qui commençait ainsi :

« Valmy, 21 septembre.

« Chère Louise,

« Dieu est pour nous! Les Prussiens ont voulu se battre aujourd'hui. On les a canonnés et renvoyés dans leur camp. Avant un mois, ils seront hors de France. Déjà l'on parle de mettre l'Allemagne en révolution et de conquérir la Belgique. C'est l'affaire de trois mois. On fera la paix, et j'irai vous demander à votre père. »

Après ce court exorde, Reynier protestait de son amour en termes si chaleureux et si tendres, que le cœur le plus dur s'en serait laissé émouvoir, et que la jeune fille s'enferma dans sa tourelle pour pleurer de joie et de bonheur sans être dérangée par personne. Pleurer est un plaisir de femme.

Au souper, Adhémar la regardait d'un air triste. Elle se crut devinée et baissa les yeux, se sentant rougir. Resté seul avec elle, le comte s'assit près du feu, dans le coin de l'immense cheminée, et remua longtemps les tisons sans parler.

— J'ai des lettres de l'armée, dit-il enfin.

— Il vous a écrit, mon père? demanda-t-elle avec vivacité.

— Oui. Il est blessé.

— Blessé! Il ne m'en parle pas.

— Comment! tu as aussi une lettre de Roland?

Elle rougit.

— Ce n'est pas de Roland que je parlais, répondit-elle.

— De qui donc, alors? Du roi de Prusse ou de Dumouriez? dit-il d'un ton sévère et ironique. Car je ne pense pas que tu entretiennes des correspondances avec ce sans-culotte.

Louise se tut. Elle se préparait à la lutte.

11

— Reynier t'a écrit? reprit-il avec violence.

— Oui, mon père.

— Montre-moi sa lettre.

Elle n'osa pas la refuser. Adhémar, tremblant de colère, lut cette lettre jusqu'au bout.

— Il t'aime et t'aimera toujours! Belle grâce que fait le fils d'un procureur à la fille d'un comte de Dives! Et il promet de t'épouser. Généreuse promesse : un million de dot! Son dévoûment ne le ruinera pas. Voilà par quelles sottises on tourne la cervelle des petites filles.

— Mon père, dit Louise d'un ton doux et ferme, ne dites pas de mal de celui qui sera un jour mon mari.

— Jamais! s'écria le comte.

— Eh bien! reprit-elle, je resterai fille éternellement.

Adhémar brisa les pincettes contre la cheminée. Elle se leva et s'assit sur ses genoux.

— Cher père, dit-elle en l'embrassant, pourquoi voulez-vous contraindre ma volonté et me marier contre mon gré? Que pouvez-vous reprocher à Henri? N'est-il pas bon et brave? n'est-il pas désintéressé, lui qui a donné la moitié de son bien à sa patrie, et qui lui donne sa vie tous les jours?

— Je ne veux pas, dit le père, voir tous les jours la République s'asseoir à mon foyer. C'est assez de ne pouvoir pas l'éviter dans la rue. Je veux enfin que tu m'obéisses, comme une fille doit obéir à son père.

Il y avait beaucoup à répliquer ; mais la jeune fille ne répliqua rien. Elle attendait tout du temps et de la Providence, qui daigne quelquefois consoler les chagrins des mortels.

— Est-ce que Roland est blessé ? dit-elle enfin, pour changer de conversation.

— Oui, dit Adhémar, mais légèrement. Voici sa lettre :

                      « Valmy, 21 septembre.

    « Cher oncle,

« Vous aviez raison : il valait mieux rester en France. J'ai dans la cuisse une arquebusade qui me fait cruellement souffrir. Cet amas de perruquiers et de savetiers qui fuyait devant nous depuis deux mois s'est arrêté hier, je ne sais pourquoi, sur une hauteur, près d'un moulin à vent. Ils étaient appuyés à des étangs. Nous avons cru leur couper la retraite ; mais, ma foi, si près d'être pendus, le désespoir leur a sans doute donné du courage, car ils nous ont mitraillés de la bonne façon. Pour moi, le chirurgien voulait d'abord me couper la jambe. C'est un jeune homme qui n'a pas terminé ses études et qui

prétendait s'exercer *in anima vili*. Je me suis
débattu comme un diable. En lui voyant tirer de
sa trousse un coutelas bien affilé, je l'ai saisi à
la cravate, et si d'Hérigny ne m'avait retenu,
j'aurais envoyé ce disciple d'Esculape chez Pluton.
Grâce au ciel, j'en suis quitte pour la peur. On
m'a retiré du fémur ou des environs un biscaïen
qui pesait au moins cinq ou six onces, et l'on va,
comme dit le chirurgien, *m'évacuer* sur Mayence
avec les autres blessés. *Évacuer*, quelle charmante image et quel mot plein de délicatesse !

« Peut-être serez-vous curieux d'apprendre
comment j'ai eu la maladresse de me mettre sur
le chemin de ce sot biscaïen. Rien n'est plus
simple.

« D'abord, notre ami Brunswick, aussi prudent que brave, n'a jamais fait un pas sans assurer, comme il dit, ses flancs et ses derrières.
N'a-t-il pas son roi et son armée à garder ? Ce
roi et cette armée sont deux trésors à qui tout
est sacrifié. Nous faisons deux lieues tous les trois
jours ; nous prenons Longwy, nous prenons
Verdun, nous ne prenons pas Thionville ; nous
entrons par un côté dans les défilés de l'Argonne,
tandis que Dumouriez en sort par l'autre ; nous
nous arrêtons pour voir d'où vient le vent ; nous
réflléchisssons, nous laissons Kellermann rejoindre
Dumouriez pour les écraser tous les deux à la

fois et ne pas perdre de temps; enfin, quand la
jonction est faite, quand ils sont bien sur leurs
gardes (car nous ne voulons pas les prendre en
traîtres), nous tirons quelque coups de canon, et
nous nous faisons battre. Voilà, en peu de mots,
l'histoire de la campagne.

« Vous croyez que les Prussiens vont s'excuser
près de nous et promettre de faire mieux à l'avenir. Point du tout. Mes drôles s'en prennent à
nous de leurs revers : s'ils n'ont pas de vivres,
c'est la faute des émigrés ; pas de bière, encore
les émigrés ; pas de choucroûte, les émigrés ;
leurs chevaux ont la morve ou le farcin, c'est le
prince de Condé qui devait les guérir ; leurs bagages sont pillés, c'est le comte d'Artois qui
leur doit des chemises ; le pain n'est pas cuit,
c'est nous qui devons le pétrir et le mettre au
feu. Ces goinfres ne pensent qu'à leur ventre.
Eh ! qu'ils prennent d'abord Paris ; ils prendront
leurs aises plus tard, si cela leur fait tant de
plaisir. Mais non ! rien ne peut les faire avancer.

« Après quelques coups de canon qui n'avaient
pas fait grand mal, Brunswick forma ses troupes
en colonne et donna l'ordre de l'attaque. Nous
courûmes à l'avant-garde pour frapper les premiers coups. J'allais sabrer comme il faut cette
patriotique canaille, lorsque le biscaïen maudit
m'arrêta court, et peut-être me préserva d'un

sort plus fâcheux. Ces enragés patriotes ne s'ef-
frayèrent pas du tapage de l'artillerie. Ils s'avancèrent sur Brunswick, la baïonnette au bout du
fusil, et poussant des cris furieux. Ma foi, Brunswick eut peur, quoiqu'il n'en soit pas à sa première affaire. Il rentra dans son camp sans
pousser plus loin la curiosité.

Voilà, comte de Dive, à quel point nous en sommes.

« Je vais partir pour Mayence, dans une heure,
avec trois ou quatre camarades aussi mal accom-
modés que moi. Gare les paysans ! Nous avons
brûlé et dévasté le pays à plaisir, et ces rustres,
qui tiennent à leurs chaumières autant qu'un roi
à son palais, pourront bien nous faire un mauvais parti.

« Ah ! cher oncle, qu'il est dur de ne plus voir
les belles tours de Dives et ma charmante cousine !
Mais le vin est tiré ; il faut le boire, au moins
jusqu'à la paix. Quand pourrai-je vous délivrer
des sans-culottes ?

« Mettez-moi, je vous prie, cher oncle, aux
pieds de Mlle de Dives, et dites-lui que mon second désir est de vous voir. Je lui laisse à deviner le premier.

« Tout à vous,

« ROLAND DE DIVES. »

— Eh bien, dit Louise, en rendant la lettre à son père, voilà de bonnes nouvelles. Les Français sont vainqueurs, et Roland n'est pas mort. Il n'y a pas là de quoi s'inquiéter.

Adhémar jeta sur sa fille un regard pénétrant.

— Je ne te savais pas si bonne républicaine, dit-il.

— Pourquoi ne le serais-je pas? dit-elle gaîment; n'avez-vous pas été longtemps du parti de la Révolution?

Elle n'osait pas dire, ce qui était pourtant fort naturel, qu'elle aimait surtout la République parce qu'elle avait un amant républicain. Cette réponse, qu'elle ne faisait pas, le père la devina, et il commença à détester Reynier, qui lui ôtait le cœur de sa fille.

XV

Sarah de Kransperg ne pouvait se consoler du départ de Roland ; mais, dans sa douleur, elle se trouvait heureuse d'être l'Allemande la plus belle et la mieux rentée des trois électorats du Rhin. La femme de chambre qui l'habillait ne pouvait assez le lui dire. Sarah se regardait avec complai-

sance dans une glace de Venise, œuvre du seizième siècle, que son père avait achetée à bas
prix des héritiers d'un margrave.

— L'air riant me va bien, disait-elle; l'air sérieux ne me déplaît pas : je crois qu'une douce
mélancolie, éclairée parfois d'un sourire, est encore ce qu'il y a de mieux.

Elle prit une pose mélancolique.

— Oui, c'est ainsi que Marie Stuart, accoudée
sur la fenêtre de son palais d'Holyrood, dut voir
passer le convoi de Rizzio, assassiné dans ses
bras. Heureuse reine! elle vit tuer son amant,
mais elle n'en fut pas trahie. Et moi!...ô malheureuse !

A ce moment, Charlotte Pfeiffel entra chez son
amie.

— Ma bonne Sarah, embrasse-moi : je t'apporte
la joie et le bonheur. Le perfide est revenu.

— Qui?

— Roland, je crois. Est-ce qu'il y en a plusieurs?

— Ma chère, il n'est pas temps de rire. Dis-
moi où il est.

— A Mayence, ma toute belle.

— A Mayence? Que peut-il faire à Mayence?

— Pas grand'chose, ma pauvre Sarah. J'oubliais de te dire qu'on l'a mis en morceaux.

— Ah ! mon Dieu !

— Oh! rassure-toi, les morceaux en sont
bons. D'Hérigny m'écrit qu'ils marchaient sur
Paris, qu'ils n'étaient pas loin de Montmartre,
qu'ils ont rencontré les patriotes au nombre de
deux ou trois cent mille, qu'ils les ont enfoncés,
et qu'ils allaient les poursuivre jusque dans Paris,
lorsque le duc de Brunswick, qui est une pure
ganache (je te donne l'opinion de d'Hérigny), a
fait sonner la retraite ; que Roland et lui sont
revenus au camp, l'un avec un biscaïen dans la
cuisse, l'autre avec un coup de baïonnette dans
le bras; que les Prussiens les ont expédiés sur
Mayence, où ils viennent d'arriver, clopin-clopant,
l'un traînant l'autre, et n'ayant pas un sou vaillant dans leurs hauts-de-chausses.

Sarah tira la sonnette. La femme de chambre
parut.

— Ida, dit-elle, faites mes malles, et demandez
des chevaux de poste.

— Tu vas à Mayence? dit Charlotte.

— Je vais rejoindre mon père.

— Heureuse fille dont le père est à Mayence !
Comprends-tu ce pauvre Pfeiffel, qui est d'ailleurs
le meilleur homme du monde, et qui n'a pas
l'esprit de m'emmener à Mayence ?

— Que vas-tu faire ?

— Je ne sais pas. D'Hérigny a besoin d'argent,
et je suis fort embarrassée pour en trouver.

Hans lui a prêté plus de trois mille florins, dont il ne reverra jamais le premier pfenning. Cependant, je vais essayer.

Deux jours après, Mlle de Kransperg faisait son entrée à Mayence. Son père, accoutumé à ses résolutions soudaines et à ses coups de tête, ne fut pas trop étonné de la revoir.

Éléazar, baron de Kransperg, était un beau vieillard à barbe blanche, d'un maintien imposant et majestueux, qui ressemblait à s'y méprendre au vénérable Abraham recevant dans sa tente la fiancée de son fils Isaac. Il avait la gravité des races orientales, un nez aquilin et noble, des yeux bleus, doux, pénétrants et fixes, un front élevé et arrondi sur les tempes, signe ordinaire d'une âme poétique et contemplative. Du reste, un coquin achevé.

Il embrassa sa fille d'un air qui eût fait envie à tous les patriarches d'Israël, tant il y avait, dans ce seul geste, de tendresse et de gravité noble.

— O mon enfant, dit-il, je crois revoir ta mère Dinah, à l'âge où je demandai sa main. C'était la plus belle des filles de Juda, et son âme céleste était belle comme la vertu. Quelle modestie dans ses discours! quelle sagesse dans sa conduite! quelle vive et prompte intelligence du commerce et de la banque! A mon bureau,

c'était un autre moi-même. Si le Dieu d'Israël a
béni nos efforts, si mes millions excitent l'admiration et la haine, c'est à elle, mon enfant,
que je le dois. Élevée dans une sage économie,
elle craignait plus que la mort de dépenser un
florin.

— A quoi sert d'être riche, interrompit Sarah,
si nous n'usons pas de nos richesses?

— A quoi, mon enfant? A nous affranchir du
joug de ces infâmes chrétiens, qui nous pillent et
nous insultent. Va, un jour viendra, et il est
proche, où nous ne serons plus libres seulement,
mais seigneurs et maîtres, dans cette terre qui a
vu notre humiliation: c'est nous qui donnerons
des fêtes, et dans ces fêtes on verra les princes et
les rois nous flatter comme on les flatte eux-
mêmes aujourd'hui, et nous demander à genoux
ces petits papiers que tu vois dans ce tiroir. Regarde, qu'est ceci?

— Du trois pour cent anglais.

— Et ceci? De la dette de Hollande, des rentes
de l'hôtel de ville de Paris. L'Angleterre, la
Hollande, la France et l'Allemagne sont ou seront
à nous dans quelques années. Les temps sont
venus où le temple de Sion se relèvera de ses
ruines et bravera l'anathème du Nazaréen. L'Europe tout entière s'enfonce peu à peu dans l'a-
bîme de la dette publique, et c'est nous qui avons

creusé cet abîme. Les rois veulent de l'argent
pour leurs guerres, pour leurs maîtresses, pour
leurs bâtiments. Israël est là, toujours prêt à
payer en prenant hypothèque. Notre hypothèque,
Sarah, c'est l'Europe aujourd'hui : demain, ce
sera le globe terrestre. C'est pour nous que
Clives et Hastings ont massacré trois millions
d'Indiens et pillé l'Inde ; pour nous que les Hol-
landais font venir les épices de Java, et les Es-
pagnols les piastres du Mexique. Cherche en
Europe un pays sur lequel nous n'avons pas hypothèque. Cette hypothèque, Sarah, c'est la
griffe du maître, c'est le sceau de l'esclavage que
nous mettons sur la tête des chrétiens. Voilà, ma
fille, à quoi sert d'être riche.

— Mais, dit Sarah, ces chrétiens ne sont-ils
pas hommes, aussi bien que nous ? Ne leur de-
vons-nous pas assistance?

Éléazar regarda sa fille d'un air étonné.

— Assistance à des chrétiens ! dit-il, à ces
scélérats qui nous opprimés si longtemps ! Nous
leur devons une bonne corde pour les pendre, et
rien de plus. Quand nous serons maîtres du
monde, à la bonne heure ! Nous pourrons alors
être généreux, si nous le voulons.

— En attendant qu'on rebâtisse le temple, dit
Sarah, ne pourrais-tu pas, cher père, me donner un bon sur ta caisse ? Les vivres sont fort

chers à Coblentz, et les robes à un prix dont tu
ne peux pas avoir d'idée.

— Où sont les dix mille florins que je t'envoyai
il y deux mois?

— Où sont les neiges de l'an passé? comme
dit le poète.

— Déjà ! ma chère Sarah. Je ne veux pas prêter les mains à ta ruine. Reste à Mayence avec
moi, et tu feras des économies.

— Je le voudrais, cher père. Il est trop tard.
Il s'agit de mes dettes.

— Envoie-moi les fournisseurs. Je ferai réduire leurs mémoires. Pauvre enfant ! ils ont
abusé de ton innocence.

— Papa, dit Mlle de Kransperg d'un air caressant, j'aimerais mieux de l'argent comptant.

Le baron fronça les sourcils et dit d'un ton sec
et sans réplique :

— Non. Ma caisse est fermée.

— Mais, dit Sarah, si je plaçais cet argent à
gros intérêts?

— Toi? dit Éléazar plein de joie. Tu prêtes
ton argent ! Viens m'embrasser ; viens, mon sang ;
viens, ma fille, unique et chère enfant de ma
Dinah ! Mais non, c'est impossible, reprit-il après
réflexion.

— Cher père, dit Sarah, je vous jure que je
n'ai pas d'autre dessein que de prêter cet argent.

— Sur gages?

— Oh! dit Sarah, je n'en suis pas encore là.
Cela viendra, cher père, avec le temps.

— Sur parole? Cela est bon entre gentilshommes.

— Aussi est-ce d'un gentilhomme qu'il s'agit.

— Fort bien; mais moi, qui suis baron et
non pas gentilhomme, je refuse net.

— Ah! mon père, si tu le voyais! C'est le plus
aimable marquis de toute la terre.

— Un émigré? raison de plus: des mendiants,
des fils de famille ruinés qui ne reverront jamais
leur patrie ni leurs châteaux, s'ils ont eu des
châteaux.

— Il est noble comme les Bourbons.

— La belle avance! Crois-tu, par hasard, que
je voudrais prêter un florin à n'importe quel
Bourbon? J'aimerais mieux faire des ricochets
sur le Rhin avec mes pièces d'or.

— Hélas! dit Sarah, ce pauvre garçon va
mourir à l'hôpital.

— Comme un poète, oui, ma fille.

Mlle de Kransperg vit bien qu'elle n'obtiendrait
rien de son père par la persuasion, et qu'il fallait
recourir aux grands moyens.

— Cher père, dit-elle, n'ai-je pas quelque
droit à la fortune de ma mère?

Le baron bondit sur son fauteuil.

— Enfant dénaturé, dit-il, veux-tu me dépouiller avant ma mort ? Est-ce la récompense de mes bienfaits ?

— Mais, dit Sarah timidement, ma mère ne m'a-t-elle rien légué ? ne suis-je pas majeure depuis six mois ?

— Oui, tu l'es, fille ingrate. Ton héritage prospérait dans mes mains. Les millions s'ajoutaient aux millions ; déjà je t'avais faite baronne ; je voulais te donner un prince pour mari. Tu n'avais qu'à choisir entre douze cadets des plus illustres familles d'Allemagne, les Lippe-Lippe, les Anhalt-Kœthen, les Saxe-Cobourg et les Hohenzollern, et tu vas follement détruire ce bel édifice, que ta mère et moi avons élevé avec tant de peine !

— Eh bien ! cher père, dit Sarah, qui ne voulait pas le pousser à bout, laissons là cet héritage, et ne renonçons ni aux Cobourg, ni aux Bernbourg ; mais prête-moi cent mille florins.

— Cent mille florins ! Tu perds la raison. Je n'ai pas trois cents florins en caisse. Mon argent est à Londres, à Vienne, à Naples, à Paris.

— Et ces inscriptions de rente ?

— Vendre du trois pour cent anglais, qui est en baisse ! Te moques-tu de moi ?

— Enfin, dit Sarah, il me faut cent mille florins. J'aime mieux les emprunter à toi qu'à Manassès.

Ce dernier coup terrassa le baron. Sa fille allait emprunter pour un chrétien! Cela ne s'était pas vu dans Israël depuis la destruction du temple de Sion.

— Que t'importe ce marquis? dit-il enfin.

— Il est si pauvre et si malheureux!

— Qu'il travaille! Je lui prêterai volontiers quelque chose, vingt ou trente florins, par exemple, en prenant mes sûretés. Qu'il loue une échoppe, un magasin, qu'il achète et revende de vieux habits; il n'y a pas de meilleur commerce. On y gagne cent pour cent.

— Oh! mon père! dit Sarah.

— Ne fais pas la dégoûtée. C'est ainsi que ta mère et moi nous avons commencé. C'est sur le commerce des vieux habits qu'est fondé le plus pur de notre baronnie.

— Ce pauvre marquis, dit Sarah, qui craignait de blesser son père, n'est bon à rien qu'à danser et à se battre. Jamais il ne saura distinguer le *galon plein* du *galon à lames.*

— Eh bien! qu'il crève! Je ne peux rien faire pour lui.

Sarah se leva sans rien répliquer.

— Où vas-tu? dit le baron inquiet.

— Chez Manassès.

Éléazar frémit. Sa fille pouvait redemander la fortune de Dinah.

— Viens ici, petite folle, lui dit-il d'un air caressant. Tu auras tes cent mille florins.

— A la bonne heure ! mon père, dit Sarah ; je vous reconnais maintenant.

Il l'embrassa sur le front.

— Tu tiens donc beaucoup à obliger ce marquis ?

Elle rougit jusqu'à la racine des cheveux. Éléazar reprenait ses avantages.

— Écoute, cher père, dit-elle après un instant de silence, je vais te parler franchement. Renonce aux Lippe-Lippe et aux Anhalt-Kœthen : le marquis de Dives est mon fiancé.

— Sans ma permission ! Les fiançailles sont nulles de plein droit.

— Je l'aime.

— Un noble gueux qui te demande l'aumône.

— Il ne l'a pas demandée, dit Sarah indignée. J'ai su sa pauvreté par un de ses amis.

— Et tu offres de la soulager ?

— N'est-il pas, dès aujourd'hui, mon mari ?

— Où donc est ce fier marquis, qui ne demande pas, mais qui accepte l'aumône ?

— Ici, à Mayence. Il est blessé.

— Dangereusement ?

— Je le crains. Il revient de Valmy.

— Tu es venue pour panser ses blessures ?

— Oui, mon père, dit Sarah avec fermeté.

12

— Et pour l'épouser aussi, sans doute? Quel jour se fera la noce? car je pense que c'est une chose décidée.

Sarah garda le silence.

— Parbleu! dit Éléazar, il serait plaisant que ce noble gueux se fît prier pour épouser ma fille.

— Ne parlons pas de cela, cher père, dit Sarah d'un ton suppliant.

— Tu pleures! s'écria le baron, effrayé.

Après tout, c'était un père, et il aimait tendrement sa fille, bien qu'il aimât par dessus tout ses millions. Il commençait à soupçonner la terrible vérité.

— Est-ce qu'il ne t'aime plus? dit-il à voix basse.

Elle ne répondit pas et continua de pleurer. Éléazar comprit tout et tomba dans un effrayant désespoir. Il s'arrachait la barbe, il criait, il sanglotait, il repoussait sa fille, puis l'attirait dans ses bras et la couvrait de caresses.

— Déshonorée! dit-il. Victime d'un débauché sans foi et sans honneur! Mais j'ai dans mes mains ma vengeance.

— Oh! mon père, ne le tuez pas! s'écria Sarah agenouillée.

— Le tuer! dit Éléazar. Je veux qu'il t'épouse d'abord. Après cela, nous verrons.

XVI

Connaissez-vous l'hôtel des *Quinze-Empereurs*, à Mayence ? C'est là que notre ami Roland, assis dans un fauteuil près de la fenêtre, et vêtu d'un élégant négligé du matin, déjeûnait tranquillement avec d'Hérigny. Il était un peu pâle et marchait avec peine, portant, du reste, sa blessure avec une gaîté parfaite. Le nombre et les étiquettes des bouteilles indiquaient assez que les deux gentilshommes ne manquaient pas de crédit dans l'hôtel.

— Parbleu ! dit d'Hérigny qui avait le bras gauche en écharpe, on est mieux ici qu'en Champagne. Qui croirait que cette terre de bénédiction, où l'on récolte de si bon vin, n'avait pour nous que des biscaïens et des coups de baïonnette ? Les sans-culottes nous ont, ma foi, bien étrillés. Si quelque chose me console de ma mésaventure, c'est de voir que ces arrogants Prussiens en ont eu leur bonne part. Ils avançaient comme des tortues, mais ils reviennent comme des lièvres. J'entendais dire ce matin qu'ils ne ramèneront pas la moitié de leurs canons, et

qu'ils ont laissé plus de trente mille hommes
sur les chemins.

— De qui tiens-tu ces nouvelles?

— D'un brave sergent hessois, qui était au
service de Brunswick, et que les sans-culottes
ont fait prisonnier. Devine comment ils l'ont
traité.

— Ils lui ont coupé le cou.

— Pas si bêtes. Ils l'ont pris, lui et ses camarades, les ont menés à leur gamelle, les ont
bourrés de pain, de viande, de vin, de tabac et
de journaux patriotiques, et ils les ont laissés
libres. Croirais-tu que ces marauds ne voulaient
pas revenir en Allemagne?

— Je le crois bien, dit Roland. Est-ce que tu
resterais ici, si tu pouvais rentrer en France?

— Oh! moi, c'est différent. Qu'ai-je laissé à
Paris? Des créanciers. Ce n'est pas pour ces ani-
maux-là que je voudrais quitter un hôtel où l'on
déjeûne si bien.

— A propos de créanciers, dit Roland, avec
quoi paierons-nous le maître d'hôtel?

— N'est-ce pas trop d'honneur que nous lui
faisons de manger son gigot aux confitures et de
boire son vin du Rhin?

— En droit absolu, oui; mais dans la pratique,
quelques florins donnés à propos relèveraient
notre crédit.

— Tu t'inquiètes comme un bourgeois. Va, la Providence y pourvoira, ou Mme Hans Pfeiffel. J'ai conté nos malheurs à Charlotte. Nos florins doivent être en route.

— Je t'avoue, dit Roland, que j'aimerais mieux emprunter à tout autre qu'à Pfeiffel.

— Bah ! des scrupules ! Trouve mieux, si tu peux. Je ne t'empêche pas de demander de l'argent à Mlle de Kransperg.

— D'Hérigny !

— Ne vas-tu pas t'indigner ? Eh ! pour rassurer ta conscience, emprunte-lui, si tu veux, à vingt-cinq pour cent par mois. Tu paieras quand tu pourras, dans ce monde ou dans l'autre, ou, ce qui est plus commode encore, en monnaie de singe.

En ce moment, l'hôte parut.

Il était fait comme tous les aubergistes allemands, assez gros, d'une belle prestance, poli, empressé, obséquieux, courbé jusqu'à terre, orné d'une serviette blanche, et faisant cas de ses voyageurs comme il convient, suivant leur dépense et leur fortune présumée. Il tenait à la main un papier d'une longueur effrayante.

— Messieurs, dit-il, voici.....

— Mon cher hôte, interrompit d'Hérigny, nous n'avons rien demandé. Si j'ai besoin de quelque chose, la sonnette est à ma portée.

L'hôte ne fut pas déconcerté par l'impertinence de d'Hérigny. Il avait conçu quelques doutes sur la solvabilité des deux gentilshommes, et il entrait pour les éclaircir.

— Monsieur, dit-il en saluant encore plus bas, je vous demande pardon de la liberté grande.....

— Que voulez-vous? dit Roland impatienté.

— Monsieur le marquis, voici la petite note des dîners et des déjeûners que vous m'avez fait l'honneur de prendre chez moi, et pour l'acquit de laquelle je suis, avec reconnaissance, votre très-humble et très-dévoué serviteur, Othon Schumacker.

— C'est bien, dit d'Hérigny avec hauteur; mettez ce papier sur la cheminée. Vous serez payé demain.

— Mais, monsieur le marquis, avec votre permission.....

— Mon cher, je ne vous permets rien. Laissez-nous en paix, et fermez la porte en sortant d'ici.

— Mais.....

— Roland, dit d'Hérigny, lève-toi, je te prie, et donne-moi les pincettes.

— Pourquoi faire?

— Pour jeter ce drôle dans l'escalier.

Au même instant il se leva d'un mouvement si brusque, que le bon Schumacker se précipita hors de la chambre. Près de fermer la porte, il vit qu'on ne le poursuivait pas, et, reprenant courage, leur cria :

— Au revoir, messieurs ; je vais chercher la garde.

Les deux amis riaient aux éclats.

— Voilà une bonne plaisanterie, dit d'Hérigny, et qui nous débarrassera pour longtemps des hôtes et des créanciers.

La conversation continua gaîment. Charlotte et Sarah en faisaient tous les frais. Au bout d'une demi-heure, la porte se rouvrit et donna passage au plus rébarbatif de tous les sergents d'Allemagne. Derrière lui venaient dix soldats, la baïonnette au bout du fusil, et derrière les soldats le brave Schumacker, qui jouissait de son triomphe.

— Messieurs, dit le sergent, vous allez me suivre chez le gouverneur de la place.

Les deux Français entendaient mal l'allemand, mais le geste du sergent était fort clair. Ils se consultèrent du regard.

— Diable ! dit Roland, ceci n'est pas un badinage. Qu'allons-nous faire ? Si nous jetions ces gens-là par la fenêtre ?

— C'est facile, répondit d'Hérigny ; mais tout Mayence viendra à leur suite, et nous serons pendus ou fusillés infailliblement. Il faut gagner du temps.

Ce court dialogue ne laissa pas d'alarmer Schumacker.

— Prenez garde à vous, sergent! cria-t-il. Les brigands ont des poches pleines de pistolets.

Le sergent recula un peu et fit avancer ses hommes.

— Monsieur, dit Roland de sa voix la plus polie, nos passeports sont en règle et visés par toutes les chancelleries. Si Son Excellence désire nous parler, dites-lui qu'elle nous fasse l'honneur de venir nous voir.

A ce discours, le sergent ne comprit rien, sinon qu'on refusait de le suivre. Il poussa un effroyable juron et saisit brutalement la main de Roland pour l'emmener. Malgré sa blessure, celui-ci se dégagea, repoussa violemment le sergent et tira son épée. D'Hérigny suivit son exemple, et un combat inégal allait s'engager lorsque Mlle de Kransperg parut et poussa un cri.

A ce cri, Roland la reconnut et baissa son épée. Elle se précipita vers lui et le serra dans ses bras.

— Chère Sarah, dit le marquis, vous venez à propos pour me voir embrocher ce stupide sergent.

— Quelle affaire avez-vous avec un sergent? dit-elle étonnée.

Roland ne répondit pas. Il craignait d'avouer sa pauvreté et d'accepter les bienfaits de sa maîtresse ; mais d'Hérigny, libre de ces scrupules, se chargea d'expliquer l'affaire.

— Vous ne m'en disiez rien ! dit-elle à Roland. Et elle se sentit humiliée de la défiance de son amant.

Aussitôt, se tournant vers Othon Schumacker, elle lui dit avec la majesté d'une reine :

— Monsieur, le baron de Kransperg, mon père, se porte garant des dettes de ces messieurs. Donnez-lui votre note.

Au nom du baron de Kransperg, Schumacker courba pieusement l'échine et se confondit en excuses.

— C'est bien, dit Sarah en lui tournant le dos. Quant à vous, sergent, voici deux florins pour boire à ma santé avec vos hommes.

Le sergent reçut les deux florins, se prosterna devant la belle dame et courut au cabaret.

D'Hérigny, par discrétion, laissa seuls les deux amants et sortit. Sur l'escalier, il rencontra Schumacker qui l'attendait d'un air piteux, le bonnet à la main.

— J'espère, dit le pauvre Othon, que monsieur le marquis voudra bien excuser la nécessité...

— Et te continuer ma pratique, n'est-ce pas, drôle ? dit d'Hérigny en le prenant par le bras et lui faisant faire deux ou trois pirouettes. Je devrais, maraud, te couper les oreilles. Je te pardonne; sois plus prudent à l'avenir, et sache qu'un beau gentilhomme a toujours du crédit près des dames.

Schumacker s'inclina, trop heureux d'en être quitte à si bon compte et de ne pas perdre un hôte si précieux.

L'entrevue de Roland et de Mlle de Kransperg fut des plus tendres. Le marquis aimait Sarah, autant du moins que pouvait le faire un homme de son humeur, et, pourvu qu'elle ne parlât pas de mariage, il la trouvait adorable. De son côté, la jeune fille, confiante dans les promesses de son père, s'en remettait à lui du soin de gouverner ses affaires et ne songeait qu'à l'amour. En ces temps de troubles, où l'homme était si peu sûr de vivre, où chaque jour, surtout pour un émigré, pouvait être le dernier, la nature reprenait tous ses droits.

Quand les premiers transports furent apaisés, Roland fut touché du dévoûment de sa maîtresse, qui n'avait pas craint de se compromettre publiquement pour le secourir.

— Pourquoi, pensait-il en soupirant, ne suis-je pas en état de récompenser ce dévoûment?

Sarah lut cette pensée dans les yeux de son amant. Elle avait assez d'esprit pour comprendre

qu'on ennuie les gens en excitant leurs remords,
et elle se hâta d'écarter de lui cette idée. Elle lui
fit raconter sa campagne de l'Argonne, et Roland.
qui avait déjà oublié ses souffrances comme il
oubliait toutes choses, la fit rire aux éclats en lui
contant gaîment la bataille de Valmy et sa cuisse
percée d'un biscaïen.

— Comment m'as-tu retrouvé si à propos?
dit-il en forme de péroraison.

— Ingrat, répondit-elle, c'est Charlotte qui
vous a découverts. Ton ami écrivit que vous étiez
arrivés mourants et sans un écu à Mayence.

— J'attends quelque argent de France, mais
nous ne manquons de rien. D'Hérigny s'est
trompé. Il a voulu exciter la compassion de
Mᵐᵉ Pfeiffel et la faire venir pour consoler son
exil.

Roland était humilié d'accepter l'argent de sa
maîtresse ; mais comment faire? Ses bagages
avaient été pillés dans la retraite, et il était trop
étourdi pour réduire son train de vie suivant ses
ressources. Mˡˡᵉ de Kransperg comprit cette souf-
france secrète et en fut affligée.

— Hélas! pensait-elle, s'il voulait m'épouser,
il ne refuserait pas de m'emprunter quelques
florins.

Au même moment, comme pour démentir les
fières paroles de Roland, trois ou quatre bottiers,

tailleurs et autres se présentèrent. Le bruit s'é-
tait répandu dans la ville que M. le baron de
Kransperg payait les dettes des deux émigrés, et
de toutes parts les créanciers venaient réclamer
leur argent.

Dès les premiers mots, Sarah les envoya chez
son père. Roland était consterné. D'Hérigny,
plus prodigue encore que lui, et moins soucieux
de payer ses dettes, avait en quelques jours dé-
pensé douze cents florins.

— Rassure-toi, dit Sarah en souriant, mon
père sera ton seul créancier au même titre que
ces braves gens, et je me charge d'empêcher
qu'il soit trop exigeant. Viens le voir ; tu le re-
mercieras de ce léger service, qui ne lui coûte
presque rien, et tu feras connaissance avec lui.
C'est un bon et vénérable vieillard qu'on a beaucoup calomnié, et qui vaut mieux que sa réputation.

Roland hésitait à voir le père de sa maîtresse ;
cependant cette démarche était nécessaire. Après
tout, le baron de Kransperg n'était pas un père
bien redoutable, à en juger par la liberté qu'il
laissait à sa fille.

Le même soir, il se fit annoncer chez le vieil
Éléazar. Celui-ci, prévenu de sa visite, le reçut
avec une bonté charmante. Aux premiers remercîments de Roland, il répondit gracieusement
qu'il était trop heureux de pouvoir obliger un

gentilhomme aussi distingué, et que sa caisse et lui seraient toujours à la disposition de M. le marquis de Dives.

— Quel charmant accueil! pensa Roland. Décidément, M. le baron de Kransperg n'est plus un juif: c'est un israélite.

— Au reste, ajouta Éléazar, je serais fâché de vous imposer, pour si peu de chose, le fardeau de la reconnaissance, et je suis tout prêt, non pour moi, mais pour vous-même et pour la régularité de ma caisse, à recevoir de vous un billet ou une lettre de change à courte échéance, qu'il vous sera facile de renouveler à volonté dans mes bureaux.

Roland, trop sincère pour deviner le piége, signa sans y regarder la première feuille de papier que le rusé baron mit entre ses mains. Celui-ci la plia soigneusement et la serra dans son secrétaire.

— Maintenant, monsieur le marquis, dit-il avec un aimable sourire, veuillez, je vous en prie, disposer de toute ma maison; ma fille sera charmée de vous en faire les honneurs.....

— Il faut avouer que Sarah est une véritable enchanteresse, pensa le marquis, et il sentit quelque remords de sa conduite.

— Va, disait de son côté le vieil Éléazar, tu viens de signer ton arrêt de mort.

La suite de ce récit fera voir qu'il ne se trompait guère.

XVII

Le lendemain, Sarah, à demi-éveillée, vit entrer son amie Charlotte.

— Eh! bonjour, ma chère, dit Mlle de Kransperg, comment va le gros Hans?

— Le gros Hans, ma bonne Sarah, est devenu le terrible Hans. Ah! si tu savais quel malheur épouvantable est tombé sur nous!

— Qui, vous?

— D'Hérigny et moi. Imagine-toi, ma chère, qu'en te quittant j'allai trouver mon mari et lui demander de l'argent. Il refusa net. Quelque instance que je fisse, je n'en pus rien tirer, sinon que d'Hérigny lui devait trois mille florins, qu'il ne les réclamait pas, mais qu'il ne voulait pas aller plus loin.

— Est-ce tout?

— Je ne sais quel soupçon lui vint. En mon absence, il força mes tiroirs et lut les lettres de d'Hérigny. Maudites lettres! Devrait-on s'écrire quand on s'aime? Tu devines sa fureur. Lorsque je rentrai, il m'attendait sur le seuil de la porte, me jeta par terre et me battit comme un Allemand sait battre. Je m'évanouis fort à propos, sans quoi il m'aurait achevée. Enfin, ma femme de chambre, accourue au bruit, me porta sur mon lit, et je repris mes sens. Mon enfant, ne te marie pas; tu n'as jamais vu d'homme en colère : c'est une chose effroyable. Hans, qui a l'air si doux en temps ordinaire, me paraissait un tigre. Ses yeux hors de la tête, ses dents serrées, ses poings contractés, sa voix qui ressemblait à un hurlement, me causèrent une telle frayeur, que je faillis m'évanouir une seconde fois. Heureusement, après cette première explosion, il parut se calmer un peu (quel calme!). Mon silence l'étonna. Que pouvais-je dire? Je n'essayai même pas de me justifier. J'étais accablée de désespoir. « Infâme! me dit-il, je tuerai ton amant! » Là-dessus, il fit demander un passeport et partit avec moi pour Mayence.

— Pauvre Hans! dit Sarah; il t'aimait bien passionnément.

— Oui, je l'avoue, dit Charlotte, mais il est trop ennuyeux.

— Enfin, dit Mlle de Kransperg, que puis-je pour toi?

— Ma toute belle, dit Mme Pfeiffel, Hans est venu pour provoquer d'Hérigny en duel et le tuer.

Je le connais; il est entêté comme un boule-
dogue; rien ne lui fera lâcher prise. De son côté,
d'Hérigny, qui a eu déjà trois ou quatre duels à
Coblentz avec des officiers prussiens, ne refusera
pas le combat, et je suis la plus malheureuse des
femmes si je perds mon mari ou mon amant.
Dans les deux cas, il faudra fuir, car je ne veux
plus revoir Hans; mais pour fuir, il faut de l'argent, et d'Hérigny n'a rien.

— Prends courage, dit Sarah; je vais te donner
un bon de six mille florins sur la caisse de mon
père. Je joue le rôle de la divine Providence.

Elle fit à son tour le récit des aventures de la
veille, et ce récit fit éclater de rire les deux
amies.

Pendant ce temps, le gros Pfeiffel se faisait
annoncer chez d'Hérigny. Celui-ci, qui était
alors avec Roland, se leva avec le plus aimable
empressement, et voulut serrer dans ses bras le
bijoutier; mais Hans le regarda d'un œil si terrible que d'Hérigny recula étonné. Cependant il
lui offrit un fauteuil, s'assit lui-même et attendit
en silence le premier feu de son adversaire.

— Monsieur le marquis, dit Hans, boutonné
jusqu'au menton, j'étais votre ami...

— Monsieur, répliqua d'Hérigny en s'inclinant
avec grâce, je suis encore le vôtre.

— Monsieur le marquis, reprit Hans d'une

voix terrible, il n'est plus temps de rire. Vous m'avez pris ma femme, vous avez trahi l'hospitalité; il faut mourir.

D'Hérigny pâlit. Il ne craignait pas la mort; mais la vue de ce mari offensé le troublait malgré lui.

— Nous nous battrons ce soir, sans témoins, continua Hans, et, s'il plaît à Dieu, je vous tuerai.

— Voilà une vilaine affaire, pensa le marquis. Tuer ce brave homme parce que sa femme m'aime trop, cela n'est pas juste; d'un autre côté, me laisser tuer par lui, c'est un peu sot. Que faire?

— Vous hésitez, je crois? dit Hans.

— J'avoue, monsieur, répondit le marquis, que j'aimerais mieux croiser le fer avec tout autre qu'avec vous. Je vous aimais, bien que j'aie quelques torts envers vous, et je vous plains.

— Et moi, je vous hais, et je vous tuerai. Vous n'avez pas affaire au premier venu. J'ai été soldat cinq ans, et je connais l'escrime aussi bien qu'un maître d'armes.

— Tant mieux, monsieur, dit d'Hérigny. Cela diminue mes remords.

Hans sortit et alla chercher sa femme chez le baron de Kransperg. Au même moment, elle entrait sans être vue dans l'hôtel des *Quinze-Em-*

13

pereurs et tombait en pleurant dans les bras de son amant. Elle convint de fuir avec lui s'il était vainqueur de Hans, ou seule s'il était tué.

— J'ai six mille florins, dit-elle, dont tu vas donner la moitié à mon mari. Il n'est pas juste que tu lui prennes à la fois son argent et sa femme.

D'Hérigny envoya sur le champ les trois mille florins et embrassa tendrement Charlotte.

A quatre heures du soir, une voiture de poste s'arrêta devant l'hôtel des *Quinze-Empereurs.* Hans y était assis avec sa femme et fit prévenir d'Hérigny qu'il l'attendait.

Le marquis embrassa Roland.

— Je ne sais pourquoi, dit-il, je n'ai pas ma gaîté ordinaire. C'est la première fois que je vais à un duel dans ces mélancoliques dispositions.

— Ne tue pas ce pauvre homme, si tu peux, dit Roland ; et toi, tâche de vivre.

La voiture partit au grand trot. Le postillon avait déjà reçu ses instructions. D'Hérigny parut étonné de trouver Charlotte dans la voiture.

— Je veux qu'elle vous voie tuer, dit Hans; ce sera son châtiment.

On s'arrêta enfin dans une grande prairie que traversait la route. Hans et le marquis mirent pied à terre et prirent chacun une épée. Au même moment, Charlotte, sans être vue de son mari, dit quelques mots à voix basse au postillon et lui donna dix florins. Le postillon fit un signe d'assentiment.

A dix pas de la voiture, d'Hérigny s'arrêta.

— Nous sommes très-bien ici, dit-il. Le terrain est bien nivelé et très-propre à une rencontre.

— En garde ! répliqua Hans.

Et le combat commença.

Le bon Allemand n'avait pas trop vanté son adresse à l'escrime. Ce gros homme avait le poignet solide et le jarret ferme. Heureusement, le marquis, plus souple, plus agile et rompu, comme tous les jeunes nobles de ce temps-là, aux exercices *académiques*, c'est-à-dire à la danse, à l'escrime et à l'équitation, qui faisaient alors comme aujourd'hui le fond de l'éducation d'un gentilhomme, parait tous ses coups avec sang-froid sans les rendre, attendant l'occasion de désarmer son adversaire.

Cette occasion se présenta bientôt. Emporté par la fureur de ne pouvoir toucher d'Hérigny et d'en être visiblement épargné, Hans ne ménagea plus rien. Il poussait presque au hasard des bottes furieuses ; enfin, il se découvrit de telle sorte que le marquis fit sauter son épée en l'air et le désarma. Pfeiffel, encore plus furieux, ramassa son épée et recommença le combat.

D'Hérigny commençait à se lasser de cette lutte inégale. Bien résolu à ne pas tuer Hans et à ne pas se laisser tuer, il ne voyait aucune issue probable à ce duel. Il essaya de faire la paix avec son ennemi.

— Défends-toi ! lui cria Pfeiffel.

— C'est un enragé, pensa le marquis. Il faudra que je lui coupe la gorge.

Il désarma encore le bijoutier. Cette fois, sans attendre que Pfeiffel eût repris son épée, il courut à la voiture, y monta d'un bond près de Charlotte et cria

— En route !

Le postillon, averti d'avance et gagné par Charlotte, fouetta ses chevaux, qui partirent au galop. Au même instant, Pfeiffel, l'épée nue, courait vers la voiture. D'Hérigny lui jeta sa canne et sa valise par la portière.

— Cher monsieur Pfeiffel, lui cria-t-il, je regrette de ne pouvoir en partant vous serrer la main; mais c'est vous qui l'avez voulu. Adieu !

— Scélérat ! criait Pfeiffel d'une voix entrecoupée, rends-moi Charlotte.

Mais ses cris se perdirent bientôt dans l'éloignement.

— Où allons-nous ? dit Charlotte.

— En Italie, ma belle. C'est le seul endroit de l'Europe qui soit sûr aujourd'hui pour nous.

Faut-il continuer cette histoire? Faut-il dire
que les amours du marquis durèrent plus de trois
mois, c'est-à-dire autant que les trois mille florins ; qu'il abandonna Mme Pfeiffel à Milan ; qu'il
passa en Russie ; qu'il fut distingué de l'impératrice Catherine pendant huit jours ; qu'il fut fait
colonel avec dix mille roubles de pension après
cette courte, mais pénible campagne ; qu'il apprit
à Pétersbourg la mort de sa femme ; qu'il épousa
la fille d'un prince cosaque qui avait pour dot
une province au nord de la mer Caspienne ; qu'il
fonda une petite ville à vingt lieues d'Astrakan,
sur les bords du Volga ; qu'il civilisa des Kirghiz,
qu'on lui dressa des statues après sa mort, et
qu'il passe chez les Tartares de la grande horde
pour un bienfaiteur de l'humanité ? Faut-il ajouter que Mme Pfeiffel, restée seule à Milan, versa
des larmes abondantes ; qu'elle se repentit de ses
fautes ; qu'elle écrivit à son mari ; que le gros
Hans la reprit et l'aima plus passionnément que
jamais, et qu'elle fut, après cette légère frasque,
le modèle des mères et même des épouses ? Personne ne l'ignore en Europe. Revenons donc,
s'il vous plaît, à notre ami Roland.

XVIII

Le marquis de Dives était le plus heureux des hommes. Il jouissait de l'amour et de la vie, sans se douter qu'il en avait épuisé les douceurs. Le baron de Kransperg avait eu la discrétion de faire un voyage à Vienne, et Sarah ne se contraignit plus avec son amant.

Un matin, à cinq heures, comme Roland allait sortir de la chambre de Mlle de Kransperg, Éléazar, qui était revenu à l'improviste, entra brusquement chez sa fille.

A cette vue, Roland pâlit, et Sarah s'évanouit. Le vieillard prit par la main Roland, qui le suivit sans résistance, et le conduisit dans sa propre chambre.

« Pourvu, pensait Roland, que ce pauvre baron n'ait pas aposté une dizaine de domestiques pour m'assassiner ! Nous ne sommes pas heureux dans nos amours, d'Hérigny et moi, depuis quelque temps. »

Mais Éléazar n'était pas homme à faire d'inutiles tragédies. Il avait pris ses mesures dans tous les cas possibles.

— Monsieur le marquis, dit-il d'une voix tremblante, que comptez-vous faire?

Roland s'attendait à de sanglants reproches, peut-être à des coups de pistolet. Il fut stupéfait en voyant la contenance triste, mais calme du vieillard.

— Monsieur le baron, dit-il, sans chercher à s'excuser, je crois qu'il faut d'abord garder le plus profond silence; et, de mon côté, je vous jure que la discrétion la plus inviolable...

Éléazar l'interrompit.

— L'aimez-vous? dit-il d'une voix étranglée par la colère.

— Je l'aimerai toute ma vie, dit Roland avec chaleur.

— Eh bien! épousez-la. Certes, vous n'êtes pas le gendre que j'avais rêvé; mais le mal est fait, et c'est le seul remède.

A cette proposition qu'il était facile de prévoir, Roland demeura interdit.

« Mon marquisat leur tourne la tête, pensa-t-il. Assurément, Sarah serait une jolie marquise et une assez bonne femme; mais à qui pourrais-je la présenter, grand Dieu? Ce sot mariage me retiendra toute la vie dans mes terres. On ne peut pas avouer le baron de Kransperg. Ses débiteurs même ne lui rendraient pas son salut. »

Éléazar crut qu'il hésitait pour vendre plus cher son consentement.

— Rassurez-vous, monsieur le marquis, dit-il avec amertume, Sarah n'est pas une fille sans dot. Sa mère lui a laissé trois millions.

— C'est une belle somme, dit machinalement le marquis de Dives, qui pensait à autre chose.

— N'est-ce pas, monsieur? reprit Éléazar, dont les yeux brillaient de colère et de mépris. Trois millions pour vous récompenser d'avoir déshonoré ma fille !

Roland devina la pensée du baron.

« Est-ce que ce marchand de vieux galons et de vieilles lorgnettes me prend pour un enfant de sa race? » se demanda-t-il avec indignation.

— Monsieur, répliqua-t-il, la douleur vous égare. Je n'ai que faire de vos trois millions. J'aime passionnément Sarah ; mais je n'ai pas de vocation pour le mariage. Il m'est très-pénible de vous refuser une chose qui paraît au premier abord si juste et si naturelle, mais...

— Est-ce trop peu? dit Éléazar, dont la tendresse paternelle surmontait peu à peu l'avarice. Je vous prendrai pour associé. Ma maison de banque est la première de toute l'Allemagne.

— Associé de la maison Kransperg et Cie ! dit Roland à demi-voix. Oui, ce serait assez joli pour un juif; mais, pour un petit-fils de Gérard

de Dives, qui monta le premier sur les remparts
de Jérusalem avec Godefroy de Bouillon, quelle
chute!

— Pauvre Sarah! s'écria le vieillard en san-
glotant.

Ces larmes touchèrent profondément le cœur
de Roland.

— Si je demeure encore cinq minutes ici,
pensa-t-il, je m'attendrirai; j'épouserai Sarah,
et je m'en mordrai les doigts toute ma vie.
Partons.

— C'est votre dernier mot? dit le baron.

— Cher monsieur, répondit Roland d'un air
grave, je comprends votre douleur, mais je ne
puis y porter remède. Je suis fiancé dans mon
pays à ma cousine; j'ai donné ma parole de
l'épouser, et jamais un gentilhomme de ma race
n'a manqué à sa parole. — Voilà qui est adroit,
pensa-t-il, et je ménage habilement l'amour-
propre de ce pauvre vieux.

Comme il prenait son chapeau pour sortir :

— Monsieur, lui cria le baron, je vous maudis;
soyez sûr que la justice divine se chargera de
vous punir.

Roland haussa les épaules comme un homme
qui ne croit pas beaucoup à l'intervention de la
Providence dans ses affaires quotidiennes, et rentra
d'un pas leste à l'hôtel des *Quinze-Empereurs*.

Une heure après, un homme *noir et d'habit et
de mine* se présenta chez lui.

— Monsieur le marquis, dit l'homme, voici
une lettre de change que je vous prie d'ac-
quitter.

— Est-elle échue déjà ? demanda Roland
étonné.

— Voyez vous-même, monsieur le marquis :
la lettre de change était à quinze jours de date,
et voici aujourd'hui le seizième.

— Coquin de baron ! pensa Roland. Et il éclata
de rire en reconnaissant sa signature au bas de la
lettre de change. C'est un bon tour qu'il m'a
joué là. Voilà le châtiment de la divine Providence dont il m'a menacé. Il parlait à coup sûr,
le vieux reître... A qui s'adresser maintenant ?
Ce n'est pas Sarah qui me tirera des griffes de
son père. Maudite étourderie !

— Monsieur le marquis, dit l'homme hum-
blement, si votre argent n'est pas prêt, je reviendrai à midi.

— C'est bien. Revenez quand vous voudrez,
dit Roland, qui voulait avoir le temps de la réflexion.

L'homme noir ou, en termes moins nobles,
l'huissier rendit compte de sa mission au baron
de Kransperg. Celui-ci entra chez sa fille.

Au bruit, la pauvre Sarah releva la tête. Elle

était si pâle et si désespérée, qu'Éléazar n'osa pas
lui faire de reproches.

— Ma chère enfant, dit-il, la persuasion est
inutile : rien n'a pu fléchir cet indigne débauché !
Il est temps de recourir à la force. Je vais le faire
mettre en prison pour dettes ; et dût-il y mourir,
il n'en sortira pas sans t'épouser.

— Hélas ! dit Sarah, marié par force !

— Oh ! je me vengerai et je te vengerai, reprit Éléazar en grinçant des dents.

Il courut chez le gouverneur de Mayence, en
obtint un ordre d'arrestation provisoire, fondé
sur la crainte que l'émigré prît la fuite pour ne
pas payer ses dettes, et attendit patiemment midi.

Au premier coup du marteau sur l'horloge,
l'huissier se présenta chez le marquis.

— Encore ! dit Roland avec impatience.

— Oui, monsieur le marquis. Dix-huit cents
florins, sans compter les intérêts, dont M. le baron de Kransperg vous fait grâce par pure générosité.

— Que le diable emporte les créanciers et
leurs huissiers ! pensa le marquis. Que faire ?
Quitter Mayence. Maudite condition de n'avoir
pas d'argent ! Vil métal, va !... Que faites-vous là ?
dit-il brusquement à l'huissier.

— Monsieur le marquis, j'attends mes dix-
huit cents florins.

— Ote-moi d'ici ta face de chien, dit Roland
en colère. Je paierai demain ou un autre jour.

L'huissier sortit précipitamment. Roland sortit
quelques instants après, décidé à quitter Mayence
sans prévenir personne. Au premier coin de rue,
quatre hommes apostés se jetèrent sur lui et le
saisirent vigoureusement.

— Que me veulent ces marauds? s'écria-
t-il.

Alors l'huissier se présenta, et d'un ton doux :

— Monsieur le marquis, dit-il, avec l'autorisation de Son Excellence le gouverneur de Mayence,
on vous mène en prison pour dettes.

Roland voulut résister; mais les recors le
retinrent si fortement, que son habit, son bel
habit du matin, qui faisait son orgueil et l'admiration de Sarah, se déchira du haut en bas.
Il frémit d'être vu dans une position ridicule et
cessa de se défendre.

Cependant la foule s'attroupait. On demandait
de toutes parts : Qui est ce prisonnier?

— Messieurs, dit l'huissier, faites place. C'est
un coquin d'émigré qui a fait des dettes, qui ne
veut pas les payer et qui menace de jeter ses
créanciers par les fenêtres.

Cette réponse excita les huées et les rires des
passants. Roland, suivi de deux mille personnes
qui hurlaient et sifflaient derrière lui, fut conduit

en prison et enfermé seul avec une table, un tabouret, un pain d'orge et une cruche d'eau.

— O Providence! s'écria-t-il. Ma pauvre Sarah, tu es bien vengée.

Le soir, Éléazar entra dans la prison.

— Monsieur le marquis, dit-il, avais-je tort de vous menacer de la Providence? Vous ne sortirez d'ici que pour épouser ma fille.

— Vous êtes dans votre droit, monsieur, répliqua Roland; mais je n'épouserai pas Sarah, dussé-je être pendu.

— Vous en êtes plus près que vous ne pensez, dit le vieillard. Les Français ne sont plus qu'à deux journées de marche de Mayence; la ville est hors d'état de se défendre, et les républicains seront ravis de prendre un émigré. Vous connaissez la loi : aussitôt pris, aussitôt fusillé.

— Soit, monsieur, on peut me fusiller, mais non pas me forcer de vous accepter pour beau-père.

La nuit porte conseil, dit Éléazar. Adieu, monsieur : fusillé ou marié. Choisissez.

Et il sortit.

— Parbleu! se dit Roland, on ne meurt qu'une fois. Céder à la force quand j'ai résisté aux prières de Sarah, ce serait me déshonorer. *Potius mori quam fœdari*, c'est la devise de mes ancêtres.

Sur cette résolution, plus courageuse que sage, il s'endormit tranquillement.

XIX

Trois jours après, Roland entendit de sa prison
un grand bruit de tambours et de trompettes.
Les républicains français entraient dans Mayence.
Tous les habitants couraient au devant d'eux et
leur faisaient fête. On s'embrassait, on criait :
Vive la République! On se disputait le plaisir de
recevoir les soldats. Le peuple tout entier leur
ouvrait les bras. On dansait la carmagnole sur
les places publiques, à côté des fusils relevés en
faisceaux. Jamais conquête ne fut plus agréable
au peuple conquis, et jamais conquérants ne
furent mieux reçus dans leur propre pays. Toute
la rive gauche du Rhin, depuis si longtemps
séparée de la Gaule, semblait se réjouir de retrouver à la fois une patrie regrettée et une
liberté inconnue.

Roland seul ne partageait pas la joie de tous
les Mayençais. Premièrement, il était sous clé;
secondement, il craignait qu'un conseil de guerre
ne lui appliquât durement les lois de la République. De plus, l'eau du Rhin et le pain d'orge
soutenaient mal son courage. Tel, qui est héroïque

après un bon dîner, fait triste figure sur un
grabat, dans un cabanon qu'éclaire une fenêtre
grillée. Roland, habitué au luxe et à toutes les
commodités de la vie, se sentait envahir par une
morne tristesse, et si les menaces du vieil
Éléazar n'avaient révolté son orgueil, il aurait
épousé Sarah sur le champ. Mais le baron, plus
occupé de se venger que de marier sa fille,
était un obstacle invincible aux faiblesses de
l'émigré.

Le lendemain de l'entrée des républicains,
Éléazar se présenta dans la prison.

— Monsieur, dit-il, vous n'avez plus qu'un moment. Choisissez d'épouser Sarah ou d'être fusillé.

Roland lui tourna le dos sans répondre.

— Meurs donc! dit le vieillard avec fureur.

Quelques heures après, un bruit de pas et de
fusils se fit entendre dans les corridors. On
s'arrêta devant la porte de Roland. Il sentit son
cœur battre violemment.

— Voilà l'ennemi, pensa-t-il. Son inquiétude
redoubla quand une voix forte dit en français :

— Ouvrez!

Un caporal et quatre hommes venaient le chercher.

— On va me fusiller sans procès. Ces patriotes
sont si expéditifs !

On le conduisit dans le cabinet du directeur

de la prison. Le caporal mit une sentinelle devant
la porte, et Roland se trouva seul avec un officier
républicain qui, le dos tourné, battait avec ses
doigts une marche sur les vitres.

Quand la porte fut fermée, l'officier se retourna, et Roland reconnut avec autant de joie
que de surprise son ami Reynier. Celui-ci s'a-
vança les bras ouverts.

— Avoue, dit-il, que tu ne t'attendais pas à
me voir ici.

— Ma foi, dit l'émigré, tu arrives à propos.
J'ai cru qu'on m'envoyait fusiller.

La figure du républicain se rembrunit.

— Il y a quelque chose de cela, dit-il, et tu
n'es pas hors d'affaire. Un maudit juif que personne de nous ne connaît, si ce n'est le général, et
qui est venu nous chercher pour nous mener à
Mayence, veut absolument te faire couper le cou.
J'étais là quand il t'a dénoncé; j'ai demandé
l'ordre de t'amener devant le général, et comme
le reste de l'état-major ne se souciait pas d'une
commission si désagréable, on me l'a donnée
sans peine.

— De quel état major parles-tu?

— De celui du général Custine. Tu ne lis donc
pas les journaux?

— Dans ma prison? J'étais privé de tout, et
même de côtelettes.

— Qu'as tu donc fait à ce juif? L'as-tu forcé de manger du lard ou quelque chose de pareil? Il a l'air enragé contre toi.

— C'est bien simple, dit Roland. Il m'a prêté de l'argent ; j'ai oublié de le lui rendre, et pour cause ; il m'en veut mortellement.

— C'est une plaisanterie. Le baron de Kransperg est trop économe pour détruire lui-même sa seule hypothèque.

— Oh! dit Roland d'un air discret, l'honneur me défend de pousser plus loin cette explication.

— Ah! fort bien. L'honneur, c'est-à-dire l'honneur des dames. Tu es donc toujours le cauchemar des pères et des maris ! Voyons, est-ce sa femme, est-ce sa fille qui est la malheureuse victime?

— Écoute, dit Roland, je vais t'avouer tout. Aussi bien, la discrétion ne me servirait guère, et tu trouveras peut-être un moyen de me tirer d'affaire.

Il raconta à son ami l'histoire de ses amours avec Sarah. Reynier se mit à rire.

— Épouse-la, dit-il à l'émigré ; sa dot relèvera ta fortune, déjà bien compromise. Je ne dois pas te cacher que tes biens sont sous le séquestre, et que la nation les fera vendre à son profit avant six mois.

— C'est justement ce qui me désespère, dit

14

Roland. Je ferais, en l'épousant, une bonne affaire et une lâcheté.

— Tu ferais aussi une bonne action, dit Reynier d'un ton plus grave. Que veux-tu que de-
vienne cette pauvre fille?

— Tout ce qu'elle voudra, parbleu! Je ne l'ai
pas trompée : je n'avais rien promis. D'ailleurs,
ce mariage ne me tirera pas des griffes du conseil
de guerre.

Le républicain se tut. Il cherchait un moyen
de sauver son ami.

— Et toi, reprit Roland, par quel hasard est-
ce que je te retrouve, à Mayence, aide-de-camp
de Custine?

— Mon Dieu! dit Reynier, j'étais à Valmy.
Les Prussiens se sont mis en retraite. On voulait
avertir Custine et l'armée d'Alsace de leur couper
la retraite à Mayence, et à Coblentz Kellermann,
qui m'a pris en affection, m'a présenté à Dumouriez, et l'on m'a envoyé avec des dépêches.
Comme j'arrivais chez Custine, il y a dix jours,
j'ai trouvé ce juif, qui proposait, en s'unissant
aux républicains de Mayence, de nous livrer la
ville, à condition qu'on lui ferait fusiller un ennemi de la République française, qui est aussi le
sien. Custine a dit : « Tôpe! » et nous voilà.
Kransperg a tenu sa promesse, et Custine va
tenir la sienne.

— Je regrette, dit Roland, de n'être pas resté à Dives et de n'avoir pas épousé ma cousine.

Le républicain frémit; mais, dissimulant son trouble :

— Laisse là le passé, dit-il. Songeons à l'avenir et surtout au présent, qui est fort menacé. Si tu veux te marier, épouse Sarah. Elle t'aime; vous ferez bon ménage, et vous aurez beaucoup d'enfants, ce qui est le bonheur suprême.

— Il n'est plus temps, dit le marquis. Je ne veux pas céder à la menace.

— Comme tu voudras. Suis-moi devant le conseil de guerre. On te sauvera peut-être sans recourir à cette extrémité. J'ai du crédit près de Custine, et je te disputerai à tous les juifs de l'univers.

— Marchons, dit l'émigré.

En quelques instants ils arrivèrent à l'hôtel de ville, où se trouvait l'état-major de Custine. Roland et les soldats qui le gardaient s'arrêtèrent dans une salle basse, et Reynier monta seul chez le général.

— Vous amenez l'émigré ? dit Custine.

— Oui, général. C'est une triste affaire.

— Pourquoi ce niais n'a-t-il pas pris la fuite quand nous sommes entrés dans la ville ?

— Il était en prison pour dettes.

— Eh bien ! faites assembler le conseil.

— Général, dit Reynier, c'est un mauvais début de condamner un homme.

— J'en suis plus contrarié que vous ; mais la loi est formelle... Gâter par des exécutions un succès si beau ! Que le diable emporte le Kransperg !

— Le pire, dit Reynier, c'est que nous servons la vengeance de ce juif. Beau rôle pour la République française !

— Quelle sottise d'aller se prendre de querelle avec un juif !

— L'affaire est très-simple. Le marquis de Dives, qui est le meilleur garçon du monde, mais un peu étourdi, a fait l'amour avec la fille de Kransperg et refuse de l'épouser.

— L'émigré n'est pas si sot, dit Custine, qui avait toute la licence des nobles de son temps. Si l'on voulait épouser toutes les filles auxquelles on est exposé à plaire, nous aurions plus de femmes que le magnifique sultan.

— Ferez-vous grâce ?

— Je le voudrais. Était-il à l'armée de Condé ?

— Je l'ignore, dit Reynier, qui le savait fort bien.

— S'il était à Mayence pendant la campagne de Valmy, il est sauvé.

Reynier vit bien que le général voulait, sans se compromettre, indiquer dans quel sens Roland

devait répondre au conseil de guerre. Il sortit sans en demander davantage.

— Custine te veut du bien, dit-il. Cache seulement ta blessure et ta présence dans l'armée de Condé. On ne te poussera guère.

XX

Roland, amené devant le conseil de guerre, faisait bonne contenance.

« On ne peut me tuer qu'une fois, pensait-il, et je ne donnerai pas aux républicains la joie de voir pâlir le petit-fils de Gérard de Dives. »

Au reste, ses juges le regardaient d'un air grave, mais sans haine. Le président seul, vétéran accoutumé à la rigueur du code militaire, paraissait n'avoir aucune sympathie pour l'émigré.

Après les questions d'usage :

— On vous accuse, dit le président, d'avoir porté les armes contre la République.

Roland hésita. Un mensonge le déshonorait; un aveu le perdait sans retour.

— Qu'on le prouve ! dit-il.

Deux ou trois juges sourirent de cette réponse, et ce sourire encouragea l'émigré, qui se crut

hors d'affaire, faute de preuves. Malheureusement, Éléazar avait tout prévu.

—Qu'on fasse venir les témoins, dit le président.

Ces témoins, habitants de Coblentz, que le baron de Kransperg avait fait venir à ses frais depuis quelques jours, attestèrent qu'ils avaient vu
Roland commander une compagnie d'émigrés et
partir pour la Champagne.

— Je ne connais pas ces gens-là, répondit le
marquis; comment me connaissent-ils? Quel intérêt les pousse à me faire fusiller? Voilà ce que
je pourrais peut-être expliquer au conseil, si l'on
me donnait le temps de préparer ma défense. Il
est étrange que des habitants de Coblentz se
trouvent si à propos à Mayence pour porter témoignage contre moi. On les paie...

— Accusé, interrompit le président, n'insultez
pas les témoins. Nous avons d'ailleurs d'autres
témoignages.

Le chirurgien qui avait pansé la blessure de
Roland s'avança, les yeux baissés, et, presque à
voix basse, dit qu'il avait été appelé pour extraire
le biscaïen, mais qu'il ne connaissait pas l'origine de cette blessure. « C'est peut-être, ajouta-
t-il, le résultat d'une querelle particulière. »

Les juges regardaient Roland avec sympathie.
Aucun d'eux, si ce n'est peut-être le président,
ne se souciait de le trouver coupable.

— Est-ce l'usage en Allemagne de se battre en duel avec des biscaïens? demanda le président d'un ton sévère. Témoin, allez vous asseoir. Et vous, accusé, que dites-vous de ce biscaïen?

« Parbleu ! pensa Roland, je suis bien sot de disputer ma vie comme un procureur. Ce vieux drôle de Kransperg a dans sa manche tous les témoins qu'il lui plaît. Mourons, puisqu'il le faut, mais mourons avec dignité, et faisons honneur à ma race. »

— Messieurs, dit-il tout haut, je n'éluderai pas vos questions plus longtemps. Vous êtes les plus forts, et vous pouvez me tuer; faites. Oui, j'étais à Valmy; c'est là que j'ai reçu ce coup de mitraille en combattant contre vous, pour la royauté et pour le roi. Faites charger les fusils, et ne m'ennuyez pas plus longtemps de vos questions.

— Accusé, dit le président, nous ne sommes pas vos ennemis, mais vos juges. Nous appliquons la loi ; ce n'est pas nous qui l'avons faite.

— Et qui l'a faite? dit Roland. N'est-ce pas le parti qui a bouleversé la France, renversé la monarchie, forcé l'élite de la nation à s'exiler? De quel droit êtes-vous mes juges? Du droit du plus fort. Si j'eusse été vainqueur, c'est moi qui vous aurais jugés, et votre mort eût été aussi juste que sera la mienne.

— Vous êtes accusé de trahison, dit le président.

— Je n'ai point trahi ! s'écria Roland avec impétuosité. Le traître est celui qui trompe la confiance, qui livre son ami ou sa patrie. Je ne suis pas un traître. Je combats pour ma propre cause ; je n'ai jamais servi les armées de la République ; je ne les ai pas livrées. J'ai combattu les républicains en ennemi loyal. On peut me tuer, mais non me déshonorer.

Le président l'écoutait d'un air morne.

— Accusé, dit-il, vous n'avez rien de plus à dire pour votre défense?

— Rien.

La délibération fut courte.

— C'est un brave homme, cet émigré, dit un juge.

— La loi est formelle, dit le président. Tout émigré convaincu d'avoir porté les armes contre sa patrie sera condamné à mort et exécuté dans les quarante-huit heures.

Roland, condamné à l'unanimité, entendit son arrêt sans frémir et sans se plaindre.

— Ma foi, dit-il, je n'étais plus bon qu'à épouser Sarah. Sans patrie, sans argent, sans famille, qu'aurais-je fait sur la terre? Pauvre Sarah ! Voilà pourtant où m'a conduit sa démangeaison de se marier à tout prix. Eh bien ! j'ai eu tort

de ne pas l'accepter; elle valait mieux que moi.
C'était peut-être le bonheur. Un château en
Souabe, de belles fermes tout autour, une forêt,
du gibier, du bon vin dans les caves, quelques
amis et une bonne femme, j'aurais pu vivre comme
un patriarche. Le point d'honneur a tout gâté.
La peste soit du maudit juif qui m'a livré au
bourreau !

Pendant ces réflexions, on le ramenait en
prison.

— Quoi ! dit-il, Reynier même m'abandonne !
A qui se fier, grand Dieu ?

Il se trompait. Reynier, aussitôt après l'arrêt
prononcé, courut chez Custine

— Qu'est-ce encore ? dit celui-ci.

— Le marquis de Dives est condamné, dit
Reynier.

— Eh bien ! qu'on le fusille. Qu'importe un
marquis de plus ou de moins !

— N'est-il pas possible d'accorder un sursis ?

— Pour prolonger son agonie ? Non, l'affaire
est décidée; qu'on en finisse.

— Je vais parler franchement, général. Accor-
dez-moi sa grâce.

— Que veux-tu faire d'un émigré ? C'est un
scorpion venimeux qui te piquera tôt ou tard.

— C'est un ami d'enfance. Je voudrais le
sauver.

— Parbleu! qui est-ce qui n'a pas des amis
d'enfance à qui l'on coupe le cou en ce moment?
Faut-il pour cela se jeter à la mer? Que je le
sauve et qu'on me dénonce à la Convention : toi,
moi, et ceux qui auront prêté la main à cette
affaire, nous serons raccourcis de toute la tête.

— Général, il est impossible que vous haïssiez
ce malheureux.

— Moi le haïr, pourquoi? Crois-tu que je
prenne plaisir à faire fusiller un pauvre diable?
Cela me fait, je te jure, autant de peine qu'à toi.
Mais c'est le droit de la guerre; c'est la loi. Je ne
l'ai pas faite, je la trouve dure, mais il faut qu'elle
soit exécutée, et elle le sera.... Si tu peux le
faire échapper, je ne m'y oppose pas et ne te
chercherai pas querelle pour cela.

— Eh bien! dit Reynier, qui reprit quelque
espoir, signez-moi ce passeport.

— Pour qui? dit Custine.

— Pour Jacques Férou.

— Va pour Férou, et dis-lui, s'il parvient à
fuir, de ne se retrouver jamais sur mon passage.

Reynier prit le passeport et sortit en réflé-
chissant aux moyens de sauver son ami.

— Point d'argent, que faire? A qui en demander? Eh! parbleu! à Sarah. Il serait plaisant que
le vieux Kransperg payât l'évasion de Roland.

Il regarda le passeport et se frappa le front.

— Malheureux, dit-il, c'est un passeport pour
la France! Custine n'y a pas songé, ni moi non
plus. C'est jeter Roland dans la gueule du loup.

Il voulut rentrer chez le général. La sentinelle l'arrêta au passage.

— J'ai ordre, dit le soldat, de ne laisser passer
personne.

Reynier rebroussa chemin tristement.

— Où vais-je l'envoyer? dit-il. A Dives, où
son oncle l'attend pour lui faire épouser Louise!
Maudite étourderie! S'il allait l'aimer! S'il en
était aimé! Les absents ont toujours tort. Hélas!
dois-je perdre mon ami ou ma maîtresse?

Le pauvre républicain était dans une anxiété
facile à comprendre. Cependant sa générosité naturelle l'emporta.

— Avant tout, dit-il, il faut le sauver, même
aux dépens de mon bonheur.

Au même moment, et comme il allait chez le
baron de Kransperg, il fit une rencontre fort
inattendue.

XXI

Éléazar venait de sortir. Sarah, seule au coin
de la cheminée, était plongée dans une sombre

tristesse. Elle était indignée de l'abandon de
Roland. Elle ignorait la vengeance de son père
et rougissait d'aimer encore un amant si peu
digne d'être aimé.

Au milieu de ces pensées, sa femme de chambre entra d'un air épouvanté dans la chambre.

— Mademoiselle, dit-elle, entendez-vous ce
qu'on crie dans les rues? *Le procès et la condam-
nation à mort de l'émigré Roland, ci-devant marquis de Dives.*

A ces mots, Sarah pâlit et faillit s'évanouir.

— Voilà donc, dit-elle, la cause de son silence
obstiné.

— Ce n'est pas tout, mademoiselle, continua
la femme de chambre; on dit que ce procès est
une vengeance de M. le baron.

— De mon père? Malheureuse! c'est moi qui
le tue.

Elle éclata en sanglots; mais c'était une femme
énergique, malgré sa douceur.

— Je le sauverai, dit-elle.

Elle tira de son secrétaire un portefeuille qui
contenait vingt mille florins et courut sur le
champ à l'hôtel de ville, pour demander audience
à Custine. Elle ne doutait pas de tout obtenir. Au
moment d'entrer dans l'hôtel de ville, elle rencontra Reynier, qu'elle ne connaissait pas, mais dont
la figure grave et douce la séduisit tout d'abord.

— Monsieur, dit-elle, puis-je parler à votre
général ?

Reynier regarda avec étonnement cette belle
jeune fille, qui se hasardait dans un quartier
général.

— Mademoiselle, dit-il en la saluant poliment,
c'est impossible. Moi, qui suis son aide-de-camp,
je me suis vu fermer la porte à l'instant. La
consigne est inviolable.

— Monsieur, dit-elle, c'est une affaire pressée.
Il s'agit de la vie d'un homme.

Le républicain soupçonna la vérité, et, pour
mieux s'en assurer :

— Qui faut-il annoncer ? demanda-t-il.

— Mlle de Kransperg, répondit-elle, hésitant
un peu.

— Vous venez sauver Roland ? dit-il.

Elle rougit et baissa les yeux.

— Excusez mon indiscrétion, mademoiselle,
dit le républicain ; je m'appelle Henri Reynier,
et je suis son meilleur ami, comme vous êtes la
femme qu'il aime le mieux. Prenez mon bras,
je vous prie, et je vais vous mener à lui.

— Mais le temps s'écoule, dit Sarah inquiète.

— Rassurez-vous, mademoiselle ; j'ai obtenu
un sursis de deux jours et un passeport. Il ne
me manque qu'un moyen de séduire le geôlier.
J'ai le consentement du général.

— Monsieur, dit Sarah, voici vingt mille florins; c'est tout ce que je possède aujourd'hui. Sauvez-le, au nom de Dieu, sauvez-le !

Reynier partit comme un trait et ne s'arrêta qu'à la prison.

Là, il fit appeler le geôlier principal.

— Bonhomme, dit-il, que gagnez-vous par an ?

— Cent cinquante florins, monsieur. Notre métier est bien dur. La plupart des gens qu'on met là sont plus pauvres que Job. Que peut-on gagner sur eux ? on tondrait plutôt un œuf.

— Vous avez une famille ?

— Ma femme et six enfants qui mangent comme douze.

— Bien. Voici cinq mille florins. Ne vous inquiétez pas de votre femme et de vos enfants, qui vous suivront dans trois semaines, et faites-moi sortir de prison, sur le champ, le marquis de Dives.

L'homme recula effrayé.

— Et mon devoir ? dit-il. Les Français me couperaient la tête.

— Mon ami, dit Reynier, les Français ne sont pas des ogres ; d'ailleurs, tu serais bien sot de les attendre. De quel pays es-tu ?

— De Stettin, en Poméranie.

— Eh bien ! retourne à Stettin. J'y enverrai ta famille. Voici dix mille florins.

— Ah ! monsieur, pour dix mille florins, je me
ferais rompre la tête et les épaules ; j'assassinerais
père et mère.

Le geôlier ouvrit la porte de la cellule de Roland. Celui-ci, fatigué des émotions de la matinée,
dormait d'un profond sommeil. Il rêvait au château de Dives, aux montagnes du Limousin et à
sa cousine. Au bruit des clés, il se réveilla et aperçut le geôlier.

— Quoi ! déjà ? dit-il. Ces républicains sont
bien pressés.

Il étendit les bras en bâillant.

— Quelle toilette vais-je faire ? Ces coquins de
recors ont déchiré mon plus bel habit ; Othon
Schumaker a gardé le reste en otage. Je vais être
fusillé en guenilles comme un pleutre.

Tout à coup, il aperçoit Reynier :

— Tu viens à propos, dit l'émigré, pour me
prêter un habit neuf, car de toutes les disgrâces,
la plus cruelle, à mon avis, est de ne pas pouvoir aller à la mort comme au bal. Ces croquants
n'ont ni gants, ni poudre, ni pommade : je vais
avoir l'air d'un sans-culotte en carmagnole.

— J'ai mieux qu'un habit à t'offrir, dit Reynier.
Prends ce passeport.

Roland l'embrassa tendrement.

— Voilà un ami ! s'écria-t-il. Quel dommage
qu'il soit sans-culotte !

Il regarda le passeport.

— Jacques Férou? Qu'est-ce que Jacques Férou? Mon ami, tu aurais bien dû me trouver
quelque nom moins malsonnant. Cependant,
faute d'un meilleur, je vais endosser celui-là. A
propos, cet Allemand entend-il le français?

— Rassure-toi, dit Reynier, c'est ton guide.
Suis-le hors de la ville; tu t'arrêteras au premier
cabaret à droite, et tu m'attendras. N'oublie pas
que tu es Jacques Férou, soldat du train, blessé
d'un coup de biscaïen, et que tu as obtenu un
congé pour retourner en France.

— C'est convenu, dit le marquis... N'importe,
c'est un chien de nom que celui de Jacques Férou. Je vais avoir l'air de mon domestique.

Tout en parlant, il s'habillait d'un uniforme
de soldat du train que le geôlier avait apporté.
Grâce à ce déguisement et à la complicité du
geôlier, il passa sans obstacle la porte de la prison, puis celle de Mayence, et s'arrêta dans une
auberge hors des murs, où le républicain l'attendait.

C'est là que Roland apprit qu'il devait à l'argent de Sarah sa liberté.

— Pauvre Sarah! dit-il, serai-je toujours ingrat envers elle? Pourquoi n'est-elle pas venue?

— Elle a juré, dit Reynier, de te haïr éternellement.

— Je vais rentrer dans Mayence et lui jurer un amour éternel.

— Garde-toi bien de cette folie, répliqua Reynier. On ne te cherche pas; ne force pas les républicains à te retrouver malgré eux.

— Eh bien, remets-lui cette lettre.

Et il écrivit rapidement ces mots :

« Chère Sarah, je suis forcé de fuir. Je n'attendais pas pour vous aimer éternellement de vous devoir la vie. Dès que je pourrai vous rejoindre, je demanderai d'unir devant Dieu votre destinée à la mienne. Adieu.

« Celui qui vous aime par dessus toutes choses,

« ROLAND, marquis de Dives,

« Que les destins ennemis ont surnommé

« JACQUES FÉROU. »

— La voilà marquise, dit l'émigré en pliant ce billet. Elle me sauve la vie, mais elle n'a pas perdu son temps: les vrais marquis sont rares aujourd'hui et fort recherchés.

— Tu vas à Dives? demanda Reynier.

— Je n'ai guère d'autre asile, répondit le marquis. Je suis tout réjoui, dans mon malheur, de revoir ma petite cousine, quoiqu'un peu pédante.

15

Le républicain soupira. Je ne sais même s'il ne
se repentit pas d'avoir donné un passeport à son
ami.

— Maudite négligence ! pensait-il. J'aurais dû
l'envoyer en Russie. C'est la fidélité que tu as
jurée à Sarah ? dit-il tout haut.

— Mon cher ami, dit Roland, tu as cent
bonnes qualités : tu es brave, tu as de l'esprit, tu
aimes les amis ; mais, franchement, tu aimes
trop la vertu et les sermons. Allons, ne te fâche
pas ; c'est un conseil que je te donne, un conseil
esthétique, comme dit ma pauvre Sarah, qui
tient ce mot d'un maigre professeur de philosophie à cinq sous le cachet, Gottlieb Fichte.

— Que Dieu te conduise ! dit Reynier en l'embrassant. As-tu de l'argent pour ta route ?

— Pas un maravédis.

— Prends ceci, dit-il en lui tendant le portefeuille ; c'est Sarah qui te l'envoie.

Roland refusa.

— C'est assez d'un bienfait, dit-il. Rends-lui
ses florins. J'irai à pied.

— Je t'approuve, répondit brièvement le républicain ; mais il ne faut pas que tu manques de
tout. Voici cent francs en assignats ; c'est ma
solde. C'est trop peu pour un marquis ; c'est assez
pour un piéton. Adieu.

Roland l'embrassa les larmes aux yeux et par-

tit. Reynier rend t compte à Mlle de Kransperg de
sa mission. Peu s'en fallut, dans sa joie, qu'elle
ne l'embrassât à son tour. La pauvre fille ne pouvait contenir sa joie. Elle relut cent fois le billet,
pesant toutes les expressions et n'osant croire à
son bonheur.

XXII

Roland partit d'un pas leste ; mais, au bout
d'une demi-lieue, sa blessure se rouvrit et
l'obligea de s'asseoir sur le revers d'un fossé.

— Je vois, dit-il, que je n'aurai pas de peine
à jouer le rôle de l'éclopé Férou.

Au bout d'un quart d'heure, un homme passa
monté dans une charrette vide où se trouvaient
seulement deux bottes de paille. La nuit appro-
chait ; le froid était vif, et le pauvre marquis se
sentait geler.

— Eh ! l'ami ! cria-t-il d'une voix forte, pouvez-
vous prendre soin d'un malheureux blessé ?

Le conducteur de la charrette arrêta son cheval,
arma un pistolet et dit en français :

— Qui êtes-vous ?

— Un soldat du train qui est blessé, qui ne
peut pas marcher et qui a obtenu un congé.

— Montez, dit le charretier. Je vous prenais d'abord pour un rôdeur de nuit.

C'était un grand et gros homme dont la figure rouge et un peu rude ne manquait pas de bonté.

— Eh ! mon garçon, dit-il, où donc avez-vous été blessé ?

— A Valmy, dit l'émigré.

— Et l'on vous a transporté à Mayence ? C'est bien singulier.

— Ma foi, dit Roland, ce n'est pas ma faute, car j'aurais mieux aimé rester en France ; mais il a fallu suivre mon corps. Le chirurgien, qui était un âne, avait déclaré que je pouvais supporter la route. A Mayence on m'a mis à l'hôpital ; un autre chirurgien a dit qu'il me fallait six mois de repos, et je retourne dans ma famille.

— Oh ! ces savants, c'est tous des ânes bâtés.

Après cette sentence, il alluma sa pipe.

— Où allez-vous ? dit Roland.

— A Metz. J'avais une bonne maison près de Longwy, avec deux prés, un jardin et cinq arpents de terre à blé. J'avais aussi deux bons bœufs. Les émigrés sont venus avec les Prussiens. Les Prussiens ont mangé mes bœufs ; les émigrés ont brûlé ma maison et ma grange. Ma femme et mes enfants se sont sauvés à Metz, et moi, pour les faire vivre, je mène de la paille et du foin à l'armée de Custine. Oh ! ces brigands

d'émigrés, si j'en pouvais approcher un à portée
de baïonnette, comme je lui apprendrais à brûler
la maison des pauvres gens ! Mais on les a ros-
sés à Valmy d'une belle manière. On dit que leurs
princes ne savaient où se fourrer pendant la bataille.

Ce discours, comme on peut croire, ne fit pas
grand plaisir à Roland. Cependant il fallait se taire.

Il y eut un instant de silence.

— Camarade, reprit le charretier, vous ne
dites rien. Êtes-vous malade ?

— Oui, répondit Roland, je me sens plus mal :
ma blessure s'est rouverte.

C'était vrai. Le charretier examina la cuisse et
la pansa de son mieux. Roland fut touché des
soins de ce brave homme qui n'avait rien à attendre de lui.

— Où donc avez pris cette charpie et ces ban-
dages ? demanda-t-il.

— Dans mon métier, on est exposé à rencon-
trer des coureurs ennemis, et à faire le coup de
pistolet pour défendre ses fourrages et son argent. J'emporte en même temps des armes et
des onguents.

C'est dans ce modeste équipage que Roland
arriva à Metz. Le charretier n'allait pas plus
loin. Roland voulut le payer et tira de sa poche
quelques écus. Le charretier se mit en colère.

— Gardez votre argent pour vous, dit-il. Est-
ce que vous refuseriez de prendre un blessé dans
votre charrette, surtout quand ce blessé est un
défenseur de la patrie ?

— Assurément non, dit Roland.

— Eh bien ! me croyez-vous plus malhonnête
homme que vous ?

Quelques instances que fit l'émigré, il ne put
tirer son nouvel ami de ce formidable raisonne-
ment.

— Tenez, dit le charretier, faisons mieux. Venez manger la soupe avec nous, et vous paierez
le vin.

C'est ainsi que M. le marquis de Dives passa
la nuit à Metz, sans se soucier de faire visite à
personne, et particulièrement aux citoyens généraux ou commissaires de la Convention. Le lendemain, il se remit en route par Nancy, Chau-
mont et Dijon, et arriva à Moulins. C'est là que
commençait le danger d'être reconnu.

D'abord, il n'avait plus d'argent. La prudence
la plus vulgaire n'avait pu l'empêcher de dépenser dès les premiers jours la modique somme que
son ami lui avait donnée pour la route. Roland,
toujours prodigue, administra si mal ce trésor,
qu'il entra dans Moulins presque aussi gueux que
Job. A peine lui restait-il un petit écu de trois
livres.

Un petit écu, c'est bien peu de chose pour qui
n'a jamais connu la misère; mais quelques mois
d'exil et quelques jours de prison avaient ensei-
gné la patience au marquis de Dives, et son insouciance naturelle faisait le reste. Il rencontra
une troupe de volontaires qui défilait gaîment
hors de la ville, le drapeau tricolore en tête et
chantant le *Chant du Départ.* Tout à coup une
idée bizarre lui traversa l'esprit. Il pensait à s'enrôler.

— Parbleu ! dit-il, après avoir eu la cuisse
traversée d'un biscaïen de la République, il serait plaisant que j'eusse le bras emporté par un
boulet prussien. Mais que dirait de cette aventure la sensible Sarah ?

Comme il faisait ces réflexions, il vit deux
bohémiens, homme et femme, qui paradaient devant le public. L'homme avalait son sabre et le
crachait en faisant de terribles grimaces. La
femme jouait de la guitare et chantait d'une voix
un peu aigre des romances mélancoliques. Une
foule nombreuse les regardait et leur jetait quelques sous.

La femme fit le tour de l'assemblée avec sa
sébile et s'arrêta devant Roland. Celui-ci, par
une vieille habitude d'homme riche, offrit à la
bohémienne le dernier écu qui lui restait. A cette
vue, les yeux noirs de la jeune femme étincelè-

rent de plaisir; elle prit l'écu, jeta sur Roland un long regard où se peignait la joie, la reconnaissance et au besoin l'amour, alla trouver l'avaleur de sabre, lui dit tout bas quelques mots, sortit du cercle et fit signe à Roland de la suivre.

Celui-ci, bien que fort étonné, ne se fit pas trop prier. La bohémienne était assez jolie, leste et bien tournée; elle souriait d'une façon gracieuse et montrait de fort jolies dents. Le pied était petit et la jambe — qu'une robe trop courte, hélas! et brodée de paillettes laissait voir jusqu'au genou — très-bien faite. L'imagination du marquis, toujours prompte à s'enflammer, rêvait déjà de cette divinité en jupon court.

A cent pas de la ville, elle entra dans un cabaret où Roland la suivit. Elle demanda du vin et deux verres, fit signe au marquis de s'asseoir, s'assit elle-même et ferma la porte. A ce début, Roland, ne doutant plus de sa bonne fortune, crut convenable d'épargner à cette vertu mourante le soin d'avouer sa défaite. D'un air aimable et empressé, il lui prit la taille et l'embrassa.

La jeune bohémienne éclata de rire, se dégagea de ses bras et lui dit :

—·Mon cher marquis....

A ces mots Roland l'interrompit.

— Est-ce que tu me connaissais déjà? dit-il, un peu inquiet des suites de cette aventure.

— Comment! tu es un vrai marquis? répliqua la bohémienne. Eh bien! je m'en doutais.

Roland roula sa moustache entre le pouce et l'index.

— Tu te connais en gentilshommes, ma toute belle, dit-il d'un air vainqueur.

— Je n'ignore rien de ce qui est écrit dans le livre du destin, dit la bohémienne d'un ton solennel.

— Et il est écrit dans le livre du destin que je suis un marquis? demanda Roland intrigué, malgré l'incrédulité qu'il affectait.

— Donne-moi ta main, reprit la bohémienne. Je vais te dire qui tu es, qui tu as été, qui tu seras.

— Parbleu, cela n'est pas bien difficile à deviner. J'ai été marquis et soldat du train; je t'aime à la folie, et je t'aimerai éternellement. Voilà le passé, le présent et l'avenir. Et maintenant, ma belle, puisque tu sais ma profession et mon amour, j'espère que tu ne me feras pas languir. Semons de quelques fleurs le chemin de la vie, comme dit M. de Florian, capitaine de dragons.

Et comme il joignait le geste à la parole, elle se dégagea de nouveau et lui dit :

— M'aimez-vous?

— Si je t'aime! dit Roland étonné de cette ré-

sistance imprévue; depuis un quart d'heure je
ne pense qu'à toi. Ton front est blanc comme la
neige et poli comme le diamant; tes cheveux
noirs sont des pins semés sur la pente des Pyrénées; tes yeux bleus, des étoiles; tes dents sont
plus belles que les perles du golfe Persique; ton
sourire est le chef-d'œuvre de la nature; et tu
demandes si je t'aime, ingrate!... A propos, comment t'appelles-tu ?

— Orange, du pays où je suis née. Ma mère
était une fille de Bohême comme moi, qui plut
au cardinal-légat et gouverna quelque temps le
comtat Venaissin. Le légat mourut, et ma mère
tomba aux mains d'un chevau-léger qui l'emmena
aux îles, où elle est morte. J'avais alors quinze
ans et dansais à merveille sur la corde tendue.
Un vieux musicien m'emmena chez lui et m'apprit à chanter en jouant de la guitare. Il voulait,
disait-il, me présenter au chevalier Gluck et faire
ma fortune à l'Opéra. J'eus la sottise de le quitter
pour un chenapan qui portait une échelle entre
ses dents et tenait une chaise en équilibre sur le
bout de son nez. Ces deux tours de force me
ravirent de joie. Bon sang ne peut mentir. Je
suivis le chenapan; j'appris à tirer les cartes, à
faire le saut périlleux et à faire désigner par mon
chien la personne la plus amoureuse de la société.
Je ramasse à grand'peine quelques sous qu'il

dépense au cabaret en un moment; je ne meurs pas tout à fait de faim, grâce à la générosité de quelques personnes de distinction, et si je ne puis éviter les coups de bâton, j'évite au moins l'ennui, qui est le plus grand des maux.

— Quel âge as-tu ?

— Vingt ans.

— Eh bien! quitte ce chenapan, et viens avec moi.

— Pourquoi faire? Si vous êtes marquis, vous serez bientôt lassé de moi; si vous êtes soldat, je vous embarrasserai; si vous êtes proscrit, car vous avez bien l'air d'un homme qui se cache, je vous ferai, ma'gré moi, découvrir.

— Tu raisonnes comme un sage, dit Roland. Aime-moi seulement une demi-heure, et partons. Aussi bien, je craindrais de t'associer à ma fortune.

— Quoi! dit-elle vivement, êtes-vous aussi pauvre que moi ?

— Mille fois davantage, ma belle, car cet écu que je t'ai donné était le dernier, et j'ai des besoins que tu ne connaîtras jamais. J'étais riche autrefois et grand seigneur; j'ai émigré; mes biens sont confisqués, et je viens, à grand-peine, comme le lièvre blessé, mourir au gîte.

— Quoi, vraiment, vous n'avez plus rien?

— Non, rien.

Elle se leva dans un transport de joie, frappa ses mains l'une contre l'autre, bondit sur la table, et fit en un moment mille cabrioles bizarres. Roland la regardait avec surprise.

— Mon cher marquis, dit-elle enfin en l'embrassant, tu me plais, et je t'aime. Tu n'as rien ; viens avec nous : tu seras libre, et la liberté vaut l'argent. J'ai là une perruque en filasse qui te déguisera à merveille ; tu seras paillasse ; tu chanteras des duos avec moi. Sais-tu jouer de la guitare ?

— Un peu.

— Comme cela se rencontre ! Justement je cherchais un guitariste, car Rodolphe est une brute qui ne sait qu'enlever des poids de cent livres avec les dents, mâcher des étoupes enflammées et avaler des poulets avec leurs plumes. Il manque d'élégance et d'usage du grand monde.

— Qui est ce Rodolphe ?

— Le chenapan qui m'a prise sous sa protection.

— Tu l'aimes ?

— Ah ! grands dieux ! un composé d'ail et d'eau-de-vie !

— Et tu le supportes ?

— Il le faut bien. Que ferais-je seule ? Qui me défendrait ? Il me bat souvent, je l'avoue ; mais il me bat seul, et malheur à qui me frapperait sous ses yeux !

— Est-il jaloux?

— Rarement; mais quand il l'est, il joue du couteau.

— Et tu veux m'associer à votre ménage?

— Ma foi, monsieur le marquis, la proposition n'est pas brillante, je le sais bien; mais elle est sûre. Qui vous cherchera sous l'habit d'un paillasse? Les derniers des hommes nous méprisent, et nous nous moquons d'eux. N'avons-nous pas pour palais la voûte étoilée des cieux?

— O ma belle Orange! dit Roland, ma vie est à toi; mais des affaires que je ne puis remettre m'obligent à te quitter ce soir.

Les discours de la bohémienne ne purent le décider à l'associer à son sort. Il se voyait déjà traînant à sa suite la belle Orange et Rodolphe, l'avaleur de sabres. Cette pensée refroidit son amour naissant et son goût pour les aventures de carnaval.

— Ne me laisserez-vous, dit-elle, aucun souvenir de cette rencontre?

Roland secoua tristement ses poches. Par bonheur, il avait encore une montre d'un grand prix.

— Ce bijou vous ferait découvrir, dit-elle. Et d'un geste rapide elle saisit la montre et l'enleva.

Le marquis lui demanda sa guitare en échange. Orange l'offrit de bonne grâce, l'embrassa et disparut. Roland la regarda courir vers Moulins

avec la rapidité d'une biche poursuivie par les
chasseurs, et reprit en soupirant le chemin de
Dives.

XXIII

O muses Piérides ! chantez avec moi le joyeux
cantique de l'exilé qui retrouve sa patrie. Roland
était le plus heureux des hommes ; il ne songeait
ni au passé, ni à l'avenir ; il était tout entier au
présent, c'est-à-dire au plaisir de revoir le château de Dives, et les montagnes paternelles, et
sa cousine.

— Quel dommage, disait-il, qu'une beauté si
parfaite ait les goûts d'un bénédictin ! car elle est
belle, il faut l'avouer ; et cette pauvre Sarah, qui
faisait à Mayence l'admiration des mangeurs de
choucroûte, est à peine digne de dénouer ses
brodequins. Chère Louise ! quelle triste figure
elle doit faire dans ce château si sombre, avec ce
vieux bonhomme de père qui a la goutte et qui lui
conte, pour toutes récréations, des histoires du
temps passé. Ma foi, j'ai bien fait de vivre et de
disputer ma peau à ces enragés de républicains.
Qui sait, Louise aussi, peut-être, me saura gré
d'avoir vécu.

Cette idée le fit sourire. Il hâta le pas et arriva dans un bourg que traversait la route. Il avait grand'faim et rêvait avec inquiétude aux moyens de souper sans argent.

— Que le diable emporte la bohémienne! pensa-t-il; avec ma montre, j'aurais soupé.

Comme il réfléchissait, deux hommes, l'un grand et l'autre petit, mais assez gros, lui barrèrent le passage. Le plus grand des deux était porteur d'un sabre immense et coiffé d'un tricorne. C'était un gendarme.

— Citoyen, dit-il d'un ton dur, donne-moi ton passeport.

Roland, sans dire un mot, obéit. L'homme au tricorne le regardait d'un air soupçonneux.

— Ton nom? demanda-t-il.

— Jacques Férou.

— Ton âge?

— Vingt-quatre ans.

— Ta profession?

— Patriote et soldat du train.

A ce moment, l'émigré s'aperçut que le gendarme avait déplié le passeport et le tenait à l'envers, tout en feignant de lire.

— Où est ton certificat de civisme? continua le gendarme.

— Au bas de mon passeport, répondit hardiment le marquis.

Le gendarme montra le passeport à son compagnon.

— Citoyen maire, dit-il, regardez vous-même si ce voyageur ne ment pas : j'ai oublié mes lunettes.

Roland craignit pour sa liberté. Le certificat de civisme était une invention nouvelle, que Custine avait oublié d'apposer au bas du passeport.

Le maire regarda longtemps le papier, puis l'émigré, qui sentit son sang refluer jusqu'au cœur. Allait-il retomber aux mains de l'ennemi, et échouer si près du port? Heureusement, le citoyen maire répondit d'un air indifférent :

— Le certificat est en règle; laissez passer.

Le gendarme partit.

— Citoyen Férou, dit le maire à Roland, vous venez de Mayence?

— Oui, citoyen maire.

— Et vous avez vu l'ennemi?

— Oui, citoyen.

— Pourquoi mentiez-vous devant le gendarme? Où est votre certificat de civisme?

Au mot de *mentir*, l'émigré rougit d'indignation.

— Monsieur, dit-il, fallait-il me laisser mener en prison, faute d'un maudit certificat?

— Allons, ne vous fâchez pas, jeune homme, dit le maire en lui frappant sur l'épaule; vous

avez sans doute pour le faire de bonnes raisons
que je ne vous demanderai pas. Avez-vous diné ?

— Non, je l'avais oublié.

— Eh bien ! venez chez moi. La bourse d'un
soldat n'est jamais trop garnie, et il est juste que
la République paie pour ceux qui se font estropier pour elle.

— Je vous remercie, dit Roland touché de
cette offre; je suis pressé de partir et de revoir
ma famille.

— Vous voulez rire. Il est nuit, et il fait un
temps à ne pas mettre un aristocrate dehors.
Allons, venez souper avec ma femme et mes
filles. Vous serez reçu comme l'enfant de la
maison. J'ai trois fils qui sont aux armées, et je
serais bien aise qu'on leur donnât l'hospitalité
quand ils ont faim.

Il fallait suivre ce brave homme. En un clin
d'œil sa femme et ses filles mirent à mort une
partie de la basse-cour, et le souper fut servi.
Roland mangea de grand appétit et but comme
un templier, excité par l'exemple du maire, qui
ne ménageait pas le vin. Au dessert, on mit les
coudes sur la table, et quelques voisins se présentèrent, attirés par le bruit qui s'était déjà
répandu de l'arrivée d'un soldat blessé. On parla
politique et philosophie; on raisonna sur la meil-
leure manière d'accommoder les prunes à l'eau-

de-vie, et sur le traitement qu'il conviendrait de faire subir à Cobourg et à Brunswick aussitôt qu'ils seraient pris, ce qui ne pouvait tarder, au dire de tous les assistants. Roland répondit avec aisance à toutes les questions, plaçant à propos son mot, et riant le premier des grosses plaisanteries des convives.

— Ah ! si mes amis de l'armée de Condé me voyaient ! pensait-il.

Enfin minuit sonna, et les dames donnèrent le signal de la retraite. Roland se leva comme elles.

— Restez encore un moment, dit le maire ; je veux vous dire deux mots.

Quand ils furent seuls :

— Quel métier faisais-tu avant d'être soldat, citoyen Férou ? demanda-t-il.

— J'étais menuisier, répondit au hasard le marquis.

— As-tu quelques économies ?

— Pas un sou.

— Et ta famille ?

— Je suis orphelin.

— Eh bien ! mon garçon, je suis géomètre-arpenteur, et j'ai trois filles à marier, que tu as vues ce soir. Chacune d'elles aura vingt mille francs le jour de son mariage. Choisis celle qui te plaira le mieux, et faisons la noce tout de

suite. Tu me plais, tu es un brave et bon vivant ;
reste avec nous. Mes fils sont partis, et peut-être
ne reviendront jamais ; j'en ai fait le sacrifice à
la République, bien malgré moi, Dieu le sait !
mais rien n'a pu les retenir quand ils ont vu la
patrie en danger. Tu prendras leur place, s'ils
ne doivent plus revenir, et s'ils reviennent, la
table est assez grande et la cheminée aussi ; tu
seras leur frère, et l'on se serrera un peu plus les
coudes.

Pendant ce discours, Roland vidait son verre à
petits coups, d'un air indécis.

— Citoyen, dit-il enfin, je ne veux pas mentir.
Ta proposition me charme et ferait mon bonheur,
si je n'avais pas une fiancée au pays...

— Eh bien ! n'en parlons plus, dit le maire
en trinquant, et buvons à la santé de ta fiancée.

Après ce toast, l'émigré alla se coucher, la
tête un peu appesantie. Le lendemain, il partit
de bonne heure, malgré les instances de toute la
famille.

— Voilà de bien bonnes gens ! dit-il. Si j'étais
menuisier, je prendrais racine ici avec mon ra-
bot ; j'aurais des douzaines d'enfants, comme ce
brave homme, et je serais maire à mon tour
dans une vingtaine d'années. Pourquoi non? Cela
ne vaut-il pas mieux que de courir sur tous les
grands chemins de France et d'Allemagne, à la

suite des Prussiens et de deux ou trois princes
sans cervelle ?

Aucune aventure extraordinaire ne marqua la
suite de son voyage. Partout, grâce à sa guitare,
à ses chansons, à sa bonne mine et à ses récits de
guerre, il trouva la plus généreuse hospitalité. Il
était ravi de cette vie nomade et oubliait peu à
peu ses biens confisqués, sa tête en danger et
l'objet même de son voyage.

Comme il connaissait parfaitement le pays, il
évita Dives, et, par un sentier peu fréquenté,
parvint à la grande avenue qui menait au château. Le soleil était couché quand il arriva sous
les fenêtres du vieil Adhémar, et il réfléchit au
moyen d'entrer sans être reconnu par les domestiques.

Il enfonça gravement son chapeau sur ses yeux,
et ouvrit la porte d'un air humble.

— Que voulez-vous ? dit un domestique.

— Je suis, répliqua Roland, un pauvre joueur
de guitare, et je demande l'hospitalité pour une
nuit. Je me suis égaré dans les montagnes.

On le fit entrer, et il s'assit près de la cheminée
de la cuisine en tournant le dos à la flamme. Une
lampe fumeuse jetait une faible clarté. On le distinguait à peine assis dans l'ombre.

— Voulez-vous souper avec nous ? dit l'homme
qui l'avait introduit.

Roland fit une légère grimace.

— J'ai soupé, répondit-il ; mais je jouerai volontiers un air de mon pays pour vous faire danser.

En même temps, il prit sa guitare et en tira quelques sons.

— De quel pays venez-vous ? demanda une servante curieuse.

— De la frontière d'Allemagne, où l'on se bat.

— Vous avez vu la guerre ?

— Je suis soldat. J'ai été blessé. On m'a donné un congé, et je joue de la guitare pour vivre.

Au mot de guerre, tout le monde dressa l'oreille. On fit cercle autour du nouveau venu.

Tout à coup le cercle s'ouvrit, et Mlle de Dives parut. Roland se leva d'un air respectueux.

— Voici, dit la servante qui avait déjà parlé, un soldat qui revient de la guerre.

Louise regarda le marquis sans le reconnaître, à cause de l'obscurité, et lui dit d'une voix douce :

— Monsieur le soldat, si vous voulez venir au salon, mon père sera bien aise de vous voir et de souper avec vous.

Roland la suivit sans dire un mot, entra dans le salon et referma soigneusement la porte. D'un geste il se dépouilla de son manteau et dit :

— Mon cher oncle, ma belle cousine, me reconnaissez-vous ?

A ces mots, tous deux l'embrassèrent tendrement.

— D'où sors-tu ainsi fagoté ? dit le comte.

— Avant tout, cher oncle, répondit Roland, faites-moi donner à boire, car mon récit sera long.

Ce récit terminé, avec toutes les réserves qu'imposait la présence de sa cousine :

— Où donc as-tu pris cette guitare ? demanda l'oncle. Je ne te savais pas si habile musicien.

— La nécessité est un grand maître, répondit le neveu. Au reste, je puis tout comme un autre râcler une guitare. Écoutez plutôt cette belle et mélancolique romance, chef-d'œuvre d'un poète qui est aujourd'hui fort à la mode.

En même temps il prit sa guitare, et d'une voix plus gaie que juste chanta le madrigal que voici :

Crois-moi, jeune et belle Ophélie,
Quoi qu'en dise le monde, et malgré ton miroir,
Contente d'être belle et de n'en rien savoir,
Garde toujours ta modestie.
Sur le pouvoir de tes appas
Demeure toujours alarmée ;
Tu n'en seras que plus aimée,
Si tu crains de ne l'être pas.

Mlle de Dives éclata de rire.

— Voilà les beaux talents que vous avez ac-

quis à Versailles, dit Adhémar avec mauvaise
humeur. C'est avec ces grâces qu'on a perdu la
monarchie.

— Et fondé la République, cher oncle, interrompit Roland. Ce beau chef-d'œuvre est de
M. Maximilien de Robespierre, ancien avocat
d'Arras, aujourd'hui le plus grand et le plus pur
de tous ces austères gredins qui se sont partagé
la France.

— C'est le ciel qui te ramène, dit Adhémar;
mais le pays n'est pas sûr. On pourrait te dénoncer. Tu vas, cette nuit, coucher sur la paille dans
la grange. Après un si long voyage, il est doux
de dormir n'importe où. Demain, tu prendras
congé de nous publiquement, et le soir je te ferai rentrer moi-même par une porte secrète. Tu
pourras attendre ici des temps plus doux : la République n'est pas éternelle.

Parmi tous ces discours, la soirée s'écoulait
rapidement. Roland ne pouvait se lasser de con-
templer sa cousine, qui était, il faut l'avouer, une
des plus belles républicaines que l'imagination
pût rêver. Les gens de Dives se la rappellent encore. Quelle beauté chaste et poétique ! quels
yeux bleus rayonnant de douceur et de gaîté !
quel sourire aimable et profond ! quelle grâce
divine dans tous ses mouvements ! En un quart
d'heure Roland devint passionnément amoureux.

Vers minuit, Adhémar s'endormit sur son fauteuil. Roland se pencha vers sa cousine et lui dit à demi-voix :

— Que vous êtes belle !

— Mon cher cousin, répondit-elle en riant, vous vous en avisez bien tard. Allez dormir.

En même temps, elle se leva, réveilla son père et se retira dans sa chambre.

— Viens avec moi, dit Adhémar. Et il fit conduire son neveu dans une grange voisine. Demain, nous parlerons de choses sérieuses, ajouta-t-il tout bas, pour n'être pas entendu du domestique qui servait de guide.

Le lendemain, Roland feignit d'aller à Dives et erra pendant toute la journée autour du château de son oncle. Vers le soir, il revint. Adhémar l'attendait et le fit entrer par une porte secrète dans une tourelle qui était inhabitée. Deux fauteuils, une table et un lit formaient le seul ameublement de la tourelle. Les fenêtres s'ouvraient sur la vallée de la Soreille et sur les montagnes.

— Ici, dit le comte, tu n'as rien à craindre, aussi longtemps du moins que je serai à l'abri des perquisitions domiciliaires et des attaques du capucin Barré.

— Que craignez-vous d'un capucin ? dit Roland.

— Bien plus que de tout autre. Sa condition passée lui impose le zèle, et ce gredin-là fait aujourd'hui le républicain, comme il faisait autrefois le jésuite. L'habit a changé, non le moine.

— Embrochez-le, dit Roland, ou souffrez que je me charge de cette laide besogne.

— Tu es un étourdi. Un capucin ne se bat pas, même défroqué. Je crains ses discours et ses intrigues ; je ne crains pas son courage. Devine ce qu'il osa me proposer, il y a six mois à peine.

— De vous faire couper le cou ?

— Mieux que cela. Le drôle voulait épouser Louise.

— Ma cousine ! un ex-capucin ! Et vous ne l'avez pas jeté par la fenêtre ?

— A quoi bon ? La proposition était légitime et même flatteuse.

— Flatteuse ! oh !

— Oui, flatteuse ! Ses vœux sont rompus ; il est libre, il est riche, il est administrateur du district ; il peut me faire couper le cou sous prétexte d'*incivisme*, et il prétend que tant d'avantages valent bien l'honneur de mon alliance.

— Mais c'est un abominable coquin, qu'il faut pendre dans les vingt-quatre heures.

— Attends encore un peu. Les gens de son parti nous en épargneront la peine. Déjà des patriotes, plus patriotes que lui, menacent de lui ôter

le prix de ses brigandages Imagine-toi Danton,
l'auteur des massacres de septembre, dépassé et
accusé d'indulgence par Marat. C'est ce qui
arrive à Barré. Il tient encore la corde ; mais
quelque chose l'arrête dans sa course ; il est
riche aujourd'hui. C'est un boulet qu'il s'est attaché au pied. Il est forcé d'aller toujours en avant,
et déjà il descend la pente ; il va glisser et tomber dans le précipice. Pour se maintenir au sommet, il s'accroche à tout ; mais c'en est fait : il
périra. Dieu veuille qu'il ne cherche pas à se
sauver en nous sacrifiant. Sa fureur qui redouble
annonce sa fin prochaine.

— Eh bien ! dit Roland, je vais aller droit à
lui, l'amener dans un coin, et là, seul à seul,
dire deux mots à ce misérable. C'est le fouet en
main qu'il faut parler à ces croquants.

— Bon ! et lui, le lendemain, lancera sur ta
piste tous les Jacobins de Dives. Reste ici, et ne
te fais voir à personne. Le plus sûr est d'attendre
en silence la fin de tout ce tapage.

— Laissez-moi lui couper les oreilles.

— Prends garde qu'il ne te coupe la tête. Ce
diable d'homme a des espions partout, et il est
tout-puissant. Un administrateur de district se
fait obéir à Dives comme le Grand-Turc à Cons-
tantinople. Je ne suis plus maître chez moi ; mes
amis m'abandonnent ; mes domestiques vont au

club et rendent compte à Barré de toutes mes actions. J'avais des chevaux magnifiques; on me les a pris pour remonter la cavalerie de la République; mes bœufs traînent les bagages de la République; mon argent habille et nourrit les fantassins de la République; toutes les réquisitions tombent sur moi. Mon blé est vendu au prix du *maximum* et payé en assignats qui perdent cinquante pour cent, et qui ne vaudront pas un sou dans quatre ou cinq ans; souvent même l'assignat est encore trop bon pour un aristocrate tel que moi, et l'on me paie en paroles. Cependant je vois des commis, des plumitifs de la dernière catégorie se faire fournisseurs des armées, et prendre à la fois mon argent et celui de la France.

— Et vous ne tombez pas, sabre en main, sur ces gredins-là! Vous avez bien dégénéré, cher oncle.

— Qui garderait ma fille?

— Moi.

Adhémar regarda son neveu en souriant.

— Tu es bien jeune pour un emploi qui demande tant de gravité, dit-il. Un homme de ton âge et de ton caractère peut garder sa femme, mais non pas sa cousine.

Ici Roland hésita un instant. Il était fort amoureux de Louise, mais il avait donné sa parole à Sarah. Disons à sa louange qu'il sut résister à l'offre déguisée qu'Adhémar lui faisait de sa fille ; mais il n'osa dire la véritable raison de son refus.

— Louise voudrait-elle de moi ? dit-il.

Au fond, il ne doutait pas d'avoir fait une profonde impression sur le cœur de sa cousine.

— Ma foi, je n'en sais rien, dit simplement Adhémar ; c'est à toi de t'en assurer.

— Vous savez que je suis ruiné de fond en comble ?

— Parbleu ! reprit le comte en colère, ce drôle-là, je crois, pense que je veux faire une affaire avec lui. N'es-tu pas le petit-fils de Gérard de Dives et le seul représentant mâle de la famille ? Cela me suffit. Tâche d'obtenir le consentement de Louise. La noce se fera quand vous serez d'accord.

L'offre était si séduisante que la vertu de Roland n'y put tenir plus longtemps.

— Ce sera donc bientôt, dit-il gaîment.

— Très-cher, reprit le père, quitte ces airs avantageux ; je t'avertis que Louise est fort difficile à persuader, très-fière et jusqu'ici très-peu prévenue en ta faveur.

— Tant mieux ; mon triomphe n'en sera que plus beau.

L'oncle et le neveu passèrent la soirée dans la

bibliothèque d'Adhémar, où les domestiques n'entraient jamais. Mlle de Dives vint les rejoindre, et la conversation fut très-gaie. On oublia bientôt le danger présent pour se livrer au plaisir de causer sans contrainte. Roland fit la cour à sa cousine. Il était étonné de ne trouver en elle aucune des grâces affectées et des minauderies de la province; les âmes simples et les esprits élevés échappent à l'influence des petites villes. Il essaya de deviner ses goûts, pour les flatter et gagner sa confiance. Il n'y réussit pas. Mlle de Dives le traitait avec amitié; mais Roland eut le chagrin de voir que ses flatteries les plus insinuantes venaient se briser sur elle.

— Quoi, disait-il en retournant dans la tourelle, une petite campagnarde me résisterait! Ne suis-je plus Roland, l'heureux rival de Lauzun et de Coigny?

— Mon futur gendre, se dit Adhémar, est un fameux étourdi; mais au moins, c'est un bon gentilhomme, aussi peu patriote que possible, qui ne remplira pas ma maison de petits sans-culottes.

Louise pensait à Reynier.

— Que fait-il à cette heure? Il donne son sang pour la patrie, et il m'aime. Pourrai-je jamais le revoir?

Sur cette réflexion, elle souffla sa bougie et s'endormit d'un profond sommeil.

Plusieurs mois se passèrent dans une tranquillité parfaite. Roland, toujours repoussé par sa cousine, et toujours plus amoureux, commençait à perdre l'espérance, mais non pas l'appétit. Adhémar le secondait de son mieux, mais inutilement, et Louise lisait les journaux avec anxiété, cherchant dans toutes les listes de morts et de blessés le nom de son amant. La tempête était proche.

XXIV

C'était au mois de juin 1793. Le citoyen Rodolphe, assis dans un misérable cabaret, près de Clermont, avalait, faute de mieux, son sabre en regardant de travers la belle Orange, qui, debout sur un pied, regardait la campagne avec la plus parfaite indifférence.

— Sais-tu que je n'ai pas soupé? dit Rodolphe avec humeur.

— Et moi, répondit Orange, je n'ai pas déjeûné. Le métier ne vaut rien.

— C'est ta faute. Tu fais la princesse, et tes robes de velours me coûtent les yeux de la tête.

— C'est bien à toi, ivrogne, répliqua la bohé-

mienne, de me reprocher mes robes. Monsieur
refuse de travailler et va boire tout le jour.

— Tais-toi, effrontée coquine ! répliqua Rodolphe. La main me démange !

— Gibier de potence !

A ces mots, Rodolphe brandit son sabre
comme pour lui couper le cou.

— Brigand ! scélérat ! assassin ! cria-t-elle de
toutes ses forces.

— Misérable gueuse ! dit-il, tu n'es pas digne
de mourir de la main d'un honnête homme.

Il posa son sabre sur la table et prit Orange
par les cheveux. Celle-ci se débattit violemment.
Dans la lutte, la montre que Roland avait donnée
à la bohémienne tomba sur le pavé. Rodolphe la
saisit.

— Où as-tu gagné cette montre ? dit-il.

— Je l'ai trouvée.

— Dans quelle poche ?

— Que t'importe ? Veux-tu la restituer ?

— Je veux la vendre.

— Tu ne la vendras pas, dit-elle en bondissant
comme une lionne qui a perdu ses petits. C'est
un bijou de ma mère.

— A d'autres, ma petite, dit Rodolphe. Quand
je te pris, tu n'avais pas un sou vaillant.

— Je l'ai achetée de mes économies.

— Tu mens !

Un soufflet récompensa la franchise de Rodolphe. Il le rendit sur le champ, et avec tant de force, que le visage de la belle Orange fut en un instant couvert de sang. Elle alla s'asseoir et pleurer dans un coin. Rodolphe en profita pour ouvrir la montre.

— Tiens, voici le nom du propriétaire, s'écria-t-il.

— Quel est ce nom? demanda Orange, curieuse et déjà consolée.

— Le marquis Roland de Dives. Où as-tu connu ce marquis-là?

— Si je te le dis, tu me rendras ma montre?

— Sur l'honneur, je te le jure! dit Rodolphe en étendant la main avec noblesse.

— Tu te rappelles ce soldat du train qui me donna un écu de trois francs.

— Si je me le rappelle! Nous avons joliment dîné ce jour-là! dit le paillasse, qui se lécha les doigts en souvenir de ce dîner.

— Eh bien! c'est lui qui m'a donné la montre.

— Gratis! Je ne crois pas ces histoires-là! Cherche encore.

— Oh! je lui ai dit la bonne aventure pour son argent.

— Ma fille, on a beau être marquis et soldat du train; on ne donne pas pour rien sa montre à la première venue. Il ne t'a rien demandé en échange? ajouta-t-il en regardant fixement Orange.

— Rien, répliqua-t-elle avec intrépidité.

— Orange, vous êtes une coquine! Orange, vous êtes une perverse! Orange, vous êtes une débauchée! Orange, vous êtes la honte de votre sexe et l'opprobre de votre nation! Orange, un jour ou l'autre vous ferez connaissance avec mon poignard! J'en atteste le Puy-de-Dôme et les monts Dore!

La bohémienne s'enfuit, mais il la rattrapa bientôt.

— Reste avec moi, dit-il, ou je te tue. Je devine quel est ton marquis. C'est quelque aristocrate qui s'est déguisé pour échapper à la vengeance des patriotes. Il n'échappera pas à la mienne. Où allait-il?

— A Paris, répondit Orange.

— Bon. Je puis parier à coup sûr qu'il allait du côté opposé. Tu es la plus effrontée menteuse que je connaisse... Ne réplique pas, ou je t'assomme.

Orange baissa la tête.

— Je le retrouverai, continua Rodolphe, et nous nous expliquerons à coup de sabre, je te le garantis. Allons d'abord à Dives; ce n'est pas loin d'ici, et je veux savoir avant tout où perche cet aristocrate.

C'est ainsi que les deux bohémiens partirent

17

pour Dives. Le jour même de son arrivée, Rodolphe, muni de la montre, alla voir Barré, l'administrateur du district.

Un *officieux* (c'était le nom des domestiques du temps), un peu étonné de la mine sauvage de l'avaleur de sabres, voulut le faire attendre dans l'antichambre.

— Va dire au citoyen administrateur, répliqua fièrement Rodolphe, qu'un patriote a droit de voir à toute heure les fonctionnaires de la République. Et toi, lis la devise qui est sur le fronton de tous les monuments publics : « Liberté, égalité, fraternité, ou la mort. »

A ces mots, prononcés d'une voix retentissante, l'*officieux* tremblant introduisit le nouveau venu dans le cabinet de son maître.

Barré, qui avait entendu les paroles de Rodolphe, se leva d'un air riant, donna une chaude poignée de main à l'étranger, lui présenta un fauteuil et, d'un air caressant, lui demanda en quoi un dévoué serviteur de la République pouvait lui être utile ou agréable.

— En rien, répondit rudement le pitre. Je viens ici pour sauver la patrie, et non pour te demander un service.

Cette réponse inquiéta Barré. Il n'ignorait pas que les gens désintéressés se vendent toujours plus cher que les autres.

— Tu fais mal ton devoir, continua Rodolphe.
Barré ouvrit la bouche pour se justifier.

— C'est bon, dit le paillasse. Je sais d'avance
ce que tu vas dire. Tu laisses les ennemis de la
nation préparer en silence leurs trahisons. Pitt et
Cobourg ourdissent leurs trames sous tes yeux;
tu es dupe, si tu n'es complice.

— On t'a mal informé, citoyen, répondit Barré
avec dignité : je....

— Je sais tout. Tu ménages les aristocrates.
Les émigrés parcourent librement le pays.

— Les émigrés ! Nomme-les; tu verras si je
crains de faire passer leurs têtes sous le grand
rasoir national.

— Le marquis de Dives est ici, et tu l'ignores.

— Le marquis de Dives ! Qui te l'a dit?

— Qu'importe? Je le sais.

— Depuis longtemps?

— Depuis six mois.

— Il faut qu'il soit bien déguisé, car nos Jacobins font mieux la police que les agents de
M. de Sartines.

— Il est venu habillé en soldat du train et
portant une guitare.

— Où s'est-il caché?

— Que sais-je? Cherche toi-même.

— Chez son oncle peut-être?

— Apparemment.

— Dans un instant je le saurai.

Barré sonna. Le domestique parut.

— Va chercher Ablette, dit l'administrateur du district.

Dix minutes après, Ablette parut. C'était un petit homme au museau de fouine, curieux, bavard, point méchant, avide d'argent, de vin et de nouvelles.

— Ablette, dit Barré, n'as-tu pas entendu parler d'un joueur de guitare qui a passé à Dives l'hiver dernier?

— J'ai fait mieux, dit Ablette. Je l'ai vu.

— A-t-il demeuré longtemps à Dives?

— Une heure à peine. Il a dîné et repris son bâton de voyage.

— De quel côté est-il allé?

— Je ne sais. Je lui ai offert un verre de vin. Il a bu sans rien dire. J'ai dit : « Vous êtes bien pressé, citoyen. » Il a murmuré entre ses dents quelque chose que j'ai mal entendu, et où se trouvait, je crois, le mot « imbécile. »

— Et tu l'as laissé partir sans le suivre?

— Je l'ai suivi, mais de loin, car il paraissait de mauvaise humeur, et j'aurais été fâché d'attraper un coup de bâton. A cinq cents pas de Dives, il a cru qu'on ne le voyait pas; il a tourné court et s'est jeté dans la montagne, du côté du château de Dives.

— Tu n'en sais pas davantage?

— Non, citoyen.

— C'est bien : tu peux t'en aller.

— C'est notre homme, dit Rodolphe. Il est allé se réfugier chez son oncle.

— Comment l'as-tu deviné?

— Je ne devine rien. J'ai fait des questions dans le cabaret où je suis logé. On m'a raconté l'histoire de toute la famille.

— Parbleu! dit Barré, tu rends un signalé service à la République!

— Et à toi. Je le sais : tu guettes les biens et la fille du vieux ci-devant.

Barré pâlit.

— Je ne guette rien, dit-il. J'aime la nation, et je donnerais ma vie pour elle.

— Connu! dit insolemment le saltimbanque. Au reste, je ne m'y oppose pas, pourvu que tu me paies bien.

— La République a peu d'argent dans ses coffres.

— Qui te parle de l'argent de la République? C'est celui du comte que je veux. A toi la fille et le château; à moi l'argent comptant et la tête du marquis.

Barré eut envie de faire mettre en prison le saltimbanque. Il tremblait devant cet effronté brigand. Celui-ci le devina.

— Avoue, dit-il, que tu voudrais bien me voir
au fond d'un cachot, à cent pieds sous terre.
Que faut-il pour cela? Deux gendarmes et ta signature; mais apprends, citoyen, qu'un homme
de mon espèce ne s'embarque pas sans biscuit.
Six de mes camarades attendent hors de Dives le
succès de l'entreprise. Si tes gendarmes mettent
la main sur moi, tu seras dénoncé demain au
citoyen Marat comme traître à la nation, et dans
huit jours guillotiné. Sois prudent!

— Tes menaces ne m'effraient pas, dit Barré.
Je suis fort de ma conscience; mais je pense,
comme toi, que tu rends service à la nation en
livrant un traître à l'échafaud. Dans deux jours,
le marquis de Dives sera fait prisonnier, et, avec
lui, ceux qui lui ont donné asile. La prison,
tu le sais, c'est la mort. Es-tu content?

— Je suis ravi. Quelle est ma part dans l'entreprise?

— La reconnaissance de la nation et le pil-
lage du château, s'il y a résistance.

— Hum! j'aimerais mieux quelque chose de
plus sûr, un traitement fixe par exemple.

— Une récompense nationale, peut-être?

— Non, dit Rodolphe, je suis plus modeste.
N'importe, compte sur moi. Je saurai me faire ma
part. Surtout livre-moi le marquis.

— De grand cœur. Où vas-tu?

— M'assurer qu'il est au château et surveiller la place... A propos, j'ai faim.

— Tu n'as pas dîné?

— Non.

— Va dîner à l'office.

— A l'office! Pour qui me prends-tu, citoyen administrateur? Es-tu trop aristocrate pour dîner avec moi?

Au mot d'aristocrate, Barré pâlit. De tous les crimes, l'*aristocratie* était le plus grand et, par malheur, le seul dont il fût impossible de se justifier. Où commence le démocrate et finit l'aristocrate? Soixante-dix ans de révolutions n'ont pas éclairci la question. Quelque répugnance qu'éprouvât l'ex-capucin à subir la compagnie du féroce saltimbanque, il fallut céder et régaler Rodolphe.

— Au revoir, citoyen, dit celui-ci en prenant congé de son hôte. J'ai royalement dîné. Je m'en souviendrai toute ma vie. Compte sur moi. Dans deux jours, tu auras la fille et la terre, et moi le marquis et l'argent.

XXV

Ainsi se séparèrent les deux amis.

Il était dix heures du soir. Les paysans et les domestiques du château étaient déjà couchés, suivant l'usage de la campagne. La nuit était belle. Le ciel, parfaitement pur et parsemé de scintillantes étoiles, éclairait faiblement la terre. L'odeur des foins fraîchement coupés et entassés dans la cour du château était enivrante. Une brise tiède et chargée du parfum des fleurs invitait à l'amour.

Roland, qu'un long séjour à Dives avait rendu moins timide, se promenait sans précaution dans le jardin avec Mlle de Dives. Ils s'assirent tous deux sous un berceau qu'entourait de ses longs plis la glycine chargée de grappes de fleurs. Là, pour la centième fois, Roland lui déclara qu'il l'aimait.

— Chère Louise, dit-il, la Providence elle-même semble avoir pris soin de nous séparer du monde pour nous unir plus étroitement l'un à l'autre. Je vous aime passionnément, et rien ne m'a été plus cher que vous. Laissez-moi du moins

quelque espoir, et si vous refusez un mari, c'est-
à-dire un maître, n'éloignez pas un ami.

— Je ne vous éloigne pas, mon cher Roland,
répondit-elle d'une voix douce et ferme; mais je
ne puis pas vous aimer. Ne me pressez pas davantage si vous voulez conserver mon amitié.
N'abusez pas du désir qu'a mon père de vous
garder près de lui; soyez pour lui et pour moi
un appui, un défenseur, un ami; n'allez pas plus
loin... Mon cœur est à un autre, ajouta-t-elle
avec effort.

— A qui? demanda Roland, étourdi de cette
confidence imprévue.

— A votre ami Reynier.

Alors, en peu de mots, elle lui dit l'origine et
les progrès de cet amour. Elle ne dissimula pas
l'obstacle qu'imposait la volonté de son père.

— Vous voyez, ajouta-t-elle, que je ne puis
plus vous entendre. Vous devez à votre ami et à
moi de ne plus me parler d'amour.

Roland garda quelque temps le silence, un
peu humilié de cette confidence. Cependant,
comme il était naturellement généreux et insou-
ciant, il se consola promptement de n'avoir pu se
faire aimer de sa cousine. Il résolut même de
faire mieux et de contribuer à son bonheur.

— Comptez sur moi, chère Louise, dit-il enfin.
Je ne serai pas ingrat envers Reynier, et je ne

vous importunerai pas plus longtemps de mon
amour. Je veux moi-même parler à votre père et
vous unir à votre amant. Je veux que votre bonheur vous vienne de moi.

Au même instant, Adhémar vint les rejoindre.

— Cher oncle, dit Roland, j'ai l'honneur de
vous demander la main de ma cousine...

— Pour toi? Accordé si elle consent.

— Non. Pour un de mes amis que vous connaissez comme moi, Henri Reynier.

— De quoi te mêles-tu? dit brusquement le
comte. Épouse Louise ou ne l'épouse pas, c'est
ton affaire; mais ne t'avise pas de la marier sans
mon consentement. Sais-tu qui est ce Reynier?
Un petit chirurgien de village qui fait le Décius,
qui va tirer quelques coups de fusil à la frontière,
et qui reviendra couvert de gloire pour m'enlever
ma fille. Son père était procureur, son frère est
procureur, et lui il est *frater*. N'est-ce pas là un
beau parti? Peu d'argent, un nom obscur, une
profession ridicule, une imagination folle, un
cerveau dérangé, des discours emphatiques où,
si l'on retranche les mots patrie et liberté, on ne
trouve pas deux idées : voilà le bilan de ce grand
citoyen.

— Il peut devenir général, dit Louise.

— Et quand il deviendrait maréchal et pape,
que m'importe? En est-il moins croquant, fils,

frère, oncle, neveu de parfaits croquants qui devraient cirer mes bottes, et qui se sont mis en tête de ceindre un sabre et des éperons comme Charlemagne et ses douze preux ? Cela fait pitié, vraiment.

— Mais, dit Louise, ces croquants, comme vous dites, mon père, font merveille contre les Autrichiens et les Prussiens.

— La belle affaire ! Qu'est-ce que ce Brunswick ? Un vieux reste de la guerre de sept ans. Et ce Cobourg, ce Clairfayt, des généraux de parade, à demi-usés, la monnaie des Daun, des Laudon, du grand Frédéric. Avec mille cavaliers, je voudrais balayer toute cette canaille.

Mlle de Dives vit bien qu'il ne fallait pas contredire son père et cessa de parler politique ; mais Roland prit à son tour la défense de son ami et plaida si chaleureusement sa cause, que le comte, à demi-vaincu, s'écria :

— Qu'il revienne au moins ; qu'on le voie, et je saurai ce que je dois faire.

Au même moment, une ombre parut à l'extrémité du jardin, et des pas se firent entendre. Adhémar s'avança seul vers le nouveau venu.

— Chère Louise, dit Roland à voix basse, vous voyez à quel point je vous aime.

Elle lui serra doucement la main, et il retourna dans sa tourelle, en se cachant derrière les arbres pour n'être pas vu du visiteur qui s'avançait avec Adhémar vers le berceau.

— Mon enfant, dit Adhémar à sa fille, voici M. Charles Reynier, procureur-syndic de Dives, qui vient nous voir.

— Parlez plus bas, dit le procureur-syndic. On peut m'avoir suivi et nous écouter.

Il ne se trompait pas. Une ombre parut sur le sommet du mur, penchée et écoutant la conversation sans être vue. Mlle de Dives se leva pour rentrer au château.

— De quoi s'agit-il encore? dit le comte d'une voix brusque et irritée. En veut-on à mes chevaux, à mes bœufs à mes prairies, à mon château ou à moi-même?

— Monsieur, dit le procureur-syndic, je ne suis pas un ennemi, vous le savez. Je viens vous avertir qu'un grand danger vous menace. Vous êtes suspect.

— Qui n'est pas suspect en France, à présent?

— On sait que votre neveu est ici.

— Qui vous l'a dit.

— Barré, qui est votre ennemi personnel, qui vous fait surveiller et qui espère vous prendre en flagrant délit de violation des lois de la République.

— Il vous l'a confié?

— Par force. C'est moi qui suis chargé de

mener les gendarmes et de faire arrêter le marquis et vous-même, si vous faites la moindre résistance.

— Et vous obéirez ?

— Monsieur, c'est mon devoir; mais je ne veux pas affliger un vieux gentilhomme. Dites à votre neveu de fuir pendant la nuit : qu'il vienne chez moi chercher un asile; je le cacherai à tous les yeux; je lui donnerai un passeport, et je l'enverrai en Espagne. Par là tout est sauvé. Barré n'a plus de prise sur vous.

— Je vous remercie, monsieur, dit froidement Adhémar. Je n'ai rien à cacher. On peut venir chez moi à toute heure.

— Réfléchissez.

— J'ai réfléchi. Votre conseil est excellent, et je le suivrais avec plaisir si mon neveu était ici; mais il est en Allemagne, vous le savez comme moi.

Le procureur-syndic garda quelque temps le silence.

— Monsieur, dit-il enfin, vous vous défiez de moi. Vous avez tort. Je suis votre ami plus que vous ne pensez. J'obéis, en vous sauvant, à la volonté de mon frère.

A ces mots, le comte se leva, indigné de devoir la vie à la protection de Reynier.

— Brisons là, dit-il. Vos intentions sont excellentes, mais je ne crains rien. Monsieur, j'ai l'honneur de vous saluer.

— Au moins, dit le procureur-syndic, soyez averti que les gendarmes viendront après-demain au château avec un mandat d'amener.

— C'est bien ; je les attends à toute heure. Pourquoi ne viendront-ils pas demain ?

— Parce que l'ordre n'est pas encore signé par le comité révolutionnaire du département.

— Eh bien ! monsieur, j'aurai le plaisir de vous recevoir après-demain.

A ces mots, le comte se leva et sortit du jardin, suivi du procureur-syndic. L'ombre qui les écoutait, à demi-couchée sur le mur, descendit à son tour de ce poste fatigant et courut du côté de Dives, sans être remarquée.

Le procureur-syndic s'éloignait lentement.

— Peste soit du vieil entêté ! pensait-il. Son obstination va lui coûter la vie, aussi bien qu'à ce marquis que Dieu confonde, et pour qui je viens de risquer ma tête et mon cou. Tout est perdu, et mon pauvre frère m'accusera de n'avoir rien fait pour protéger sa maîtresse ! Au diable les comtes, les marquis et les petites filles aux yeux bleus qui font tourner la tête aux plus sages !

Tout en grommelant, il commençait à descendre l'avenue, lorsqu'une petite main se posa sur son bras, et une voix d'une douceur incomparable lui dit :

— Monsieur le procureur-syndic, que veniez-vous dire à mon père, s'il vous plaît ?

— Je venais le sauver, mademoiselle, dit le procureur en reconnaissant Louise de Dives. Il m'a reçu comme un ennemi.

Et il expliqua le danger qui menaçait toute la famille.

— Vous connaissez la loi, dit-il. Celui qui cache un émigré est puni de mort, et ses biens sont confisqués.

— Mon père a eu tort de se défier de vous, monsieur, dit Louise; mais moi, j'ai confiance. Que faut-il faire?

— Donner au marquis la clé des champs. Qu'il parte cette nuit ou la prochaine, sans regarder derrière lui. Je l'attendrai à minuit dans ma maison. C'est la seule où l'on oubliera de le chercher. Dans quelques jours je lui donnerai de l'argent, des habits, un déguisement, un faux passeport, et je l'enverrai à Barcelone, où j'ai des amis.

— Vous nous sauvez tous, monsieur ! dit Louise, émue des offres du procureur.

— J'avoue, mademoiselle, dit celui-ci, que je ne risque pas sans répugnance ma tête pour sauver celle de votre cousin; mais mon frère l'a voulu.

— Il... se porte bien ? demanda-t-elle en tremblant.

Le procureur-syndic sourit.

— Oh ! à merveille, et il vous aime plus que le ciel, la terre et les étoiles.

Les ténèbres de la nuit l'empêchèrent de voir la rougeur de la jeune fille.

— J'espère, dit-elle enfin, qu'il viendra quelque jour revoir ses amis.

— C'est son vœu le plus cher, mademoiselle. Et, tenez, si je ne me trompe, j'ai sa dernière lettre dans mon portefeuille. La voici ; lisez vous-même.

Là-dessus, sans prendre congé ni donner à Louise le temps de la réflexion, il glissa la lettre dans sa main et partit.

Il faut avouer qu'elle ne chercha pas à le retenir. Son cœur battait d'impatience, de désir et de crainte. Elle courut au château ; à peine entrée dans sa chambre, elle mit le verrou et lut la lettre suivante :

Mayence, 15 mai 1793.

« Mon cher ami,

« Je t'écris pour la vingtième fois, mais j'ignore si cette lettre te parviendra. Nous sommes bloqués depuis quinze jours dans Mayence, et nos courriers passent à grand'peine à travers l'armée prussienne. Nous faisons des sorties tous les jours, nous tuons des hommes, nous comblons des tranchées, nous enclouons des canons, et nous soutenons de notre mieux l'honneur de la République.

« Hier, c'était mon tour de sortir avec mon bataillon, car le hasard et quelques coups de sabre que j'ai distribués à droite et à gauche, sans regarder personne (quelle occupation pour un chirurgien et un ami de l'humanité !), m'ont fait donner un avancement que je ne cherchais pas. Nous sortîmes sans avoir déjeûné (on ne peut pas avoir tous les plaisirs à la fois), et nous entrâmes dans les tranchées de l'ennemi. Mon cher ami, je ne sais ce que tu en penseras, et si ton âme philosophique n'aura pas quelque dédain de gens si prosaïques. Devine ce que nous cherchions, moi le premier? La gloire et la mort? vas-tu répondre. Point du tout ! Le butin? Encore moins ! Qu'importe quelques vieilles paires de bretelles ou des souliers à demi-usés qu'on arrache à de pauvres diables après les avoir envoyés en paradis ! Non, ce n'est pas cela. Tous cherchions du pain, s'il faut l'avouer, et j'aurais donné mes épaulettes de chef de bataillon pour un plat de lentilles, comme le pauvre Esaü.

« Kléber, qui commandait l'attaque et marchait en tête de la colonne, nous dit : « Mes chers amis,

« les Prussiens ont du pain, du jambon et de l'eau-
« de-vie. Nous dînerons dans leurs tranchées. »
Cette harangue toute militaire a produit le plus bel
effet du monde, et je doute que celles de César
aient jamais donné plus d'ardeur à ses légions.
La faim fait sortir le loup du bois.

« Du premier élan, en quelques minutes, nous
avons pris deux batteries, tué une centaine
d'hommes et comblé les tranchées. Pendant ce
temps, les gens prévoyants cherchaient dans les
sacs des Prussiens. Par un bonheur surprenant,
ces malheureux n'avaient pas encore déjeûné;
les marmites étaient sur le feu; on sentait de
loin l'énivrante odeur de la choucroûte... O mon
ami, il faut manger des chiens et des chats depuis quinze jours, et encore ne pas s'en rassa-
sier, pour connaître la divine béatitude de l'homme
qui se trouve en face d'un plat de choucroûte
fumante.

« Cependant les Prussiens arrivaient en force.
Dix mille hommes allaient tomber sur nous;
Kléber a fait retraite. En cinq minutes on a
emballé tout ce qui valait la peine d'être emporté. C'était un spectacle touchant que de voir
officiers et soldats se disputer la corvée et le
doux fardeau des marmites. L'opération a fort
bien réussi. Kléber et moi nous marchions les
derniers, couvrant la retraite et ne portant rien,

par respect pour les convenances, dont j'enrageais.

« Grâce au ciel, cependant, nous avons déjeûné d'une façon splendide. Les camarades nous regardaient avec envie. Merlin (de Thionville), le conventionnel, qui est avec nous dans la place, a demandé par faveur à tremper sa cuiller dans notre potage. On l'a laissé faire, bien qu'avec peine. Ses yeux étincelaient de plaisir.

« Voilà, mon cher ami, les événements de ma nouvelle existence. Aurons-nous du rat ou de la choucroûte? ou n'aurons-nous rien à nous mettre sous la dent? Il est temps d'en finir, cependant. La moitié de la garnison est morte ou à l'hôpital; le reste ne va plus que d'une aile. Nous n'avons ni vivres, ni médicaments. Les pauvres Mayençais, qui nous ont reçus avec tant d'amitié, crèvent, comme nous, par centaines. Nous avons fait le sacrifice de nos vies à la patrie; mais comment supporter le spectacle de ces femmes, de ces enfants qui meurent sous nos yeux faute de secours? Si Custine n'avance pas, Mayence est perdue.

« Ce sont là nos plaisirs. Quand pourrai-je, laissant la gloire et les lauriers, et mes épaulettes à qui voudra les prendre, vivre en paix avec toi dans nos chères montagnes? Quand verrai-je celle que mon cœur adore, et à qui je sacrifierais

tout, hors la patrie? Que fait-elle aujourd'hui,
cette chère Louise, la plus belle et la plus pure
des filles des hommes? Pense-t-elle à moi, qui
n'ai de pensées que pour elle? Attend-elle mon
retour? Maudit-elle la guerre qui me tient éloi-
gné, et le roi de Prusse qui me force d'expédier
à coups de baïonnette ses tristes sujets dans un
monde meilleur? Absente ou présente, je la vois
et je l'adore: m'aimera-t-elle toujours? O chère,
délicieuse et bien-aimée créature, je voudrais
passer ma vie à tes genoux !

« Il me semble parfois que je rêve et que ce
bonheur est impossible. Elle m'aime pourtant,
elle me l'a dit ; je n'en puis douter. Elle m'aime !
O puissances éternelles, soyez bénies, vous qui
avez donné la femme à l'homme et l'amour à
tous deux pour adoucir ce cruel pèlerinage auquel nous sommes condamnés sur la terre. Un
jour viendra, je l'espère, car cette guerre n'est
pas éternelle, un jour où nous rentrerons dans
nos maisons, où nous reverrons ceux qui nous
aiment et que nous aimons, où nous jouirons de
la patrie, de la liberté, de nos amis et de nous-
mêmes.

« Je vois d'ici notre foyer, aujourd'hui muet,
égayé par cette chère présence. Louise sera ta
sœur et ton amie; nous travaillerons ensemble
tous les trois, moi pour elle et pour l'huma-

nité souffrante, et toi, homme sérieux, pour la
patrie. Tu appliqueras la loi ; tu chercheras la
justice ; tu travailleras à faire ce code que la
France demande et que l'Europe attend des lé-
gislateurs philosophes. Moi, plus modeste, j'irai
dans les campagnes : je guérirai le triste paysan,
toujours malade du corps et de l'âme, je le con-
solerai du moins, je lui donnerai des secours ; je
lui enseignerai la pratique des vertus sociales et
cette religion nouvelle qui commence à sortir des
débris de l'ancienne ; j'agrandirai l'horizon trop
resserré du monde, et quelque jour on mettra
sur mon tombeau : « Ci-gît un ami de l'humanité. »

« Mais elle, quel rôle lui réserverons-nous, à
cette déesse charmante du foyer domestique,
à cette beauté divine, à cette grâce touchante, à
ce cœur si pur et si tendre ? N'est-ce pas d'elle
que nous recevons la force, la lumière, le courage, la sagesse et l'invincible persévérance ? C'est
elle qui dirigera nos efforts, qui nous soufflera le
feu divin, qui nous montrera l'idéal au loin sur
le sommet de la montagne inaccessible où siége
l'Éternel. C'est elle qui, le soir, dans nos longues
causeries, nous enseignera le beau et le bien, et
nous inspirera l'amour de nos semblables et de
la vertu. Oh ! qui me donnera d'arriver dans ce
pays fortuné où elle respire, dans ces montagnes

sombres qu'elle éclaire de son regard, dans ce
vieux château dont elle est la reine? »

Nous passons sous silence le reste de la lettre.
Ceux qui ont aimé l'imagineront sans peine. Ceux
qui n'ont pas eu ce bonheur ne sont pas dignes
de le connaître. Il suffit de dire que Mlle de Dives
versait des larmes de joie. Le *post-scriptum* seul
lui donna quelque envie de rire. Le voici :

« As-tu des nouvelles de Roland, marquis de
Dives, et mon grand ami, que j'ai eu la fâcheuse
idée d'envoyer à Dives avec un passeport? S'il
n'est pas arrivé, je crains pour sa vie; et s'il est
arrivé, je crains pour mon bonheur. Le comte
de Dives ne veut pas, m'a-t-on dit, d'autre gendre. Heureusement, j'ai sous la main une petite
Allemande, Mlle Sarah de Kransperg, qu'il a promis d'épouser et qui ne le lâchera pas. S'il
menace mon bonheur, avertis-moi : je ferai donner
à tout prix la clé des champs à la petite Sarah,
qui ne demande pas mieux que de courir après
Roland, et le pauvre garçon, que j'aime d'ailleurs
de tout mon cœur en tout ce qui ne concerne pas
l'intérêt de mes amours, sera marié à sa belle
sans avoir seulement le temps de dire : Ouf! Au
reste, ce n'est pas un mauvais parti. Elle a
quinze millions, le titre de baronne et plus de
deux cents quartiers de noblesse. Son grand-
père était Abraham. »

— Ah! mon cher cousin, dit Louise en riant,
vous traînez après vous l'Allemagne, et vous offrez
votre cœur à la France! Eh bien, c'est moi qui
veux vous marier de ma main. A la première
rencontre, je vais le faire israélite et baron.

Tout en riant, elle serra soigneusement la
lettre et alla retrouver son père. Le temps pressait. Il s'agissait de sauver Roland.

XXVI

L'oncle et le neveu délibéraient. Tous deux, en
voyant entrer Louise, voulurent cacher leur inquiétude et gardèrent le silence.

— Je sais tout, dit-elle en tendant la main à
Roland. Le danger est pressant; il faut fuir et
vous fier à cet honnête homme. Partez cette nuit
même.

En un quart d'heure tous les préparatifs du
départ furent terminés. Adhémar donna à son
neveu cent louis en or, somme énorme en ce
temps d'assignats, et lui faisait déjà ses adieux,
lorsqu'un homme de mauvaise mine entra dans
la tourelle sans faire de bruit. C'était le vindicatif
ami d'Orange.

A cette vue, Roland saisit un pistolet chargé
qui était déposé sur la table et se tint prêt à
tirer sur le nouveau venu.

— Qui êtes-vous? demanda le comte avec
hauteur.

Rodolphe, qui avait vu le geste de Roland,
n'en parut pas ému. Il s'avança d'un air indifférent et intrépide.

— Ami, dit-il. Ne tirez pas. C'est le procureur-
syndic de Dives qui m'envoie.

A ces mots, toute défiance disparut, et Roland
désarma son pistolet.

— Quelle marque pouvez-vous donner de votre
mission? demanda le prudent Adhémar.

— Je vous répéterai, si vous voulez, l'avis
qu'il vous a donné il y a deux heures.

En effet, il répéta la conversation qu'il avait
écoutée, couché sur le mur du jardin.

— Bien, dit le comte; parlez maintenant.

— Le procureur-syndic m'envoie vous avertir
que la perquisition domiciliaire ne peut se faire
qu'après-demain, et qu'il n'est pas nécessaire de
quitter le château cette nuit. Sa maison n'est pas
encore prête à vous recevoir. Demain soir, il
viendra lui-même vous chercher. Il faut qu'il
prépare les gens de sa maison à voir, sans être
étonnés, une figure nouvelle.

Cette raison parut fort naturelle au marquis et

même à son oncle. On remercia le prétendu mes
sager; on le paya d'un louis, et on le renvoya.
Rodolphe revint à Dives au pas gymnastique. La
nuit était bonne. Il tenait sa proie.

Bien qu'il fût une heure du matin, il n'hésita
pas à frapper à la porte de Barré. En ces jours
terribles, la vie de tous les citoyens était sans
cesse livrée au hasard. Au bruit du marteau,
Barré s'éveilla en sursaut, craignant une attaque
nocturne ou un ordre d'arrestation. La vue de
l'avaleur de sabres ne le rassura guère.

— Qu'as-tu donc, citoyen? tu es tout pâle,
demanda Rodolphe. On dirait que tu caches quelque chose aux amis de la République. La maison
d'un bon citoyen doit être de verre, suivant la
belle parole de cet ancien que citait Collot-d'Her-
bois, un fameux patriote, celui-là, un patriote
dans mon genre.

— Regarde la pendule, dit Barré en s'efforçant
de rire. Que diable fais-tu dans les rues et sur
les grandes routes, au lieu de dormir à l'aise
comme les citoyens vertueux ?

— Je veille au salut de la République, répliqua
le paillasse d'une voix tonnante. Et toi, cesse de
te frotter les yeux et de bâiller. Pendant que tu
dors, on trahit.

— Qui trahit-on ?

— Toi, moi, toute la République.

« Voilà une monomanie inquiétante, pensa
Barré; ce diable d'homme, avec ses prétendues
trahisons, va me jouer un tour pendable. Ma tête
ne tient qu'à un fil. »

— Le moyen de l'empêcher, dit-il tout haut.
Et d'abord, quel est le traître ?

— Le procureur-syndic du district, Reynier,
qui avertit le vieux ci-devant de Dives qu'on va
faire chez lui une visite domiciliaire.

— Diable ! le cas est pressant, dit Barré, qui
craignit de voir s'échapper sa proie. Le procureur-syndic me le paiera de sa tête.

— Oui, mais l'oiseau sera déniché. Que m'importe, à moi, la tête d'un procureur, si je perds
ma vengeance ?

— Je suis forcé d'attendre la décision du
comité révolutionnaire du département.

— Quand viendra-t-elle ?

— Après-demain, de bonne heure.

— Il faut arrêter le marquis aujourd'hui même.
C'est un prodige que j'aie su l'empêcher de fuir
cette nuit.

Il raconta la ruse dont il avait usé pour retenir
Roland au château.

— Le procureur, dit-il en riant, sera bien
étonné d'apprendre l'usage que j'ai fait de son
nom.

Barré réfléchit un instant.

— Je n'ai pas d'ordre du comité; l'affaire est manquée.

— Il faut passer outre, dit le paillasse. Le comité approuvera tout.

— Je suis le gardien de la loi, répliqua Barré. Je ne veux pas donner l'exemple aux mauvais citoyens.

Rodolphe se rongeait les ongles de fureur.

— Et moi, dit-il, je te dénoncerai à l'*ami du peuple* comme le complice des émigrés et des traîtres. Tu apprendras de moi à suivre l'esprit et non la lettre des lois.

L'administrateur pâlit. Comme tous les gens qui ont fait fortune, il avait perdu peu à peu l'audace qui d'abord le servait dans ses entreprises. La révolution l'effrayait. Tout entier à l'heure présente, il tremblait pour ses biens, si récemment acquis, et pour sa vie. Esclave misérable de la peur, il masquait d'un reste d'audace sa mortelle inquiétude. Il aurait voulu faire sa paix avec le passé; il aurait sacrifié volontiers la République au soin de sa propre vie; mais la destinée le poussait en avant malgré lui. Il craignait de perdre la faveur des clubs, de laisser à d'autres l'utile monopole du patriotisme.

Il regarda Rodolphe en silence. Celui-ci le guettait, comme un tigre sa proie.

— Le salut du peuple est la suprême loi, dit

Barré. Je vais signer l'ordre d'arrestation. Le comité révolutionnaire jugera ma conduite. Quoi qu'il arrive, j'aurai fait mon devoir. J'offre ma vie à la République.

L'avaleur de sabres poussa un éclat de rire sec et strident comme le bruit d'un fusil qu'on arme.

— Citoyen administrateur, dit-il, je suis garant que la République n'a pas de meilleur patriote que toi. Signe l'ordre. Je me charge de l'exécution.

Barré plia, bien qu'indigné de subir l'ascendant de ce sauvage. Il baissait les yeux devant le regard impérieux de Rodolphe.

Quand il eut signé :

— Demain matin, à huit heures, je viendrai te chercher avec les gendarmes et la garde nationale. Tiens-toi prêt à prendre le commandement, dit le paillasse. Il faut que l'expédition soit terminée à dix heures. Jusque-là, dors sur les deux oreilles.

En même temps il sortit.

« Ma foi, pensa Barré en se remettant au lit, l'affaire est faite sans que je m'en mêle. La Providence travaille pour moi. Le marquis va résister. On le prendra, on le guillotinera avec son oncle. Je m'en lave les mains. La petite sera mise en prison, aura peur et se jettera dans mes bras en me priant de la sauver. Elle est charmante, et, si je puis arracher sa fortune aux mains de la nation, ce sera la plus riche héritière du département et une épouse adorable. Tout va bien. Fasse seulement le ciel que cet odieux paillasse ait la tête cassée dans l'expédition de demain ; mon bonheur sera complet. »

Sur ces réflexions, Barré enfonça son bonnet de nuit sur ses yeux et dormit du sommeil des justes.

XXVII

L'aurore aux doigts de rose entr'ouvrait à peine les portes de l'orient lorsque la belle Louise de Dives s'habilla pour aller retrouver son père. Les rossignols chantaient sur la cime des arbres de l'avenue ; les fauvettes gazouillaient dans la forêt voisine ; les grands bœufs muets, à l'œil doux et triste qui semble regretter l'amour, paissaient tranquillement dans les prairies ; toute la nature semblait pleine de bonheur et de sécurité. Seule Mlle de Dives, agitée d'une vague inquiétude, n'avait pu dormir. Elle craignait pour Roland ; elle craignait encore plus pour son père ; le moindre bruit l'effrayait et lui paraissait être l'avant-coureur de la mort.

Adhémar, à peine habillé, la reçut d'un visage
tranquille.

— Tu as mal dormi, ma chère enfant, dit-il
en l'embrassant ; je le vois à tes yeux qui sont
moins vifs qu'à l'ordinaire. Chasse les mauvais
rêves. Roland ne court aucune risque jusqu'à demain, et ce soir nous le mettrons en sûreté.

Elle s'efforça de sourire, et tous deux, se trom-
pant l'un l'autre, feignirent une gaîté extraordinaire. Ils déjeûnèrent avec Roland, qui riait franchement de la triste figure que devaient faire le
lendemain Barré et les gendarmes. L'oncle et le
neveu burent à la santé du roi Louis XVII, et
prièrent Louise de leur tenir tête, ce qu'elle refusa, pour ne pas manquer à la religion de son
amant, car en ce temps-là la politique était une
religion aussi sacrée, aussi fanatique, aussi into-
lérante que l'autre. Adhémar n'y prit pas garde
et chanta gaîment des couplets sur Danton, Robespierre et Marat, les *triumvirs*, comme on disait alors.

Tout à coup la porte s'ouvrit, et une jeune
femme vêtue de vêtements bizarres, parmi lesquels le maillot, la soie et le velours remplaçaient
mal la chemise absente, se précipita dans la salle,
et, sans saluer ni regarder personne, courut droit
à Roland. C'était la brune Orange.

— Sauvez-vous, dit-elle, voici les gendarmes!

A ce mot, le marquis posa son verre sur la table et se leva.

— C'est impossible ! s'écria-t-il.

Mais déjà il boutonnait son habit et cherchait ses armes. Adhémar suivit son exemple.

— Fuyez, Roland, s'écria Louise, par ce sentier escarpé qui descend dans la vallée ; et vous, mon père, par grâce, laissez ces pistolets. Voulez-vous me faire mourir de douleur ?

— On ne me prendra pas vivant, dit Adhémar, Sont-ils encore loin ?

— A cent pas d'ici, dit Orange. C'est Rodolphe qui les conduit.

— Quel Rodolphe ? demanda le comte.

— Mon amant, un traître qui déteste M. le marquis et qui veut le tuer ; c'est lui qui est venu hier après le départ du procureur-syndic ; c'est lui qui vous a dénoncé à Barré. C'est par lui que vous allez périr. Je l'ai su ce matin seulement. Il n'a pu me cacher sa joie et ce qu'il appelle sa vengeance. J'ai couru hors d'haleine jusqu'ici. Sauvez-vous.

Tout en parlant, elle saisit Roland par le bras et l'entraîna avec une force extraordinaire. Il la suivit machinalement, sentant bien d'ailleurs que sa présence ne pouvait que perdre son oncle et sa cousine. Ils passèrent sous une poterne depuis longtemps abandonnée, qui s'ouvrait sur un sen-

tier étroit et difficile. Le sentier lui-même des-
cendait par une pente rapide jusqu'au fond de la
vallée.

Au même instant, deux coups de feu retenti-
rent dans le château. Roland tourna la tête et
voulut revenir sur ses pas ; mais son guide le retint et le poussa, presque malgré lui, dans le
sentier. A peine avaient-ils fait quelques pas,
lorsqu'un cri sauvage, où se mêlaient la fureur et
la joie, se fit entendre.

— Les voilà ! s'écria Rodolphe. Et il s'élança
à leur poursuite.

Roland sentit le danger. Il pouvait être poi-
gnardé par derrière et sans défense. Il hâta sa
course, glissant dans les rochers, bondissant sur
les bords du précipice, s'accrochant aux brous-
sailles et à des pierres qui se détachaient et rou-
laient sous lui dans l'abîme. Enfin il rencontra
une plate-forme de quarante pieds carrés environ. C'est là qu'il s'arrêta pour faire face au paillasse, qui se précipitait sur lui avec une vitesse
effrayante.

Orange comprit le dessein du marquis et s'arrêta pour attendre l'issue du combat. Elle se regardait d'avance comme la proie du vainqueur,
quel qu'il fût.

Rodolphe, se voyant attendu de pied ferme,
ralentit sa course. C'était un homme de trente

ans, basané, trapu, vigoureux, d'une souplesse
de corps incroyable, intrépide d'ailleurs et furieux
de la trahison de sa maîtresse. Cette fureur était
le seul espoir de Roland, qui, bien que fort habile à tous les exercices du corps, connaissait,
sans la redouter, la supériorité de son adversaire.

Tous deux étaient armés, Rodolphe d'un sabre,
et Roland d'un poignard et d'un pistolet. Le
paillasse commença, comme les héros d'Homère,
à insulter son ennemi ; cela faisait diversion et
lui laissait le temps de respirer.

Roland, toujours sur ses gardes, mais silencieux, attendit que cette fureur fût passée. Il avait
l'avantage des armes, et il aurait rougi de frapper le premier coup.

— Scélérat, dit le pitre, je vais t'envoyer dans
la Soreille !

En même temps il lui porta un coup de pointe
si terrible que, s'il eût touché la poitrine, il eût
percé Roland d'outre en outre. Le marquis para
le coup moitié avec son bras, moitié avec la
crosse de son pistolet, et fut légèrement blessé.
Pendant que Rodolphe reprenait l'équilibre et
tirait à lui son sabre, le marquis leva son pistolet
à la hauteur de l'œil et lâcha la détente.

Le coup rata. L'amorce seule avait brûlé.
Orange frémit, et Roland désespéra de son salut.

19

Le bohémien, d'un second coup de pointe, lui tra-versa la poitrine.

Au même moment, Roland le tua roide d'un coup de poignard dans le cœur. Rodolphe tomba et fut jeté en bas de la plate-forme dans le gouffre que formait la Sorcille à quatre cents pieds plus bas. Le marquis suivait de l'œil cette chute effrayante et semblait prêt à se précipiter avec lui.

Heureusement, Orange, qui avait vu le feu et qui ne s'étonnait de rien, le prit par la main.

— Êtes-vous gravement blessé ? dit-elle.

— Je ne sais, répondit Roland ; je marche avec beaucoup de peine.

— Donnez-moi la main, et suivez-moi.

Elle descendit avec des précautions infinies jusque dans une caverne peu profonde où la lu-mière du soleil ne pénétrait pas. C'est là qu'elle déposa le blessé.

— Ne bougez pas, dit-elle. Je vais chercher des vivres et du linge au château. Ne répondez qu'à moi si l'on vous appelle, et ne vous occu-pez de rien. Je vous dirai ce qu'on a fait de votre oncle et de votre cousine.

Tout en parlant, elle banda sa blessure avec adresse, l'étendit par terre, lui donna pour oreil-ler une pierre arrondie, et remonta à pied vers le château, en ayant le soin de prendre un che-min détourné et d'entrer par la grande avenue.

Pendant ce temps, le vieil Adhémar rendait le dernier soupir. Voici ce qui s'était passé.

Après la fuite de Roland, le comte attendit les gendarmes de pied ferme. Ceux-ci s'avançaient, suivis d'une quarantaine de gardes nationaux, car on craignait quelque résistance du vieux corsaire, et le bruit avait couru que son château était plein d'armes et de munitions de toute espèce.

A l'entrée du vestibule on fit halte, et un gendarme, se détachant de la foule, monta chez le comte de Dives. Adhémar le reçut avec hauteur.

— Citoyen, dit le gendarme, où est ton neveu, le traître ci-devant marquis?

— Il n'y a pas de traître dans ma famille, répliqua le comte. Cherche mon neveu, si cela te fait plaisir.

Cette réponse, rapportée à ceux qui attendaient dans le vestibule, fut fort applaudie. Les gardes nationaux, qui avaient cru saisir des conspirateurs en flagrant délit, étaient ravis de n'avoir aucune mesure de rigueur à exécuter. Ces braves gens, pères de famille la plupart et patriotes dévoués, n'approuvaient pas les perquisitions domiciliaires et exécutaient à contre-cœur la terrible loi portée contre les suspects.

Barré, qui commandait la troupe, devina ces dispositions pacifiques et se garda bien de heurter de front ses soldats. Sûr d'ailleurs des gendarmes, il s'inquiétait peu du reste.

— L'ordre, dit-il, est d'arrêter le comte de Dives et son neveu. Gendarmes, faites votre devoir, et si quelqu'un résiste, employez la force. Il s'agit du salut de la patrie.

A ces mots, les cinq gendarmes s'avancèrent d'un même pas et furent bientôt suivis des gardes nationaux. Adhémar les attendait, debout, la main sur ses armes.

A la vue des gendarmes, Louise se jeta au-devant d'eux, comme pour les fléchir. La vue de cette belle jeune fille, qui demandait grâce pour son père, émut tous les assistants, mais non pas les gendarmes. L'un d'eux, le sabre au poing, cria au comte: « Rends-toi ! » et voulut le saisir.

Adhémar lui cassa la tête d'un coup de pistolet.

Aussitôt les autres gendarmes tirèrent à la fois sur le comte. Il tomba mort. Mlle de Dives poussa un grand cri et s'évanouit. On la releva, et on la mit sur un lit.

— Triste expédition ! dit un garde national. On tue un vieillard sous les yeux de sa fille.

— L'ordre est formel, répliqua Barré. Ces traîtres conspiraient contre la République. Où est le marquis ?

Personne ne put en donner de nouvelles. Ro-

dolphe, emporté par un furieux désir de joindre
son ennemi, n'avait pas pris soin d'avertir Barré
de la fuite du marquis. On fouilla vainement le
château de fond en comble. On trouva de nom-
breuses traces du séjour que Roland y avait fait,
mais lui-même resta caché à tous les yeux.

— Qu'allons-nous faire de cette malheureuse
jeune fille? demanda le garde national qui avait
déjà parlé.

— J'ai ordre de la faire arrêter avec toute sa
famille, dit Barré, et je l'exécuterai, quoi qu'il
m'en coûte. La loi veut qu'elle soit traduite devant le tribunal révolutionnaire.

Ces terribles paroles glacèrent le sang de tous
ceux qui les entendirent. La crainte étouffa l'indignation. On fit à la hâte deux brancards : sur
l'un on plaça le corps d'Adhémar, sur l'autre
Louise inanimée, et on les transporta tous deux
à Dives.

Dès son arrivée, Louise fut écrouée dans la
prison de la ville, vieille tour construite par les
Sarrasins ou peut-être par un des chevaliers de
la Table-Ronde.

XXVIII

Barré triomphait sans obstacle. La fortune lui avait tout donné, même la mort du pauvre Rodolphe dont on retrouva plus tard le corps échoué sur le sable de la Sorcille. Il crut toucher au but de ses désirs.

Comme il rentrait chez lui, on annonça Charles Reynier. Le procureur-syndic, indigné d'avoir été joué par son ennemi, venait lui demander compte de sa conduite. Barré le reçut d'un air hautain.

— Pourquoi ne m'a-t-on pas prévenu ? dit le procureur.

— Le salut de la patrie l'exigeait, répondit froidement Barré. Croyez-moi, mon cher, ajouta-t-il en lui frappant sur l'épaule, laissez en paix cette affaire, et ne me forcez pas de faire une enquête sur l'emploi de votre temps dans la soirée d'hier. Vous auriez grand'peine à trouver un alibi supportable. Un légiste aussi habile que vous doit savoir ce que la loi réserve à ceux qui donnent asile aux émigrés.

— Je n'ai donné asile à personne, répondit brusquement le syndic.

— Bien, mon cher. Je ne me soucie pas de le savoir. De votre côté, laissez-moi le soin de punir les traîtres.

— Quel est le crime de cette malheureuse jeune fille? Je suis magistrat; j'ai droit de m'en informer et, si vous n'avez contre elle aucune preuve, de la faire mettre en liberté.

Les yeux de Barré étincelèrent.

— Prends garde, dit-il; ne me fais pas souvenir des menaces de ton frère; ne te mets pas entre le marteau et l'enclume. Je suis marteau, je t'en avertis, et je frapperai durement sur toi et sur ta famille. Ne m'irrite pas.

Le syndic se sentit ébranlé. C'était un honnête homme, un bon vivant, mais un cœur faible et sans énergie. Cependant le souvenir de son frère lui rendit quelque courage.

— Je veux interroger cette jeune fille, répliqua-t-il.

Barré grinçait des dents.

— Si tu entres dans la prison, dit-il, si tu lui parles, tu n'en sortiras pas. Je te fais arrêter comme suspect, et je t'envoie au tribunal révolutionnaire.

A ce terrible nom, le syndic sentit s'évanouir toute sa fermeté.

— Voici ma démission, dit-il. Je ne veux rien faire contre Mlle de Dives, et je ne puis rien faire pour elle.

— Ton action est d'un bon citoyen, répliqua Barré. C'est ainsi qu'il faut servir la République.

Le lendemain, il entra lui-même dans la prison. Mlle de Dives était plongée dans un morne accablement. La fuite de son cousin, la mort de son père, la perte de sa propre liberté s'étaient succédé si rapidement, qu'elle croyait rêver. Elle regardait les tristes murailles entre lesquelles on l'avait enfermée, et cherchait à rappeler ses souvenirs. Par bonheur, on l'avait laissée seule, car la solitude est le plus doux plaisir des malheureux.

A la vue de Barré, elle se leva machinalement, répondit sans y penser par un salut muet au salut de l'ex-capucin, appuya sa tête dans ses mains, ses deux coudes sur la table, et dans cette position attendit.

Barré déplora, les larmes aux yeux, le malheur épouvantable qui l'avait privée de son père; il jura que les gendarmes avait tiré sans ordre, et seulement après qu'Adhémar avait tué l'un des leurs; il se plaignit d'avoir été l'instrument fatal et inévitable des volontés du comité révolutionnaire; il fit entendre que Louise elle-même était menacée de mort; que, dans le cas le plus favo-

rable, ses biens seraient confisqués, et qu'il restait à peine un seul moyen de salut; encore fallait-
il risquer sa tête.

Louise l'écoutait sans dire un mot. Ce silence
n'était pas encourageant. Cependant Barré, trop
avancé pour reculer, attendait impatiemment une
réponse.

— Mademoiselle, dit-il enfin, votre naissance
est le seul crime qu'on vous reproche; mais ce
crime est puni de mort. Un seul homme a le pouvoir et la volonté de vous sauver. C'est moi.
Dites un mot, et vous serez ma femme.

Elle l'écarta d'un geste de mépris et de haine.

— Pensez-y, continua-t-il; je vous aime, et je
suis prêt à donner ma vie pour vous. Donnez-
moi la vôtre en échange. Moi seul puis vous sauver du tribunal révolutionnaire. Ce n'est pas moi
qui ai fait le mal, j'en atteste le ciel, mais je puis
le réparer.

— Est-ce tout? dit-elle.

Ces deux mots furent prononcés d'un tel ton,
que Barré frémit. Elle se leva, étendit la main
vers la porte et ajouta :

— Sortez, assassin de mon père !

Il sortit plein de rage et blasphémant comme
un païen.

— Elle mourra, ou je l'épouserai ! s'écria-t-il.
Je verrai sa belle tête sur mon chevet ou sous le

couteau de la guillotine. Le meurtre appelle le
meurtre.

Mlle de Dives passa de longs jours en prison,
s'attendant toujours à être jugée et s'étonnant
qu'on l'oubliât. Elle était tenue au secret et ignorait complètement le sort de ses amis. Seule avec
quelques livres de piété et de philosophie, elle
s'exerçait à la patience; elle tâchait d'oublier, et
quelquefois aussi elle se souvenait de l'absent.
Reynier pouvait-il ignorer la mort du comte de
Dives et les malheurs de sa maîtresse?

Un matin (depuis six semaines déjà elle était
enfermée), elle reçut le billet suivant, que la
femme du geôlier osa lui donner en secret :

« Louise, prenez courage. Vos biens sont confisqués au profit de la nation, mais un ami veille
sur vous. Un ami arrive de Mayence; le marquis
de Dives est libre. Avant huit jours, si le ciel
nous seconde, vous aussi, vous serez libre. »

De qui venait ce billet? Le messager garda le
silence. Le retour prochain de *l'ami de Mayence*
remplit de joie le cœur de la pauvre prisonnière.
C'était une première éclaircie dans un ciel bien
sombre. Reynier vivait et revenait : tout était
sauvé.

XXIX

On sait l'histoire du siége de Mayence. Le blocus dura six mois, et la place, non secourue, se rendit quand la garnison eut dévoré jusqu'au dernier des chats. Les républicains, affamés et non pas vaincus, reprirent tristement la route de France, mal consolés par le plaisir de revoir leurs foyers d'abandonner la ville à l'ennemi.

Dans leurs rangs se traînaient péniblement une foule de Mayençais qui avaient eu confiance dans la fortune de la République française, et qui craignaient le retour de leurs anciens maîtres. Pour eux, comme pour nos soldats, la France était une patrie. N'est-ce pas à elle que rêvent tous les amis de la liberté, à quelque nation qu'ils appartiennent ?

A Metz, on fit halte, et les soldats reçurent, pour la première fois depuis six mois, les lettres de France. Reynier ouvrit précipitamment celles de son frère et fut frappé au cœur. Le procureur-syndic, après un long récit de la mort du comte de Dives, de la fuite de Roland et de l'emprisonnement de Louise, ajoutait :

« Les terres du vieil Adhémar sont vendues.
Barré a tout acheté. Il fait démolir le château,
dont il ne restera pas pierre sur pierre. Mlle de
Dives est ruinée et menacée du tribunal révolutionnaire. Fais trève avec les Prussiens, si tu
peux, et reviens la sauver. »

Reynier courut chez le représentant Merlin
(de Thionville), qui revenait de Mayence avec
l'armée.

— Citoyen, dit-il, fais-moi donner un congé.

— Impossible, mon ami, dit Merlin ; la République nous envoie en Vendée. Ce gredin de Pitt
et les émigrés ont mis le feu aux quatre coins
du pays.

— Si tu refuses, je vais me brûler la cervelle,
dit Reynier sans transition.

— Ma foi, mon cher, vous n'avez que faire de
pistolets. Vit-on jamais un cerveau brûlé de cette
force ? Voyons, où voulez-vous aller ?

— A Dives, où une jeune fille charmante et
que j'adore va périr victime d'un misérable.

— Affaire d'amour ! Mon ami, vous ferez l'a-
mour fort à l'aise quand la guerre sera finie et
l'Europe délivrée des tyrans.

— Ne plaisantez pas, citoyen représentant; la
vie de cette jeune fille est en danger. Si vous
saviez comme est belle !

— Parbleu ! Est-ce que les laides sont jamais

en danger ? Contez-moi donc la vie de cette belle innocente et persécutée.

Reynier dit tout ce qu'il savait. Merlin hocha la tête.

— Vous dites que ce misérable s'appelle Barré ?

— Oui.

— Bien. Je le mettrai sur mes tablettes, et j'en parlerai à mon ami Danton. Voici ton passeport, ton certificat de civisme et une lettre qui te recommande particulièrement à toutes les autorités départementales. Va maintenant; fais seller ton cheval, et souviens-toi que je te donne rendez-vous au 1er octobre en Vendée. Deux mois, c'est assez pour délivrer ta dame, l'épouser et partir. La République a besoin de tes services.

Reynier fit ses adieux à ses camarades et rentra chez son hôte, qui était un bon bourgeois de Metz, chaud patriote. Il fut fort surpris d'y retrouver une ancienne connaissance, Mlle Sarah, baronne de Kransperg.

— Je vous cherchais, dit-elle.

Reynier, bien que très-pressé de partir, se résigna à l'écouter. Elle monta dans sa chambre, et pendant qu'il bouclait sa valise à la hâte, elle fondit en larmes.

— Hélas ! mon cher ami, tout n'est qu'heur et malheur en ce monde.

— Il est vrai, dit poliment Reynier en mettant

ses bottes. Puis il ajouta : Vous permettez, mademoiselle? du ton d'un homme qui demande à fumer un cigare devant les dames.

— Faites, mon cher ami, répondit Sarah en s'essuyant les yeux. Que vous disais-je?

— Que tout n'est qu'heur et malheur en ce monde.

— Ah! je m'en souviens. Hélas! j'en ai fait la cruelle expérience. Quelle épouvantable douleur!

— Qu'a-t-elle donc perdu? pensa Reynier. Est-ce son chien griffon ou seulement la cervelle?

— Mon ami, mon père est mort. Les Prussiens l'ont tué le jour de votre départ.

— Comment! le baron de Kransperg! s'écria l'officier étonné.

— Oui, lui-même. Pauvre père! Vous savez qu'il avait beaucoup contribué à faire entrer les Français dans Mayence. Quand Brunswick est entré, mon père n'a pas voulu sortir et abandonner son comptoir et sa caisse. On l'a saisi, mené dans les fossés de la ville et fusillé.

— Pauvre homme! dit le Français. Et que comptez-vous faire?

— Que sais-je? je suis seule aujourd'hui. Emmenez-moi avec vous.

Cette proposition imprévue ne fit pas grand plaisir à Reynier.

— Je suis fort pressé, dit-il, et je voyage à cheval.

— Qu'importe? Je puis monter à cheval aussi, et, sous votre garde, je ne crains rien. Vous allez à Dives?

— Oui.

— Raison de plus; j'irai rejoindre Roland.

Le républicain y consentit enfin, et les deux voyageurs partirent le jour même, et tantôt à cheval, tantôt par le coche, arrivèrent onze jours après à Dives.

Le procureur-syndic les attendait. Il parut un peu étonné de voir Sarah.

— C'est ainsi, dit-il à son frère quand ils furent seuls, que tu restes fidèle à ta maîtresse. Elle est très-jolie, cette Allemande, il faut l'avouer; mais que vas-tu dire à Mlle de Dives?

— Tais-toi, malheureux, dit Reynier; c'est la femme de Roland.

Et il lui raconta l'histoire de leurs amours.

— Or ça, puisqu'il en est ainsi, dit le procureur, tout va bien. Roland n'est pas loin. Il a trouvé asile chez une vieille paysanne, sa nourrice. Il est guéri, ou peu s'en faut, et tout prêt à courir le pays. Avertis-le d'avance de ton arrivée et de celle de Sarah.

— Pourquoi? Crains-tu que la surprise et la joie l'exposent à quelque accident?

— Mon cher ami, tu connais ce bon gentilhomme : il est toujours attaché à quelque nouveau cotillon. Il a ramassé, je ne sais où, une
petite bohémienne qui n'est pas trop laide, en
vérité, et il se console avec elle de l'absence de la
baronne de Kransperg.

— Quel incorrigible étourdi ! dit Reynier en
riant. Au moins, cela me rassure. Je craignais
de l'avoir pour rival.

Il sortit aussitôt et alla voir Barré.

— Monsieur, dit-il en entrant, fermez votre
porte, je vous prie. Je veux vous entretenir d'une
affaire très-sérieuse.

Barré, dominé par ce ton d'autorité, ferma la
porte en dedans et retira la clé.

— Monsieur, continua Reynier, je sais qui vous
êtes, — un hypocrite et un assassin. Vous avez
versé le sang d'un vieillard. Vous avez pris son
héritage, vous avez emprisonné sa fille ; je connais vos desseins. Dieu permet que j'arrive assez
tôt pour sauver Mlle de Dives. Rendez grâces
au ciel : si elle avait comparu devant le tribunal
révolutionnaire, je vous aurais, moi, sous forme
de jugement, brûlé la cervelle.

L'administrateur avait repris son sang-froid.

— Ces menaces ne m'effraient pas, dit-il. J'ai
fait à la République le sacrifice de ma vie. Je
mourrai, s'il le faut, sur ma chaise curule. Mais

peut-être, ajouta-t-il en souriant, aurai-je le
plaisir d'envoyer avant moi les traîtres à l'échafaud.

— Quels traîtres? demanda Reynier d'une voix
irritée.

— Cex qui veulent arrêter le cours de la justice et qui sacrifient la patrie à leurs affections
particulières.

— C'est votre dernier mot? dit Reynier.

— Oui, citoyen.

— Connaissez-vous ce seing?

— C'est celui de Merlin (de Thionville).

— Précisément. Merlin est mon ami et celui
de Danton; Merlin est revenu de Mayence; Merlin est à Paris maintenant. Que je dise un mot,
et je ferai rouler ta tête à mes pieds comme avec
le tranchant d'un sabre.

— Voyons ceci, dit Barré.

Il examina la lettre de recommandation du
conventionnel, retournant le papier dans tous les
sens.

— Avez-vous réfléchi? demanda Reynier, et
voulez-vous remettre cette jeune fille en liberté?

— Ce n'est pas à moi d'en décider; c'est au
comité révolutionnaire du département.

L'officier se leva, ouvrit la porte et sortit sans
daigner ajouter un mot.

Le soir même, il partait pour Clermont, où se

rassemblaient de tous côtés les volontaires que
Couthon amenait au siége de Lyon.

A trois lieues de la ville, il s'arrêta pour dé-
jeûner dans un village qui est situé presque au
pied du Puy-de-Dôme. Il fut étonné de n'y trouver que des femmes.

— Où donc est votre mari? demanda-t-il à la
femme qui le servait.

— A Lyon, avec mes quatre fils.

— Et les autres hommes du village?

— A Lyon.

— Tous?

— Oui, on leur donne trois francs par jour
pour se battre. Ici ils se cassaient la tête pour
rien. Ils sont tous partis.

— Qui les mène à Lyon?

— Le citoyen Couthon, qui va couper le cou à
Pitt, à Cobourg et à tous les aristocrates. Ah!
monsieur, si j'avais pu partir avec les autres!...
Mais ce gueux de représentant n'a rien voulu
donner aux femmes. Les hommes gardent tout,
c'est bien injuste. Songez, monsieur, trois francs,
c'est mon travail de huit jours.

Reynier entra dans Clermont, où descendaient
de tous côtés des nuées de montagnards, et se fit
annoncer chez le citoyen Couthon. Il entra chez
un paralytique, de figure douce, jeune encore, et
assez aimable, malgré ses infirmités. C'était le

terrible Couthon. En quelques minutes Reynier
raconta l'histoire de Louise de Dives et demanda
justice contre Barré. Le paralytique l'écouta d'un
air préoccupé.

— Tu étais à Mayence ? demanda-t-il.

— Oui.

— En quelle qualité ?

— Chef de bataillon.

— Et tu as laissé prendre la ville ?

Reynier rougit jusqu'aux oreilles.

— Nous avons pendant six mois, dit-il, porté
le poids de l'Allemagne. On n'a pas su ou pas
voulu nous secourir. Nous mourions de faim ;
nous avons rendu la place.

— C'est bien, jeune homme, dit Couthon. Il
valait mieux la garder ; mais vous serez plus
heureux une autre fois.

En même temps, il prit une feuille de papier
et écrivit ces trois lignes :

« Au nom de la République,

« Ordre au comité révolutionnaire de mettre en
liberté sur le champ la citoyenne Louise, ci-devant
comtesse de Dives, et d'arrêter le citoyen Barré,
administrateur du district et traître à la patrie.

« *Le citoyen représentant de la Convention,*
en mission extraordinaire,

« COUTHON. »

— Es-tu content? dit-il.

— Comment ne le serais-je pas?

— Il faut que la justice du peuple tombe sur les scélérats avec la rapidité de la foudre. Viens dîner avec moi.

Si pressé qu'il fût de délivrer Louise, Reynier ne put se défendre de cet honneur. Couthon se plut à lui montrer sa puissance.

— Dans un mois, dit-il, Lyon sera réduit en cendres. Je précipite sur cette ville coupable la haute et la basse Auvergne. A ma voix se sont levés tous les chaudronniers de France et tous les étameurs de casseroles. Ces baragouineurs vont sauver la patrie à trois francs par jour.

— Où prenez-vous l'argent?

— Dans les poches des aristocrates. Je n'ai pas grand effort à faire pour y puiser. Ils offrent d'eux-mêmes plus que je ne veux. Il y a trois jours, un banquier refusa de payer l'impôt extraordinaire. C'était jour de marché. Je le fis exposer pendant trois heures sur l'échafaud en face de tout le peuple. A peine délié, il donna un million. Les autres, avertis par cet exemple, ne se sont pas fait prier. Les caisses de l'État sont pleines. Argent, vivres, souliers, tout abonde.

— Le procédé est un peu vif, dit Reynier.

— Croyez-vous? Songez, mon cher ami, que cette exposition m'a épargné de vrais supplices.

L'effet est produit. Effrayer sans frapper, c'est la maxime des hommes d'État.

Après dîner, Reynier partit seul et rentra dans Dives pendant la nuit. A la vue de l'ordre de Couthon, le comité révolutionnaire se hâta de faire arrêter Barré, qui fut envoyé à Paris et écroué à la Conciergerie.

Reynier voulut ouvrir lui-même les portes de la prison à sa maîtresse. Il entra seul et se jeta dans ses bras. Je laisse à deviner leur joie.

Deux jours après, ils se marièrent sans autre cérémonie. En 93, on n'avait pas de temps à perdre. On se hâtait de vivre et d'être heureux.

Le lendemain du mariage, Reynier mena sa femme dans un petit bourg à quelques lieues de Dives.

En arrivant, elle fut surprise d'entrer dans une chambre d'auberge décorée comme une chapelle. Un prêtre insermenté disait la messe; un enfant servait de sacristain; un jeune homme et une jeune femme agenouillés l'un près de l'autre attendaient la bénédiction nuptiale. C'étaient Roland et la belle Sarah.

Quand la cérémonie fut terminée, les deux couples se rejoignirent, et Roland embrassa de toutes ses forces son ami et sa cousine.

— Te voilà donc à jamais sérieux, dit Reynier au marquis.

— Sérieux ? Je ne sais, répondit Roland. Ennuyeux, j'en suis sûr. Mais Sarah voulait m'epou-
ser ; je me suis laissé faire.

— Qu'as-tu fait d'Orange ? A-t-elle beaucoup
crié ?

— Elle ? Tu ne la connais pas, mon cher. La
veille du jour où Sarah est arrivée, Orange a vu
passer un lancier dont l'uniforme l'a séduite.
Elle l'a suivi au cabaret ; je me suis fâché ; elle
m'a ri au nez et m'a planté là. Malheureusement,
elle avait dans sa poche les fonds de la commu-
nauté, et elle a oublié de me les rendre.

— Petit malheur, dit Reynier. Ta femme est
riche.

— Quinze fois millionnaire. Que ferai-je de
tant de millions ? Vraiment, je regrette ce pauvre
Éléazar. Il a voulu me faire pendre ; mais c'était
un brave homme et un bon père. A propos de
millions, on dit que Louise est ruinée ?

— Complètement. Ses biens sont vendus au
profit de la nation. La restitution est impossible.

— Je vous plains.

— Pourquoi ? La richesse est corruptrice.

— Philosophe ! tu as vu cela dans Senèque.

— Senèque avait du bon sens. D'ailleurs, j'ai
cent mille francs. C'est assez pour Louise et pour
moi. Elle est née comtesse ; mais elle a le bon
sens d'une bourgeoise qui sait ordonner sa mai-

son avec économie. Quand je ne serai plus soldat, je serai encore médecin de province; ce n'est pas brillant, j'en conviens, mais c'est assez pour ceux qui s'aiment. Quant aux autres, une couronne ne les rendrait pas plus heureux.

— Bien raisonné. Donne-moi un passeport pour Sarah et pour moi.

Le lendemain, Roland partit pour l'Espagne avec la belle marquise, ci-devant baronne de Kransperg. Il revint en France sous le Consulat, fut sénateur, chambellan de Napoléon, pair de la Restauration et de la révolution de Juillet, successivement dévoué à toutes les dynasties, et bien vu de toutes, grâce à sa naissance, à sa fortune et à son heureux caractère.

Pour l'honneur de la morale, je devrais dire que Barré eut la tête coupée sur la place de la Révolution; mais je suis historien et non pas philosophe. Barré resta en prison jusqu'au 9 thermidor. Plus tard, il se donna pour une victime de Robespierre, devint préfet, ami de Cambacérès et de Fouché, et mourut pair de France, « plein de jours et de vertus, » comme disait sur sa tombe le collègue chargé de faire son panégyrique.

Reynier seul ne fit pas fortune. Il fut l'un des plus braves soldats de « l'invincible armée de Sambre-et-Meuse, » et donna sa démission à la paix d'Amiens. Il redevint alors médecin, uniquement occupé de ses malades, de sa femme qu'il adorait et de l'éducation de ses enfants. Il ne demanda aucune place, n'exerça aucune fonction et se contenta d'être heureux. Puissions-nous être aussi sages que lui !

FIN.

Paris — Imprimerie de E. DONNAUD, rue Cassette, 4.

.